봉이 김선달

봉이 김선달

양우석
신윤경
장편소설

arte

◈

'임금이 죽었다. 임금이 죽었다. 임금이 죽었다……'

방금 천봉석이 가져온 날벼락 같은 소식에 김선달은 몇 번이고 같은 말을 되뇌었다.

'아직 임금의 춘추가 그리되지 않았는데, 임금께 지병이 있었던가?'

한 달 전부터 등에 난 종기 때문에 임금이 고생한다는 소문을 듣기는 했지만, 그것 때문은 아니라고 생각한 김선달은 고개를 절레절레 흔들었다.

'그럼 화병인가?'

임금의 아버지를 죽인 자들이 조정(朝廷)에는 아직도 시퍼렇게 살아 있었다. 그들과 매일 정사(政事)를 논해야 하는 임금은 평생 화병을 달고 살았다. 하지만 지금까지 속내를 감추고 잘 지냈는데, 그게 원인이 되지는 않았을 것이다.

저잣거리에는 온갖 소문이 떠돌았다. 임금이 갑자기 승하한 까닭이 임금의 등에 난 종기를 치료하는 데 정순대비 쪽 어의들이 사용한 '연훈방' 때문이란 말이 돌았다. 한편에서는 정순대비가 처방하라 명(命)한 경옥고가 임금의 체질에 맞지 않아 승하했다고 주장하는 사람도 있었다. 무엇보다 임금의 임종을 지킨 유일한 사람이 정순대비라는 게 많은 의심을 불렀다.

조선의 예법은 비록 대비나 왕비라 하더라도 여인은 임금의 임종을 지킬 수 없었다. 또한 국왕 옆에는 어떠한 경우라도 반드시 사관(史官)이 있어야 하는 것이 왕실 법도였다. 그런데 정순대비는 조선의 예법과 왕실 법도를 무시한 채 사관을 내쫓고 홀로 영춘헌 안으로 들어가 임금의 마지막을 지켰다. 목숨보다 더 소중하게 여기는 예법마저 어기며 임종을 지킨 유일한 사람이 임금의 최대 정적(政敵) 정순대비라는 것은 뭔가 석연치 않은 구석이 있었다.

임진왜란과 병자호란 양란(兩亂)을 거치며 피폐해질 대로 피폐해진 조선의 개혁을 적극적으로 이끌었던 임금의 죽음이라 백성들의 충격과 의심은 더욱 컸다. 경기도 양주에서 하룻밤 사이 벼들이 하얗게 죽는 변고가 발생하자, 백성들은 '벼들도 상복을 입었다'고 말하며 임금의 죽음을 애통해했다. 김선달도 임금이 승하했다는 소식을 듣고 몇 날 며칠을 저잣거리 주막에서 술만 마셨다.

"나는 사도세자의 아들이다."

즉위 직후 임금의 첫 번째 윤음(綸音)이었던 이 말은 그의 정적들의 간담을 서늘하게 했다. 하지만 임금은 할아버지 영조와의 약속을 지켰다. 어린 나이에 신하들에 의한 아버지의 죽음을 목격했지만, 임금은 왕위에 올랐을 때 정치보복을 하지 않았다. 임금은 폭군의 길이 아닌 성군의 길을 택하여 자신의 정적들과 치열하게 기 싸움을 하며 조선의 개혁을 이끌었다. 그렇게 십육 년 인고의 세월을 보낸 임금은 즉위 십칠 년이 되는 해 드디어 '금등지사(金縢之詞)'를 꺼내 들었다. 억울함이나 비밀스런 일을 후세에 밝혀 진실을 알리고자 할 때 남기는 글인 금등지사를 영조가 썼다는 소문은 이전부터 공공연하게 회자되고 있었다.

임금은 사도의 죽음에 관한 비밀이 담긴 '금등지사'로 정적들과의 싸움을 본격적으로 시작했다. 하지만 그것은 보복이 아니라, 아버지 사도의 무덤이 있는 화성에 새로운 도시를 건설하는 것이었다. 새로운 육십 년이 되는 갑자년이면 세자가 열다섯 살로 성인이 되니, 그때 세자에게 왕위를 물려주고 임금은 상왕의 신분으로 화성에 '누구나 평등하고 누구나 자유로운 새로운 세상'을 만들어, 불행하기만 했던 임금의 아버지 사도세자를 추숭(追崇)하고자 했다. 기득권층이 장악한 한양에서는 결코 이루어질 수 없었고, 제약이 많은 '왕'이라는 신분으로도 할 수 없는 것이었다.

십여 년 전 사건으로 인해 모든 꿈을 버리고 객기나 부리며 살던 김선달은 그 이야기를 들은 날부터 새로운 희망을 가졌다. 김선달은 갑자년이 되면 한양 생활을 정리하고 화성으로 가서 새로운 세상이 만들어지는 것을 보고 싶었다. 도무지 변할 것 같지 않던 세상이 천지개벽하는 것을 보고 싶었다.

그런데……. 김선달은 서러워 눈물이 핑 돌았다. 깊은 장막 속에 갇힌 듯 답답했다. 김선달은 십 년 전 잠시 접어 두었던 귀향을 이번엔 정말 실행해야 할 것 같았다. 하지만 막상 고향인 평안도를 생각하니 김선달은 다시 갑갑해졌다.

'평안도라⋯⋯.'

김선달의 고향 평안도는 조선에서 차별과 착취의 땅이었다. 평안도는 청과의 무역과 광산업 등으로 일찍부터 부를 축적해 삼남지방보다는 먹고살기가 훨씬 나았음에도 불구하고 다른 어려움이 있었다. 평안도는 서북민 차별정책과 세도가들의 관직 독점으로 과거시험에 합격해도 임용되는 자가 없었다. 관직에 오르는 자가 없다 보니 부임하는 관리들의 견제세력인 사족(士族)이 형성될 수 없었고, 평안도에 부임하는 지방관들은 눈치 볼 곳이 없이 마음껏 부정부패를 저지르며 부를 축적할 수 있었다.

김선달은 몇 달을 방구석에 처박혀 앞으로 어떻게 살지 고민하였다. 들리는 소문에 의하면 벌써 정순대비가 스스로 '여군주'라 칭하며 조정을 장악했고, 선대왕이 추구했던 모든 개혁정책들이 하나둘씩 사라지고 있었다. 김선달은 장고(長考) 끝에 고향인 평안도로 떠나기로 결심했다.

　열한 살 어린 임금의 즉위는 수렴청정과 외척에 의한 세도정치를 불렀고, 세도정치는 관직 독점, 과거제 문란, 매관매직, 삼정의 문란 등 기득권층의 부패로 이어졌다. 거기에 더해 가뭄과 홍수로 대흉년이 거듭되자, 삼남지방에서는 굶어 죽는 사람들이 속출하였고, 살아남은 자들은 유랑민이 되어 떠돌았다.

　조정은 임금의 외척 세력들인 김조순과 박종경 두 가문에 의해 점령되었다. 이들 두 가문이 권력을 가질 수 있었던 것은 막강한 경제력 때문이었고, 그 경제력을 뒷받침하는 게 거상(巨商)들이었다. 거상들이 가장 많은 동네 중 하나가 평안도인지라 평안감사직을 놓고 관리들 사이에 경쟁이 심했고, 그 자리를 얻는 데 드는 돈 또한 만만치 않았다.

　하지만 평안감사가 되기만 하면 돈방석 위에 앉는 거였고, 이제 막 조정의 실세로 떠오른 조덕영 역시 평안감사 자리를 노리는 무리들 중 하나였다.

집안의 최고 실세인 조덕영의 사랑방은 조씨 집안 남자들로 가득 차 있었다. 바람에 문풍지가 바스락거리는 소리 외에는 어떤 소리도 들리지 않을 만큼 방 안은 쥐 죽은 듯 조용했다.

문중에서 조덕영의 위엄은 언제나 대단했지만, 오늘은 그 어느 때보다도 조씨 집안 남자들을 확 휘어잡았다. 평안감사 정복을 입고 상석에 앉아 있는 조덕영을 바라보는 조씨 집안 남자들의 표정은 존경을 넘어 경외에 가까웠다.

조덕영은 문중(門中) 사람들의 표정을 하나하나 살피며 천천히 입을 열었다.

"정순왕후가 수렴청정하던 시절 시파와 남인이 말살되더니 김조순에게 벽파도 작살났고, 이제 정파니 붕당이니 하는 것들은 남산골딸깍발이들 술안주도 안 되는 껍데기가 돼버렸네. 지금의 조정을 보게. 온통 김조순 가문 사람들과 박종경 일가들 아닌가? 이제 믿을 건 같은 붕당이 아니라 같은 피를 나눈 가문이 전부인 세도정치 시대가 온 게야, 세도정치!"

조덕영은 '세도정치'라는 말에 한 번 더 힘을 주었다.

원래 '세도(世道)'라는 말은 사림(士林)의 통치이념에서 나온 이상적인 정치 도의를 의미했다. 사림들은 정치를 뚜렷한 이념과 정책을 가진 자가 국왕에게서 권력을 위임받아 정치적 도의를 실천하는 것으로 여겼는데, 이것이 바로 사림들이 추구했던 세도정치(世道政治)였다.

그런데 이 이상적인 정치형태의 치명적 단점은 바로 정권을 위임받은 자가 누구냐 하는 것이었다. 선왕 때 세도의 책임을 맡았던 홍국영은 세도를 빙자해 권세(權勢)를 휘둘렀고, 이때부터 '세도정치(世道政治)'는 '세도정치(勢道政治)'로 변질되었다. 지금 조덕영이 조씨 가문 남자들을 앞에 두고 떠드는 세도정치라는 것도 '사유화된 국가권력에 의한 통치', 즉 세도정치(勢道政治)를 의미했다.

"이 세도정치의 핵심은 무어냐? 바로 그 가문에서 중전을 내느냐 못 내느냐 하는 것이네. 박종경이 누구를 믿고 저러며 김조순은 누굴 믿고 저러겠는가? 그럼 우리는 어찌 해야 되는가? 손가락만 빨면서 지켜보고 있음 되는가?"

조덕영은 스스로에게 도취된 듯 주안상까지 탕탕 치며 입으로는 열변을 토하고, 눈으로는 재빠르게 한 명씩 쭉 훑었다. 조씨 집안 남자들은 조덕영에게 모든 이목을 집중한 채 숨소리조차 죽이고 그의 말을 경청했다.

"우리라고 중전을 내지 말며 정권을 잡지 말라는 법은 없는 게야! 그러려면 또 어찌 해야 하는가? 덕을 쌓아야지, 덕을! 그러면 그 덕은 어디서 나오는가?"

마치 선문답을 하듯 조덕영이 물었지만, 누구 하나 대답하는 사람이 없었다. 조덕영은 '그럴 줄 알았다'는 표정으로 슬며시 미소를 짓더니, 목소리 톤을 살갑게 낮추며 말을 이었다.

"덕은 돈에서 나오는 게야. 무지렁이 백성들도 곳간에서 인심 난다고 안 하는가? 돈이 있어야 가문도 똘똘 뭉치고 돈이 있어야 시기에 찬 다른 가문들 입도 닫는 게야. 내가 이 중차대한 시기에 중앙을 비우고 큰돈 써서 평양까지 가는 이유가 무엇이겠는가? 다 우리 가문의 덕을 쌓고 단결을 위해 가는 것이야!"

긴 시간 동안 이어진 일장 연설이었지만, 조덕영의 말은 조씨 집안 남자들의 마음을 움직이기에 충분했다. 입가에 엷은 미소를 지으며 문중 사람들과 한 사람씩 눈을 마주치던 조덕영은 맨 끝자리에 앉아 있는 한 젊은이에게서 눈길을 멈췄다. 이번에 과거 급제한 조만영이었다.

"만영이, 니 이번에 급제했다 들었다. 고생했느니."

"감사하옵니다. 다 어르신의 보살핌이 있어 가능했사옵니다."

가문이 번창하기 위해서 자라나는 젊은 인재들을 적극 발굴하고 후원해야 한다는 것이 조덕영의 평소 생각이었다. 이번 과거시험에서 조덕영은 문중(門中) 아이들 중 진실하고 똑똑한 아이들을 택하여 그 뒤를 단단히 봐주었다.

"다 니 놈이 그릇인 걸 보고 한 것이니 니 능력이고 니 복이다. 하지만 너도 가문을 위해 뭔가를 해야지."

"예, 하명하여 주십시오."

"우리 가문 아이들을 위해 장학 방안을 강구해보게. 자금은 내가 모두 댈 걸세. 우리 가문에서 중전이 나오더라도 뒷받침해줄 인재들이 있어야 하지 않겠나?"

커다란 깨달음을 얻기라도 한 듯 연신 고개를 끄덕이며 자신의 말을 경청하는 조만영이 아주 마음에 드는지, 조덕영은 흡족한 미소를 지으며 말을 이었다.

"원래 중전의 애비나 오라비들은 높은 지위에 오르면 안 되는 법이다. 중전을 중심으로 정치를 운영하고 보좌하는 자들이 따로 있어야 그 가문이 오래가는 법이야. 하여간 우리 집안에서 머리가 좋으나 불우한 아이들이 있으면 누구든 자네가 맡아서 공부를 돕게."

"네, 알겠습니다."

가문의 장래를 내다보는 조덕영의 깊은 생각에 조씨 집안 남자들은 혀를 내두르며 감탄했다.

"지금은 일단 저 박종경 가문을 밀어내는 것이 일차 목표지만 언젠가는 장동김문과도 붙어야 할 것 아니냐? 하지만 장동김문과 일전을 벌이는 것은 만영이 자네 세대의 몫일 거고, 자네들이 제대로 붙으려면 내가 자네 세대를 위한 거름이 돼야겠지. 그럼 난 거름 되러 평양으로 가네."

자신의 뜻을 충분히 전했다고 느꼈는지 조덕영은 천천히 자리에서 일어났다. 조덕영이 자리에서 일어나자 방 안에 있던 조씨 가문 남자들이 우르르 따라 일어서며 그를 배웅하려 했다. 하지만 조덕영은 그들을 만류하며 홀로 방을 나섰다. 마치 전쟁터에 나가는 장수처럼 조덕영의 표정은 사뭇 비장했다.

얼마 전 조덕영은 거금을 주고 평안감사직을 샀다.

'관서는 대번(大藩)이라 조선 팔도에서 재부(財富)와 화려함이 나라에서 최고지요. 예부터 재상들이 내직을 사양하면서까지 군이 외직인 평안감사를 하려고 배회하는 이유가 무엇이겠소?'

조덕영은 언젠가 임금의 장인인 김조순이 술자리에서 했던 말을 떠올리며, 2년 동안 돈방석에 앉을 생각으로 잔뜩 들뜬 채 서둘러 평안도로 말을 달렸다. 모든 걸 차치하고 연봉으로만 따져도 곽산현감이 삼만 냥이면 평안감사는 이십사만 냥에 이르렀다.

한편, 그 시각 평안도 가산과 박천 사이에 위치한 다복동 이희저의 사저(私邸) 사랑방에는 팽팽한 긴장감이 감돌았다. 오른쪽 눈썹 위에 사마귀가 있는 날카로운 눈매의 한 사내가 상석에 앉아 사내들을 앞에 두고 일장 연설했다.

"무릇 관서지방은 우리나라 시조 단군왕의 옛터루, 인재가 넘치고 문물이 발전한 곳이오. 임진왜란하구 병자호란 때에두 나라를 다시 일으켜 세운 공이 조선 팔도 중 으뜸이었으나, 조정에서는 관서지방을 버림이 분토와 다름없는 게 지금의 현실이오. 심지어 권세가문의 노비들조차 관서사람을 보문 평한이라며 얕잡아 부르니, 우리가 어찌 억울하고 원통하지 않을 수 있겠소? 또한 지금 나이 어린 임금이 위에 있어 권세를 잡은 간신들의 간악한 짓은 날이 갈수록 더 심해지구 있소. 하늘두 노해서 겨울번개와 지진이 일어나구, 가뭄하구 홍수, 바람하구 우박이 없는 해가 없소이다. 더 이상 이런 상황을 묵과할 수 없기 때문에 우리가 이 자리에 모인 것이오."

사마귀 사내의 분노에 찬 성토가 이어지고, 묵묵히 듣고만 있는 사내들의 얼굴엔 비장함이 서려 있었다.

서북지방은 조선이 건국된 이래 사백여 년 동안 조정으로부터 철저히 소외된 채 수탈을 당한 지역이었다. 관서의 백성들이 읍소도 해보고 저항도 해보았지만, 별반 달라지지 않았다. 그러다 보니 언제부터인가 한 맺힌 불만의 목소리들이 터져 나왔고, 십여 년 세도정치가 지속되는 사이 그 목소리들은 정점을 향해 치달았다. 그 목소리들의 중심에는 지금 연설을 하고 있는 사마귀 사내, 홍경래가 있었다.

홍경래는 평안도 용강의 몰락한 양반 출신이었다. 어려서부터 영특했던 홍경래는 입신양명을 꿈꾸며 몇 번이나 과거에 응시했지만 매번 떨어졌다. 처음엔 자신의 실력이 아직 부족한 탓이라 여겼다. 그러다 홍경래는 차츰 과거시험에서 실력은 아무 의미가 없다는 것을 깨달았다. 이름만 시험일 뿐, 홍경래가 경험한 과거시험은 온갖 부정부패가 난무하는 난장판이었다.

양란(兩亂) 이후 나라의 기강이 무너져 과거시험장도 단속이 허술했다. 원래 과거시험장에는 수험생 외에는 아무도 들어갈 수 없는 것인데, 단속이 허술해진 틈을 타서 양반 자제들은 자리를 잡는 선접꾼들과 시험지를 대신 베끼는 역할을 하는 수종인(隨從人)을 데리고 시험장에 들어가기 시작했다.

과거시험을 보는 응시자들이 많아지다 보니, 시관들은 시간에 쫓겨 답안지 전부를 읽을 수 없었다. 그래서 첫 몇 줄만 읽거나 아예 일찍 낸 시험지만을 합격시키는 상황이 벌어졌다. 수험생들은 시험지를 빨리 내기 위해 치열하게 자리다툼을 벌였고, 앞자리를 차지하지 못하면 먼저 시험지를 내기 위해 글 잘 짓는 사람들을 데리고 들어가 상, 하단을 나누어 쓰게 하여 합쳐서 빨리 내기도 했다. 뿐만 아니라 아예 책을 펴놓고 시험을 보는 선비들도 있었고, 대놓고 차술(借述), 즉 대리시험을 봐주는 대술(代述)을 하는 자들도 있었다. 심지어 시험장 밖에서 제술하여 시험장 안으로 들고 들어오는 자들도 허다했다. 기상천외한 별별 부정한 방법에 홍경래는 혀를 내둘렀다.

하지만 홍경래 같은 시골선비는 감히 상상할 수도 없는 진정한 과거시험의 비리는 따로 있었다. 사실 과거시험장에서 어떤 부정을 저지르건 과거에 급제하는 자들은 따로 있었다. 시험관에게서 미리 시험문제를 받거나, 시험지에 몇 개의 암표(暗標)를 쓰고 봉미관(封彌官, 답안지의 서명 란에 봉인을 붙이거나 떼는 일을 담당하는 관리)을 매수하여 답안지의 자호(字號)를 시관에게 알리는 방법을 썼다. 가장 악질적인 방법은 봉미관을 매수하여 감합(勘合)할 때 자기의 피봉(皮封)을 합격 답안지에 붙이게 했다.

남의 합격을 도둑질하는 절과(竊科)까지 횡행하는 과거시험에서 서북 출신의 홍경래가 급제할 수 있는 방법은 없었다. 홍경래는 몇 번의 과거시험 낙방 끝에, 조선이라는 나라의 현 체제에서 입신양명은 불가능하다는 것을 깨달았다. 차별과 부정을 직접 눈으로 보고 피부로 접하게 된 홍경래는 조선이란 나라를 부정하게 되었다. 홍경래는 새로운 세상을 꿈꾸며 지관(地官)이 되어 떠돌다 박천고을 청룡사에서 서자 출신인 우군칙을 만났고, 세상에 대한 울분이 많았던 그들은 금방 한마음이 되었다. 두 사람은 의기투합하여 현실의 비리를 지적하고 시국을 토론하며 자신들과 함께할 동지들을 찾기 위해 서북지방을 떠돌았다. 조선이 생긴 이후 수백 년간 차별을 받아온 서북지방에서 그들과 뜻을 같이하는 자들을 찾는 것은 어렵지 않았다. 역노 출신인 가산의 부호 이희저, 곽산의 천하장사 홍총각, 소과에 합격해 진사인 김창시, 태천의 김사용 등 서북지방 출신으로 조정에 대한 나름의 불만과 사연이 있는 이들은 다복동에 거처를 마련하고 '거사'를 준비했다.

초저녁잠을 청했던 김선달은 어디선가 울리는 풍악소리에 잠이 깼다. 이리저리 뒤척이던 김선달은 밖으로 나왔다가 그만 입이 쩍 벌어졌다.

달도 구름 속에 숨어버린 칠흑 같은 어두운 밤이었지만, 수십 척의 배에 꽂힌 횃불들로 대동강은 대낮처럼 환했다. 그것으로도 모자라 대동강변을 따라 대동문, 연광정, 을밀대, 칠성문까지 이어지는 평양성 전체를 백성들이 횃불을 들고 어둠을 밝히고 있었다. 아침부터 시작된 평안감사 부임 축하연이 밤이 되자 대동강으로 장소를 옮긴 듯했다.

대청마루에서 내려다보이는 대동강의 모습은 한마디로 장관이었다. 대동강이 마치 불타오르는 것처럼 보였다. 김선달은 넋을 잃고 한참을 바라보다, 성벽을 둘러싸고 서 있는 백성들의 모습이 눈에 들어왔다. 순간, 김선달은 자신도 모르게 쓴웃음이 새어 나왔다. 활활 타오르는 횃불의 개수가 평안감사의 권세를 대변해주는 것 같았다.

횃불을 조명 삼아 조덕영은 대동강 한가운데에 자신이 탄 누선을 띄우고, 주변에는 호위하는 무사들과 관원들을 태운 배와 악단, 기생, 음식을 준비하는 사람, 특별 초대 받은 평양 유지들을 태운 배들로 너른 강을 가득 채웠다.

조덕영은 부임 축하연을 통해 단단히 한몫 챙길 요량으로 역대 최대 규모의 연회를 준비 시켰다. 대동강 한가운데서 한밤에 연회를 열겠다는 조덕영의 말에 모두들 아연실색했다. 관리들 모두 조심스레 난색을 표했지만, 조덕영은 처음부터 유상(柳商, 평양 상인)들과 백성들의 기를 꺾어 놓을 요량으로 기어이 강물 위에서 연회를 열었다.

조덕영은 양옆으로 기생들과 아전들을 거느린 채 각지붕이 있는 누선 거룻배의 높은 단 의자에 앉아 유상들의 인사를 받았다. 조덕영 옆에는 합부인인 곽합이 유상들이 갖다 바치는 돈 궤짝과 수많은 진상품들을 관리하고 있었다.

"정주에서 객주를 하는 김팔봉이라는 자입니다."

곽합의 소개를 받자, 새로 들어온 유상이 조덕영 앞에 바짝 엎드린 채 머리를 조아리며 말했다.

"부임을 경하 드리옵니다. 료동 중후소 모자창에서 들여온 양털모자입니다."

"음, 내 김조순 대감과 박종경 대감이 쓴 것을 본 적이 있느니……."

유상이 가져온 양털모자는 몇 년 전부터 사대부들 사이에서 유행하는 물건이었다. 양을 기르지 않는 조선에서 양털로 만든 모자는 겨울철 방한용으로 행세깨나 하는 사람들에게는 필수품이었지만, 그 가격이 만만치 않아 웬만하면 소장하기가 쉽지 않았다.

조덕영은 귀한 양털모자를 받자 얼굴에 흡족한 미소가 번지더니 냉큼 머리에 쓰고 곽합을 쳐다보았다.

"어머~ 영감 인물이 몇 배는 더 훤해 보이십니다."

곽합은 재빠르게 간드러지는 목소리로 조덕영의 비위를 맞췄다.

"내가 지금 한 팔십 석을 머리에 이고 있는 겐가?"

"예에?"

"모자 한 척(隻)에 천은 백 냥. 동전으로 치면 사백 냥이고 동전 다섯 냥에 쌀 한 석이니, 내가 지금 팔십 석을 이고 있는 게 아니냐?"

"아, 예! 그러하옵니다. 다음은 안주 객주 조희연입니다."

곽합은 진상품을 참 희한하게 환산하는 조덕영의 머리에 혀를 내두르며, 얼른 다음 사람을 소개했다.

"불랑국에서 들어온 물건이온데 조총과 달리 크기도 작아 호신용으로 지니고 다니시기 편하실 겁니다."

조희연이 청나라에서 들여온 권총을 조덕영에게 바치며 말했다.

"이게 총이라고?"

조희연이 내민 총은 한손으로 쥐고 발사할 수 있을 만큼 총신이 짧고 작았다. 총신이 길고 부싯돌로 불을 붙여야 하는 조총만 봤던 조덕영은 무척 신기했다.

"호신용이라……."

조희연은 이번에 부임하는 평안감사의 소문을 듣고 어렵게 뇌관식 격발장치가 달린 권총을 구했다. 부싯돌이 따로 필요 없는 이 권총은 서양에서도 개발된 지 얼마 안 된 희귀한 물건이었다. 조덕영은 총을 들고 이리저리 살펴보며 부싯돌을 찾다 실수로 방아쇠를 잡아당겼다. 총알이 발사되면서 탕 하는 커다란 총소리가 밤공기를 갈랐다. 순간 모두들 놀라 바닥에 납작 엎드렸다. 풍악소리도 멈춰 배에는 정적이 흘렀고, 곽합이 쓰고 있던 커다란 가채는 구멍이 나 연기가 솔솔 피어올랐다. 조덕영 역시 몹시 놀랐지만, 애써 표정을 감추고 아무렇지 않은 듯 총을 천천히 상자에 넣으려다 갑자기 사람들에게 겨누었다. 순간, 배 위에 있던 사람들이 기겁하며 미동도 하지 않은 채 조덕영의 얼굴만 바라보았다. 조덕영은 겁먹은 사람들의 표정이 재밌는지 피식 웃으며 한마디 했다.

"참으로 신기한 물건이로세!"

조덕영은 정치를 하면 할수록 정적들이 늘어나자 조금은 자신의 안위가 걱정되었다. 아무리 호위무사를 데리고 다닌다 해도 위급한 상황에서는 아무런 소용이 없을 때가 있었다. 그렇다고 조총이나 검을 들고 다닐 수도 없었다. 그런데 한손에 쏙 들어오면서 부싯돌이 없는 총을 진상 받자 조덕영은 아주 흡족했다. 호신용으로 아주 요긴하게 쓸 수 있을 것 같았다. 총을 자신의 품속 깊이 넣으니 왠지 마음이 든든했다.

곽합은 깜짝 놀라 엎드려 있다가 가채에 있는 불씨를 끄며 일어나더니, 멋쩍은 표정을 지으며 다음 사람을 불렀다.

"의주 객주 박익렬입니다."

박익렬은 환약이 들어 있는 상자의 뚜껑을 직접 열어 조덕영에게 보이며 말했다.

"청국의 고관대작들이 애용한다는 아편환이라구두 하구 아부용환이라구두 하온데, 아편꽃하구 인삼하구 동충하초루 만든 것이옵니다. 폐를 보호하구 신장에 리로우며 정기를 가져다주구 양기를 강하게 하는 데 효험이 있다고 하옵니다."

"대감 하나 드셔보셔요."

곽합의 권유에 조덕영은 자신의 발치에서 시중을 드는 젊은 기생에게 눈길을 주며 못 이기는 척 한 알을 꺼내 입속으로 넣었다.

"근데 약효는 언제부터 도느냐?"

"한두 시진 후문 약효가 도는데…… 무엇보다 기분이 좋아지실 것이옵니다."

조덕영이 흡족한 표정을 짓자, 유상은 안심한 얼굴로 자리로 돌아갔다. 곽합은 조덕영이 아편환을 다 먹을 때까지 기다렸다가 다음 사람을 불렀다.

"다음들 드시오."

그 후로도 한참을 돈궤와 진상품을 들고 들어오는 유상들의 행렬이 이어졌다. 유상들에게 진상품을 바치는 일은 2년에 한 번 평안감사가 올 때마다 넌더리 나도록 해온 일이었다. 하지만 이번에는 달랐다. 친분 있는 한양 상인들로부터 조덕영에 대한 소문을 들은 유상들은 다른 때와 달리 좀 더 신경을 쓰며 바짝 긴장했다. 아니나 다를까, 부임연회 규모를 보고 유상들은 입을 다물지 못했다. 눈치 빠른 유상들이 얼마나 갖다 바쳤는지 한쪽에 쌓인 돈궤들 때문에 배가 기울 지경이었다.

연회를 위해 대동강변을 따라 횃불을 들고 서 있는 백성들은 고단하고 지쳐 있었다. 혹시라도 자신도 모르게 팔이 내려와 횃불이 낮아지면 포졸이 인상을 쓰며 손 내리지 말라고 호통을 쳤다.

"거 높이 들라니까?"

"어깨가 빠지겠소. 아파서 기러잖소."

"아, 바꿔 들문 되지!"

백성들은 횃불을 바꿔 들고는 어깨를 치며 긴 한숨을 내쉬었다.

"천은이 구천오백삼십 냥에, 동전이 사만 이천오백 냥, 선물이 일백팔십육 점이옵니다."

곽합은 부임연회에서 거두어들인 돈과 선물들을 정리한 장부를 보며 조덕영에게 보고했다. 조덕영은 곽합의 말을 듣고 표정이 풀린 얼굴로 희희거리며 웃었다. 곽합은 조덕영이 만족한 줄 알고 호들갑을 떨며 말했다.

"부임하면서부터 이게 정말 웬일이옵니까? 부임 몇 번만 해도 조선을 다 사겠습니다."

"희희희, 진짜 괘씸한 놈들이 아니냐? 내 평안감사로 오느라 여기저기 쓴 돈이 희희, 물경 십만 냥이 넘거늘, 희희! 이 서도 잡것들이 오냐오냐 하니까 이게, 희희, 내가 왜 평양까지 왔는데, 부임연에 은자 이만 냥도 못 채워?"

"대감, 괜찮습니까?"

곽합은 그제야 조덕영의 말과 행동이 평소와 다른 것을 깨달았다. 서양 물건들로 온몸을 휘감은 채 초점 없는 눈으로 희희거리는 게 영락없이 실성한 사람이었다.

"괜찮기는…… 희희, 내 속에서는 열불이 끓는구나. 근데, 희희, 그 아까 먹은 약이, 희희희, 내 이제부터 강하게, 희희희, 나가서 본때를 보여 줘야지, 이놈들이, 희희."

조덕영은 아편에 취해, 속에서는 천불이 나는데 겉으로는 정신 나간 사람처럼 계속 웃음을 흘렸다.

　김선달은 장죽(長竹)에 엽연초를 넣고 한 모금 깊게 빨아들였다.

　얼마 전부터 엽연초 피우는 횟수가 점점 늘더니, 요새는 아예 옆에 끼고 살았다. 담파고가 만병통치약이라는 사람들의 말이 맞는 것 같았다.

　담파고(담배)가 처음으로 들어왔을 때, 사람들은 '남쪽(왜)에서 온 신성한 풀'이라는 의미로 '남령초(南靈草)'라고 불렀다. 의료 혜택을 잘 받지 못하던 일반 백성들에게 담파고는 만병통치약으로 인식되어 빨리 확산되었다. 평민, 기생, 양반, 궁녀, 임금에 이르기까지 모든 계급에서 담배를 피웠고, 차나 술 대신 담배로 손님을 접대하기도 하였다. 어쨌든 심경이 복잡한 요즘 김선달을 위로해주는 것이라고는 담배뿐이었다.

　고향인 평양으로 내려와 '봉추당(鳳雛堂)'이란 현판을 걸고 훈장 노릇을 한 지도 벌써 십 년이었다. 십 년 전 선왕이 갑자기 승하하고 수렴청정 하에 어린 임금이 보위에 오르자, 김선달은 십 년 한양 생활을 깨끗이 접고 귀향했다. 귀향하기 전날 밤 김선달은 홍패 두 개를 들고 한참을 망설였다. 문무(文武)과에 모두 급제하고 받은 홍패지만 한양에서 더 이상은 희망이 없을 것 같았다. 그래도 '배운 게 도둑질'이라고, 과거에 급제한 글재주로 김선달은 서당을 열었는데, 한양에서는 아무 쓸모없던 홍패가 평양에서는 제몫을 했다. 홍패의 위력은 대단해서 평양에서는 '김선달'이라 하면 모르는 사람이 없었고, 봉추당에도 학생들이 넘쳐 났다. 그러나 그것도 잠시, 일 년이 다르게 세상이 어지러워지면서 봉추당도 영향을 받았다. 사랑 대청마루 가득했던 서탁에 하나둘씩 빈자리가 늘더니, 수업 전에 시끌시끌하던 사랑 대청도 점점 조용해졌다. 김선달은 사랑방에 앉아 사랑 대청마루에서 들려오는 제자들의 말소리를 무심코 들으며 장죽만 빡빡 빨아들였다.

"이기…… 암만 해두 가짜 같다."

아까부터 봉추당 벽에 걸린 홍패를 뚫어져라 살펴보던 구중회가 혼잣말을 했다.

"이기 가짜라고?"

학문에는 뜻이 없어도 이런 일에는 절대 빠지지 않는 강정구가 호기심이 발동하는지 어느새 구중회 옆으로 와서 홍패를 살펴보았다.

"요기 이름 쫌 봐라. '김(金)' 자, 요건 '사(士)' 자, 요건 '원(元)' 자, 기니까 김사원."

"긴데?"

"넌 와 기러케 눈치가 없니? 우리 사부님 존함은 '달' 자를 쓰시지 않니?"

"기럼 우리 스승님이 남의 홍패 갖다 놓고 우리한테 여태 대과에 급제 했다구 사기 친 거란 말이야?"

그제야 구중희의 말을 알아들은 강정구의 눈이 동그래졌다. 동시에 두 사람은 자신들이 대단한 것을 밝혀내기라도 한 듯 뿌듯해하며 고개를 끄덕였다.

"내참."

앞줄에 앉아 글을 읽던 학생이 기가 차다는 얼굴로 한마디 내뱉었다. 봉추당에 오는 학생들 중에 유일하게 학문에 뜻을 두고 있어 김선달이 제일 아끼는 제자 오하석이었다.

"우리 스승님 존함이 '사' 자에 '원' 자 맞구, '선달'은 대과에 붙구두 관직을 못 받은 사람을 부를 때 쓰는 말이다. 스승님께서는 문무(文武) 양과에 다 급제하고도 관직을 받지 못하셨지 않니? 기래서 사람들이 스승님 보구 '김선달 님, 김선달 님' 하는 기다. 알간?"

다른 학생들이 떠들거나 말거나 웬만하면 참견하지 않고 묵묵히 글을 읽는 오하석이지만, 구중희와 강정구의 황당한 대화를 더 이상 듣고 있을 수가 없어 한마디 거들었다. 오하석은 그들을 무시할 생각은 없었지만, '선달'이 뭔지도 모르는 자들이 관리라고 행세하는 현실이 답답한 건 사실이었다.

"문과, 무과를 다 급제했어? 긴데두 관직을 못 받았단 말이네?"

강정구가 도대체 영문을 모르겠다는 표정을 지으며 오하석에게 되물었다.

"우리 서도 사람들은 관직을 잘 안 주지 않니."

오하석은 답답한 표정으로 대답했다.

"우린 과거 안 보고도 다 관직을 받았는데?"

구중회가 아직도 납득할 수 없단 얼굴로 물었다. 오하석은 '어찌 이리도 모를까' 하는 표정을 지으며 설명했다.

"우리가 받은 관직은 과거를 보고 받은 관직이 아니고 여기 발령 온 수령들이 돈 뜯으려고 억지로 안긴 벼슬이야. 그냥 이름만 관리인 거지. 이제 알간?"

이제야 이해되었다는 듯이 구중회와 강정구는 고개를 크게 끄덕였다.

'오늘은 또 몇 명이나 빠졌을까?'

김선달은 수업시간이 시작되었는데도 사랑 대청과 연결된 방문을 열기가 망설여졌다. 아나나 다를까, 사랑 대청 서탁에는 달랑 세 명이 앉아 있었다. 김선달은 자신도 모르게 한숨이 새어 나왔다.

"소란스러워 다들 온 줄 알았더니…… 쫌 있다가 더 오면 할까?"

"이게 답니다. 더는 안 옵니다."

뭔가 알고 있는 듯 확신에 찬 구중회의 말에 김선달은 맥이 탁 풀렸다. 얼마 전부터 김선달이 우려하던 상황이 드디어 현실로 나타난 거였다.

사실 봉추당은 여느 서당들과는 조금 달랐다. 십여 년 전 한양 생활을 접고 평양으로 돌아올 때, 김선달은 서당이나 열어 세 식구 입에 풀칠이나 할 생각이었다. 그런데 막상 평양에 와보니 동네마다 널린 게 서당이었다.

조선은 지배계층인 관료를 세습이 아닌 과거시험으로 선발하는 사대부의 나라였다. 그것이 사대부들이 부정한 고려왕조와 다른 점이었다. 즉, 천출과 서자를 제외하고는 과거시험을 보는 데 신분적 제약이 없었다. 하지만 그것이야말로 자식을 부정하고 아비를 부정해야 하는 또 다른 사회적 차별을 가져왔다. 또한, 과거에 합격하더라도 관리가 될 수 없는 지역적 차별이 있었다. 김선달은 바로 이 지역 차별의 대표적인 인물이었다.

과거시험은 준비하는 기간이 짧게는 몇 년 길게는 십 수 년이 걸렸다. 그러니 과거를 준비할 경제적 여유가 필요했는데, 평안도는 중국과의 무역으로 부(富)를 축적해온 터라 과거를 준비하는 사람들의 수가 많을 수밖에 없었고, 실제로 과거 급제자도 한양 다음으로 많았다.

문제는 과거에 급제해도 서북인이라는 지역적 소외와 선대(先代)에 관리가 없었던 낮은 가문 출신이라는 이유로 관리가 되기 힘들었다. 설사 관리가 된다 해도 정3품 이상인 당상관에는 결코 오를 수 없었다. 이런 현상은 가문이 중요시 되는 세도정치가 시작되면서 더욱 심해졌다. 평안도는 과거에 급제하고도 관직이 없는 자들이 넘쳐났고, 그들이 할 수 있는 일이라고는 서당을 차리거나 지관(地官)이 되어 전국을 떠도는 일이었다. 사족(士族)이 없는 평안도는 다른 지방과 달리 문중이나 향청에서 서당을 세울 일이 없었기에 동네마다 생계를 위한 개인 서당이 우후죽순 생겼다.

김선달은 그걸 모르고 고향으로 돌아온 자신이 참으로 한심했다. 이런 상황이면 서당을 연다 해도 입에 풀칠하기가 쉽지 않을 것 같았다. 자식은 커 가고 자신은 늙어 가는 마당에 한양에서처럼 객기나 부리며 살 수는 없었다. 아니, 좀 더 솔직히 말하면 김선달이 한양에서 객기를 부릴 수 있었던 것은 그곳이 타향이었기 때문이다. 하지만 평양은 고향이었다.

막막한 심정에 며칠을 저잣거리에서 술로 지새우던 김선달은 이상한 점을 발견했다. 조금 번듯한 옷차림을 했다 싶으면 모두 '좌수'니 '별감'이니 하는 호칭을 붙였다. 좌수나 별감이면 향안에 이름을 올린 향리들을 의미했다. 향리라 하면, 지방자치기관인 향청(鄕廳)에 소속된 하급관리다.

고려와는 달리 조선은 전국 방방곡곡 작은 고을도 직접 나라에서 관리를 파견했다. 그러다 보니 외지(外地) 출신인 지방관을 돕기 위한 고을 사정에 밝은 사람들이 필요했다. 그래서 향청을 세우고 그 우두머리인 좌수를 덕망 있는 사족(士族) 출신 중에 임명했다. 좌수는 향청에 소속된 별감 이하의 관리들을 임명할 수 있었고, 그들은 지방관을 돕는다는 명목으로 지역사회에서 막강한 권력을 행사할 수 있었다. 그만큼 향리가 되는 일은 쉬운 일이 아니었다.

그러나 세월이 흐르면서 향청의 역할은 점점 변질되었고, 세도정치가 시작되자 향청은 돈 있는 자들이 장악하였다. 즉, 평안도를 쥐고 흔들 수 있는 자들은 2년짜리 평안감사가 아니고 유상들이었다. 그렇다고 해도 사족도 없는 평안도에서 이렇게 죄다 좌수나 별감이고 창감일 수는 없었다. 며칠 오가는 사람들을 붙들고 술을 마시다 보니, 김선달은 평안도의 특수 상황을 깨달았다.

부임한 지방관들이 좌수니 별감이니 창감이니 하는 온갖 종류의 직책을 유상들이나 그들의 자식들에게 강매한다는 것을 알게 된 김선달은 묘안을 떠올렸다. 어차피 평범한 서당으로는 입에 풀칠하기도 어려울 터, 다른 서당과의 차별화 정책이 필요했다.

며칠 후 김선달은 돈을 융통하여 대동강이 내려다보이는 집 한 채를 구입하고 봉추당을 열었다. 봉추당의 '봉추'는 '봉황의 새끼'라는 뜻으로, 학문을 열심히 갈고 닦아 봉황이 돼서 나라를 바로 세우는 인재가 되라는 의미에서 지은 이름이었다.

김선달은 이름까지 그럴듯하게 짓고 나서 유상의 자식이나 역관의 자식들 중 돈을 주고 관리가 된 좌수나 별감들을 모았다. 돈을 주고 산 관직이지만 그래도 기초적인 관리로서의 소양은 필요하기에 부모들은 봉추당에 자식들을 보냈다. 그 덕에 김선달은 봉추당을 열고 몇 년간 꽤 재미를 봤다. 그런데 어찌된 일인지 얼마 전 평안감사가 새로 부임한 이후로는 학생 수가 팍팍 줄었다. 궁여지책으로 김선달은 얼마 전부터 코흘리개 어린아이들까지 받았다. 점점 줄어드는 학생 수를 메워보려고 어린아이들을 모아 소학을 가르치며 겨우겨우 버텼다.

김선달은 달랑 세 명뿐인 제자들을 한번 쓱 훑어보고는 한숨을 쉬며 책을 폈다. 그때 사랑채 뒤쪽에서 한 청년이 헐레벌떡 뛰어오더니 후다닥 서탁 한 자리를 차지하고 앉았다. 이경탁이었다. 뭘 하다 왔는지 이경탁의 입술이 불그스름하게 번지고 좀 부풀어 있었다. 공부도 안 하면서 봉추당은 하루도 결석하지 않고 꼬박꼬박 나오는 녀석이었다. 다른 때 같았으면 버럭 소리를 질렀겠지만, 한 놈이라도 더 온 게 반가워 김선달은 그냥 책을 폈다.

"지난번에 어디까지 했더라?"

"『목민심서』 '공인의 마음가짐' 편을 하다 말았습니다."

김선달의 말이 떨어지기가 무섭게 이경탁이 대답했지만, 미덥지 못한 김선달은 오하석에게 한 번 더 확인을 하고서야 수업을 시작했다.

"무릇 벼슬살이란 백성이 위임한 권력을 백성의 행복을 위해 대리 행

사하는 것이니, 벼슬자리는 영원히 소유할 대상도 아니고 구한다고 해서
뜻대로 얻어지는 자리도 아니다. 이는 주인인 백성의 뜻에 따라 임시로
관리하는 자리에 불과하다. 공직자의 마음가짐이 이와 같아야 그 자신은
물론 나라가 평안하다."

다산 정약용 선생의 『목민심서』는 구구절절 뼈 속까지 옳은 소리였다.
김선달은 어느새 봉추당의 학생 수가 줄어드는 것에 대한 근심도 잊어버
리고, 수업에 열을 올렸다. 그런데 아까부터 김선달의 눈치만 살살 살피
던 구중희가 강의를 끊으며 말했다.

"근데 사부님, 이제 이런 거 필요 없습니다."

김선달은 도대체 무슨 소리인가 싶어 눈만 끔뻑거리며 구중희를 쳐다
보았다.

"관아에서 돈 받구 공직을 줄래두 더는 줄 사람이 없답니다. 사실 평양
성 안쪽으로 슬슬 거닐다 보믄 옷 좀 번지르르하면 다 별감이구 도감이
구 창감이구 막 기래요. 기래서 방법을 바꿨답니다."

김선달은 갑작스런 제자의 말에 멍하니 있는데, 강정구가 덧붙여 설명
했다.

"새로 온 평안감사는 애들을 막 잡아다가 기냥 패고 주릴 튼답니다. 죄
목두 황당하구 종류두 여러 가지구, 좌우간 기 아부지가 잘못했다고 곡
쫌 하문서 돈을 많이 내야 풀어준답니다."

허어……. 김선달은 자기도 모르게 한숨을 쉬며 천장을 바라보았다.
얼마 전 평안감사 부임연회를 지켜본 김선달은 새로 온 감사가 예사 인
물이 아님을 감지했지만, 이런 식으로 자신의 밥그릇을 뺏을 거라고는
상상도 못했다. 예전 같으면 분노라도 했겠지만 김선달은 이제 그럴 힘

도 의욕도 없었다. 그저 어찌할 수 없는 상황에 답답한 마음뿐이었다.

그때 얼마 전부터 매일 김선달을 자극해온 노랫소리가 들려왔다.

얼레리꼴레리 얼레리꼴레리 누구하구 누구는 못생긴데, 못생겼
는데, 선화당에 돈 갖다 바치구 별감나리루 올라갔다며요~.

"그래서 저도 오늘까지만 나옵니다."

구중희가 김선달의 눈치를 보며 조심스럽게 말했다.

노랫소리에 신경이 서서히 곤두서고 있었는데, 생각지도 못한 제자의 하직 인사를 받자 김선달은 미간을 잔뜩 찌푸렸다.

"저도 오늘 인사드리러 나온 겁니다."

구중희에 이어 강정구까지 하직 인사를 하자, 김선달의 얼굴이 확 일그러졌다.

밖에서는 '얼레리꼴레리' 하는 꼬마들의 노랫소리가 점점 크게 들렸다. 순간, 김선달의 얼굴이 금방이라도 폭발할 것 같이 달아올랐다.

"거저 조용히 시키구 오겠습니다."

김선달의 표정을 살피던 눈치 빠른 이경탁이 말했다. 하지만 이경탁보다 앞서 김선달이 먼저 벌떡 일어나 빗자루를 집어 들고 대문 밖으로 뛰쳐나갔다.

동시에 오하석을 제외한 모든 제자들도 쪼르르 난간으로 다가가 대문 밖을 내다보았다. 대문 밖에서는 김선달이 빗자루로 아이들을 내쫓으며 한바탕 소란을 피우고 있었다.

"정구야, 근디 저 아새끼들이 떠드는 별감이 니 아니네?"

"무슨 소리? 요전에 울 아바이가 좌수 자리로 다시 해줬어. 별감은 형이잖아?"

"거참! 난 창감이라니깐. 별감은 경탁이 형일걸?"

"근데, 아새끼들이 놀리는 건 별감인데 왜 스승님이 저리 열 받으신 거래?"

"그러게 말이야."

두 사람의 대화를 옆에서 듣던 이경탁이 한심하다는 얼굴로 그들을 쳐다보았다.

대문 밖으로 뛰쳐나간 김선달은 체면이고 뭐고 다 내팽개치고는 빗자루를 마구 휘저으며 아이들을 내쫓았다.

"네 이놈들, 수업 끝났으면 집에 곱게 갈 것이지 왜 허구한 날 장난질이냐?"

아이들은 오히려 그런 김선달이 재미있는지 까르르 웃으며 살살 놀리더니 도망쳐버렸다.

겨우 아이들을 쫓아내고 헉헉거리며 다시 대문을 들어서던 김선달은 누군가의 시선이 느껴져 뒤를 돌아보았다. 평양감영에서 일하는 박좌수였다. 그는 김선달과 눈이 마주치자 헤벌쭉하게 웃으며 인사했다.

"박좌수 아니니? 여긴 어쩐 일루…… 아, 공부하시게?"

"기런 게 아니라…… 저기, 선달 님. 잠깐 관아에 쫌…….”

"관아? 무슨 일루?"

김선달은 혹시나 하고 물어봤다가 박좌수의 대답에 실망한 얼굴로 되물었다.

"아니, 뭐 기냥 가보시문······."

생판 처음 보는 양반 두 사람이, 하나는 눈을 휘둥그렇게 뜨고 또 하나는 미간을 잔뜩 찌푸려 실눈을 뜬 채 김선달을 조목조목 뜯어보더니, 고개를 절레절레 흔들었다.

"아닌데."

"응, 이 사람이 아니야."

"거보라요, 내가 아니라구 했잖습니까? 우리 선달 님은 법 없이두 살 사람이라니까, 거참! 자, 이젠 가보셔두 됩니다."

"뭔데? 대체 무슨 일인데?"

박좌수를 따라 관아에 왔다가 황당한 일을 당한 김선달의 얼굴빛이 좋지 않았다. 이를 눈치 챈 박좌수가 머뭇거리며 말했다.

"쩝, 뭐······ 선달 님두 피해자라문 피해자니끼니······."

박좌수가 선뜻 대답하지 못하고 말꼬리를 흐렸다.

"피해자?"

"선달 님 존함이 도적맞은 것 같습니다. 작년 겨울에 이 한양 량반들이 평양에 와서 놀다가······ 누군진 모르지만, 본인이 김선달이라구 나선 사람이랑 어울려서 재미지게 놀았답니다. 그러구 그 가짜 김선달이 저 한양 량반들한테 좋은 농토가 나왔다고 추천해줬답니다. 기래서 저 량반네들이 보니까 강가에 기름진 땅이라 기걸 기냥 샀는데, 기 땅이 봄이 되니 없어졌답니다."

김선달이 어이가 없어 되물었다.

"땅이 없어져? 땅이 어케 없어지니?"

"기 땅이…… 꽝꽝 얼어붙은 대동강 위에 흙 뿌리구 볏짚 뿌려서 농토처럼 꾸며 놓은 데였답니다."

순간, 김선달의 머릿속을 스치는 생각이 있었다. 십 년도 더 된 일이었다. 한참 한양에서 왈패들과 어울려 양반들 골려먹는 재미로 하루하루를 보낼 때, 경기도에 있는 조그마한 저수지를 겨울에 꽁꽁 얼려놓고 논으로 속여 팔아먹은 적이 있었다.

"이놈의 왈패놈이 또……."

"뭐 짚이는 거라도 있으십니까?"

박좌수가 혹시나 하고 김선달에게 물었다.

"아니, 아니네……. 난 그만 가보겠네."

김선달이 다급히 박좌수에게 인사하고 잰걸음으로 관아를 빠져나오는데, 그의 귀에 분노에 찬 한양 양반들의 목소리가 들려왔다.

"이놈이 우리 장동김문을 어찌 보고 감히!"

"그놈이 자기도 장동김문이라 안 했나! 에이."

양반들의 말에 김선달은 잠시 멈칫하더니 쓴웃음을 지었다.

'장동김문이라…….'

김선달은 한숨이 절로 나왔다. 여군주라 불리던 정순대비가 수렴청정하는 동안, 외척으로서 쥐죽은 듯 지내던 장동김문이었다. 그런데 정순대비가 수렴청정을 거두기가 무섭게 나라의 모든 권력을 틀어쥐었다. 그렇게 세도정치 몇 년 만에 장동김문은 조선을 삼켰다. 이제 왕은 더 이상 어린아이가 아니었지만, 무엇 하나 자신의 뜻대로 할 수 있는 것이 없었다. 김선달은 잠시 걸음을 멈추고 뒤돌아 서울 양반들을 쳐다보았다. 그들을 보아하니 이 세월이 쉬이 끝날 것 같지 않았다.

관아를 나온 김선달은 화가 치밀어 오른 얼굴로 한달음에 기생집인 착복관(着服館)으로 쳐들어갔다. 하인들이 제지하는 것도 무시한 채 김선달은 다짜고짜 안으로 들어가 방문을 열어젖혔다. 첫 번째 방문을 열자 자욱한 연기로 한 치 앞도 볼 수 없는 가운데 매캐한 담배 냄새가 풍겼다. 잠시 후 뿌연 담배 연기가 걷히며 방 안에 있던 사람들의 모습이 들어왔다. 도대체 며칠을 도박판에 앉아 있었는지 가늠하기도 힘든 봉두난발한 머리에다 눈까지 시뻘건 사내들이 투전판을 벌이고 있었다.

투전은 두꺼운 종이로 작은 손가락 길이만 하게 만들어 한 면에 동물 등의 그림이나 글귀를 적어 끗수를 표하고 기름을 매겨 만든 후 60장이나 80장을 한 벌로 해서 노는 놀이였다. 도박이야 이전에도 있었지만 조선에서 도박이 대대적으로 성행하게 된 것은 양란(兩難) 이후다. 양란(兩難)은 조선사회에 많은 변화를 가져왔다. 농업을 바탕으로 한 유교 국가였던 조선은 상품경제와 화폐경제가 발달하면서 소비문화가 나타나기 시작했다. 도박은 이런 사회적 분위기에 따라 성행하게 되었다. 특히 숙종 때 역관 장현에 의해 북경에서 들어온 투전은 전국 방방곡곡으로 퍼져 나갔다. 조정의 높은 양반들부터 시정(市井)의 왈자 패거리까지 투전을 즐기지 않는 자가 없었다. 기생집인 착복관도 낮에는 투전을 하는 사람들로 넘쳤다.

방 안에 있는 사람들은 얼마나 도박에 빠졌는지 요강과 타구(唾具, 가래나 침을 뱉는 도구)까지 옆에 낀 채 술상을 받아 놓고 투전을 하고 있었다. 그 모습에 김선달은 혀를 끌끌 차며 방 안을 훑었지만, 그가 찾는 천봉석이 없자 옆방으로 가서 문을 열었다.

그 방 역시 왈패에서부터 양반집 자제들, 노인들, 여자들까지 각양각

색의 사람들이 뒤섞여 담배를 피우며 도박에 푹 빠져 있었다. 다음 방도, 그 다음 방도 투전이니 골패니 쌍륙이니 강패니 온갖 종류의 놀음을 하는 사람들로 가득 차 있었다.

김선달은 벌건 대낮에 방마다 도박판이 벌어지고 있는 풍경이 어이가 없었다. 하지만 생각해보면 그리 낯선 일도 아니었다. 한양에 있을 때는 늘 보던 익숙한 풍경이었다.

세도정치가 시작되면서 도박은 더욱 극성을 부렸다. 하루하루가 불안한 사람들에게 도박은 일종의 위안이었다. 아무리 성실하게 노력해도 아무것도 얻어지지 않는 세상에서 사람들은 씨를 뿌려 열매를 거두는 것보다 우연에 자신의 인생을 걸었다. 불확실성과 운(運)이 지배하는 세상에서 경제적 약자인 백성들은 도박에 깊이깊이 빠져들었다.

도박이 성행하면서 도박장을 개설하여 고리로 이자를 놓거나 자릿세를 뜯는 자들도 나타났는데, 주로 왈패 무리였다. 천봉석도 그런 무리들 중의 하나였다. 천봉석은 한때 한양에서 제법 잘나가는 왈패이기도 했지만, 지금은 평양에서 내로라하는 기생집인 착복관에 빌붙어 뒤를 봐주거나 도박하는 사람들 사이를 이리저리 돌아다니며 돈 잃은 자들에게 돈 꿔주고 개평을 떼며 살고 있었다.

"이십 냥이라! 아이구, 박주부 님. 오늘 기냥 승부를 제대로 보실라구 기러나 보네. 자, 여기 일 할 떼구 십팔 냥! 길치, 씨팔! 기런 정신으루 치셔야 따십니다. 자, 여기 수결하쇼. 요즘 한 섬에 넉 냥하니까, 박주부 님 싸전에서 오 섬 받아갑니다."

"이 사람이! 요즘 한 섬에 다섯 냥 반이야!"

"에헤이, 알았소. 한 냥 더 드릴게. 야, 박주부 님께 냉면이라도 한 그릇 올려라. 자, 오 섬 받아갑니다. 수결하소. 이것 한 잔 받으시구. 이기 착복관의 자랑 감홍로입니다. 잘 드시구 잘 따쇼.”

천봉석은 능숙하게 박주부란 싸전 상인을 어르고 달래 결국 장부에 수결을 받아내더니, 옆에 잘 차려진 상에 앉혀 시원하게 잘 말아진 평양냉면과 술 한 잔을 올리며 기분 나쁘지 않게 마무리했다.

천봉석을 찾아 방들을 뒤지고 다니던 김선달은 드디어 마지막 방에서 천봉석을 발견하고, 신발도 벗지 않은 채 안으로 뛰어들었다.

“형님, 어서 오시라요. 오랜만입니다.”

천봉석은 무슨 상황인지 전혀 모르는 터라 반갑게 김선달을 맞이했다. 이제야 겨우 천봉석을 찾은 김선달은 일단 그의 멱살을 잡았다.

“니 내 이름 팔아 사고 치지 말라고 몇 번 말했어? 내 손에 죽고 싶어?”

“아이고, 여기서 와 이러십니까? 나갑시다, 행님.”

김선달은 웬만한 일에는 크게 화를 내지 않는 사람이었다. 그런데 자신의 멱살을 잡았다는 것은 분명 최근에 사고 친 것을 알고 왔다는 것이었다. 불길한 예감에 천봉석은 김선달을 복도 한구석으로 데리고 나갔다.

“내 원래는 바가지나 한번 씌우고 말려구 기랬는데 기놈 중 하나가 자기 자식눔이 이조 정랑인가 뭐 벼슬아치 발령 내는 데 있다구, 얼마나 사람들이 뇌물을 갖다 바치는지 아냐구 하두 자랑질을 해서 내 열나서 골탕 좀 맥였수다. 형님 웬수도 갚을겸!”

천봉석은 은근슬쩍 김선달까지 갖다 붙이며 변명했다.

“내 핑계 대지 마! 누가 너한테 내 앙갚음해달랬어?”

“어허, 형 생각만 하문 안 되지. 내 꿈, 내 원한두 생각해야지요. 원래 내 꿈은 형이 어사출두하문 내 동생들 데리구 가서 탐관오리 때려잡구 기러는 거였어. 기래서 형이랑 한양에서 기 고생하문서 같이 있었던 기야요. 형을 믿었으니까. 긴데 형 꼴 좀 보라요! 그 호기롭던 우리 형님 어디 갔습니까? 홍패를 두 개씩이나 따문서 우로는 임금을 바르게 모시구 아래루는 착하게 백성을 보살피겠다던 형님은 오데루 갔습니까? 내 꿈은? 이 썩어빠진 세상에서 얼뜨기 나리들이랑 코흘리개들 배워주며 촌부루 평안하게 사니까 좋으십니까, 네?"

천봉석이 한참을 떠들어대는데 김선달은 한마디도 대꾸하지 못했다.

이상하게도 김선달은 한양시절 얘기만 하면 입을 쏙 다물었다. 남들은 김선달의 과거 행적을 영웅담처럼 떠들고 다니지만, 김선달은 과거 자신의 행적들을 별로 좋아하지 않았다. 부끄러울 정도는 아니지만 어디 가서 떳떳하게 내세울 만한 것은 못 된다고 생각했다. 좀 더 엄밀히 따지고 보면 그건 그냥 객기였다. 아무리 하늘이 낸 재주가 있어도 조금도 달라질 수 없는 자신의 처지에 대한 뼈저린 절망에서 나온 한풀이였다.

천봉석은 이런 김선달의 마음을 너무나 잘 알았다. 한양에서 십 년을 하루도 빠지지 않고 함께 지낸 사이였으니, 천봉석은 김선달의 마음쯤은 훤히 들여다보았다. 천봉석은 김선달이 답답하고 안타까워 한 번씩 맘에도 없는 소리를 쏟아 냈다.

천봉석의 말이 가슴에 콕콕 박히는지 김선달은 아무 말 없이 뒤돌아섰다. 김선달은 자신의 민낯이 여지없이 드러난 것 같아 고개를 들 수 없었다. 천봉석도 할 말을 다 하기는 했지만, 축 처진 김선달의 쓸쓸한 어깨를 보니 맘이 편치 않았다. 잠시 망설이던 천봉석은 김선달을 돌려세워 돈 몇 냥을 건넸다.

"야, 이 새끼야. 내가 거지니?"

"형이 맡긴 돈 리자 일부입니다. 형님 맡긴 돈 내 진짜 잘 불쿠구 있거든요. 내 형 벼슬아친 못 만들어두 부자는 만들어줄게."

워낙 남을 도와주는 것을 좋아하는 마누라와 살다보니 몇 년 전부터 김선달은 슬슬 노후가 걱정되기 시작했다. 이러다 말년에 두 부부가 거리에 나앉겠단 생각에 김선달은 천봉석에게 푼푼이 돈을 맡겨 이자를 받으며 돈을 불리고 있었다. 김선달이 이자 몇 냥을 손에 쥐고 멀뚱하게 서 있는데, 천봉석이 방문을 열며 부하들에게 소리쳤다.

"니네 뭐하니? 형님 좀 모셔라."

결국 한마디 제대로 따지지도 못한 김선달은 노끈에 묶인 술병 두 개와 보자기로 싼 음식 소쿠리를 들고 시무룩하게 집으로 돌아왔다. 김선달이 막 대문에 들어서는데 옆집에서 낯익은 목소리들이 들렸다. 잠시 망설이던 김선달은 고개를 내밀어 얕은 담장 너머 옆집에 사는 선천댁네 마당을 보았다.

마당에서는 구중희와 강정구가 선천댁과 실랑이를 벌이고 있었다. 그리고 그 옆에는 김선달의 아내 최유리가 베 한 필을 들고 서 있었다. 보아하니 향리인 제자들이 군포를 걷는데 애를 먹는 모양이었다. 대충 짐작되는 바가 있어 김선달은 모른 척 툇마루에 걸터앉아 장죽에 엽연초를 넣고 하늘을 보며 길게 한 모금 빨아들였다. 그렇게 무심한 척 담배를 빨며 앉아 있는데, 자꾸 옆집에서 소리가 들려 김선달은 마음이 불편했다.

"사모님, 나라님 명이니 저희두 어쩔 수 없습니다. 작년에 마음 약하게 먹었다가 저희들이 몇 필을 대신 냈는지 아십니까? 올해는 절대 그럴 수 없습니다."

작년에 아버지에게 혼쭐이 났던 걸 기억하고, 구중희는 다시 한 번 마음을 다잡았다.

"생각 좀 해보게. 시애비 죽어, 서방 죽어, 삯바느질해서 어린것들하고 겨우 입에 풀칠하는 이 집에 어떻게 군포를 세 필이라 내라고 하는가? 여기 내 한 필 구해 왔으니 이거 가지고 가시게들."

"여기 군적에 올라온 사람은 모두 내라는데 어떡합니까? 김인석, 김삼복, 김개똥. 죽었든 살았든 서서 다니든 기어 다니든 군적에 올랐음 다 내야 됩니다."

강정구 역시 작년에 집안에서 경을 치렀던 지라 조금도 물러서지 않았다.

"정말 왜 기래요? 사모님. 아는 사람이 더 무섭다구, 이거 못 채우면 저희가 채워야 된다니까요. 저희한테 이러시문 안 돼요."

구중희는 정말 죽을 맛이었다. 사실 어려운 한두 집이야 한 번쯤 자신들이 대신 낼 수도 있었다. 문제는 그런 집이 너무 많고 매해 반복된다는 거였다. 그러니 독하다는 소리를 들어도 독촉할 수밖에 없었다.

구중희와 강정구가 조금도 물러나지 않자, 선천댁은 그들의 손을 잡고 울면서 빌었다.

"한 번만 좀 봐주세요. 이제 진짜 아무것도 없습니다. 엊그저께 가마솥까지 팔았습니다."

담장 너머에서 옆집 마당의 사정을 듣고 있던 김선달은 그저 속이 답답할 뿐이었다. 받지도 못할 걸 자꾸 빌려주는 최유리나, 쌀 한 톨 나올

구석이 없는 집안에서 군포를 받으려는 제자들이나…… 김선달은 불현 듯 한양 저잣거리에서 들었던 다산 정약용 선생의 '애절양(哀絶陽)'이란 시가 떠올랐다.

蘆田少婦哭聲長 (노전소부곡성장)

갈밭마을 젊은 아낙 길게 우는 소리

哭向縣門號穹蒼 (곡향현문호궁창)

관문 앞 달려가 통곡하다 하늘 보고 울부짖네

夫征不復尙可有 (부정불복상가유)

출정나간 지아비 돌아오지 못하는 일 있다 해도

自古未聞男絶陽 (자고미문남절양)

사내가 제 양물 잘랐단 소리 들어본 적 없네

舅喪已縞兒未澡 (구상이호아미조)

시아버지 장례 치르고 갓난아기 배냇물도 안 말랐는데

三代名簽在軍保 (삼대명첨재군보)

이 집 삼대 이름 군적에 모두 실렸네

薄言往愬虎守閽 (박언왕소호수혼)

억울한 하소연하려 해도 관가 문지기는 호랑이 같고

里正咆哮牛去皁 (이정포효우거조)

이정은 으르렁대며 외양간 소마저 끌고 갔다네

磨刀入房血滿席 (마도입방혈만석)

남편이 칼 들고 들어가더니 피가 방에 흥건하네

自恨生兒遭窘厄 (자한생아조군액)

스스로 부르짖기를 "아이 낳은 죄로구나!"

蠶室淫刑豈有辜 (잠실음형기유고)

누에치던 방에서 불알 까는 형벌도 억울한데

閩囝去勢良亦憾 (민건거세양역척)

민나라 자식의 거세도 진실로 또한 슬픈 것이거늘

生生之理天所予 (생생지리천소여)

자식을 낳고 사는 이치는 하늘이 준 것이요

乾道成男坤道女 (건도성남곤도여)

하늘의 도는 남자 되고 땅의 도는 여자 되는 것이라

騸馬豶豕猶云悲 (선마분시유운비)

거세한 말과 돼지도 오히려 슬프다 할 만한데

況乃生民思繼序 (황내생민사계서)

하물며 백성이 후손 이을 것을 생각함에 있어서랴

豪家終世奏管弦 (호가종세주관현)

부잣집은 일 년 버버 풍악 울리고 흥청망청

粒米寸帛無所損 (립미촌백무소손)

이네들 한 톨 쌀 한 치 베 버다 바치는 일 없네

均吾赤子何厚薄 (균오적자하후박)

다 같은 백성인데 이다지 불공평하다니

客窓重誦鳲鳩篇 (객창중송시구편)

객창에 우두커니 앉아 시편을 거듭 읊노라

정약용 선생이 강진 유배 중에 갈밭에 나갔다가 피가 뚝뚝 흐르는 보자기를 들고 관아로 달려가는 젊은 아낙을 만나 그 사연을 듣고 지은 시라고 했다. 사내가 얼마나 억울하였으면 자신의 양물을 자르고 '자신은 더 이상 남자가 아니니 군포를 부과하지 말고 당장 소를 내놓으라'고 울부짖었을까 생각하니 김선달은 깊은 한숨만 나왔다. 김선달은 그냥 있을 수 없어 무거운 발걸음으로 옆집으로 건너갔다.

"너희들, 더 안 나올 것 같은 이 집은 놔두고 사정 나은 델 가봄이 어떠하냐? 그리고 임자, 거 남의 일에, 에휴······. 얼른 집으로 갑시다."

김선달이 나름 중재했지만 구중희나 강정구, 최유리까지 꿈쩍도 안 하고 버티었다. 더 이상은 안 되겠는지 김선달은 주머니에서 몰래 돈을 꺼내 구중희에게 주며 말했다.

"가라. 여기서 기런다고 나오겠니."

구중희는 돈을 냉큼 받아 세어보더니 택도 없다는 표정을 지었다.

"아휴, 이걸로는 안 됩니다."

김선달은 못마땅한 표정을 지으며 몇 푼 더 꺼내 구중희에게 건네며 그만 가라고 손짓했다. 더 이상 나올 것이 없다는 것을 아는 두 사람은 하는 수 없이 선천댁 집을 나섰다.

"딴 집 가보자. 참······ 벼슬이 웬수다. 이기 참······."

그러는 사이 최유리는 김선달 품을 뒤져 돈을 챙기더니 선천댁에게 다 줘버렸다. 김선달은 최유리를 말릴 새도 없이 '어어' 하다 순식간에 당하고 말았다. 황당해 하는 김선달에게 선천댁은 연신 절을 하며 '감사합니다'를 뇌까렸다. 인사를 받으면서도 뭔가 아쉬워 김선달이 자리를 뜨지 못하자, 보다 못한 최유리가 김선달을 끌고 선천댁 집을 나왔다.

그날 밤 김선달네 저녁상은 그 어느 때보다도 푸짐했다.

평양 최고의 기생집인 착복관에서 나온 것이라 평소에는 구경하기 힘든 음식들이었다. 약과와 꼬리떡, 노치, 녹두지짐(돼지고기를 넣은), 순안불고기에 가지, 순대 등 몇 가지 안주가 한상 가득 놓여 있었다. 오랜만에 고기를 본 최유리는 얼굴에 화색이 돌며 슬쩍 김선달을 곁눈으로 쳐다보았다. 아이 셋을 낳으며 이십여 년 넘게 한 이불을 덮고 부부로 살아왔지만, 최유리는 아직도 김선달을 똑바로 쳐다보는 것이 어색했다. 이십여 년 전 사건으로 부부가 된 후, 단 한 번도 그날의 일에 대해 두 사람은 입밖으로 꺼낸 적이 없었다. 사실, 그 일만 없었다면 두 사람은 이렇게 밥상을 마주하는 사이가 절대 되지 않았을 것이다.

"웬 고기랑 술이에요?"

정신없이 고기를 먹던 최유리가 무안한지 김선달에게 물었다. 평소 관세음보살 같은 성품을 가지고 있는 최유리는 절대 고기나 술은 입에도 대지 않을 것 같지만 누구보다도 고기와 술에 환장했고, 그 점이 김선달은 항상 의문이었다.

"누가 주더라구. 흠, 거 임자, 딱한 사람들 돕는 것도 좋으나 우리두 딱한 편 아니오? 받지두 못할 걸 자꾸 빌려주면……."

"우리는 이렇게 고기도 먹잖아요."

아내의 말에 김선달은 할 말을 잃었다.

"딱한 사람들끼리 돕는 거예요. 딱하다고 서로 못 도우면 누가 돕습니까? 게다가 인징이라고, 이웃이 군포를 못 내면 그 이웃이 대신 내라는 어명이랍니다. 저러다 선천댁 도망가면 나중에 우리한테 내라고 할 거 아니에요?"

최유리는 한마디도 지지 않고 맞받아쳤지만, 결코 김선달과 눈을 마주치는 법은 없었다. 그것은 김선달도 마찬가지였다.

"아무리 그래도 기냥 막 퍼주면 우리는 어떡하오? 요즘 봉추당에도 학생이 줄어 걱정인데."

김선달은 속상한 마음에 술잔을 입으로 가져가는데, 최유리가 얼른 그것을 뺏어 마셔버렸다. 술잔을 뺏긴 김선달은 황당해서 입맛만 다셨다.

"사랑방 드나드는 학생들이야 있다가도 없고 없다가도 있고 그런 거죠, 뭐. 근데 이거 감홍로 아닙니까?"

감홍로는 쌀에 일곱 가지의 한약재를 넣어 만든 평양 최고의 술이었다. 워낙 고급술이라 일반 백성들은 구경하기도 힘들었다. 맑은 핏빛을 띤 이 술은 향과 맛이 일품이었지만, 한두 잔만 마셔도 취기가 도는 독한 술이었다. 최유리는 반색하며 맛을 보더니 독한 감홍로를 순식간에 몇 잔 비웠다. 잔뜩 취해 몸도 제대로 가누지 못하면서도 최유리는 김선달에게 계속해서 빈 잔을 내밀었다. 생김새만 봐서는 술 한 잔 입에 못 댈 것 같은 여자가 어찌된 건지 술이 들어갔다 싶으면 끝장을 봤다.

"큰 딸년은 돌두 안 돼 호열자(콜레라)한테 보내구, 둘째 놈은 세 살 때 마마한테 보내구, 남은 건 소월이 재 하난데…… 우리 막내 빨리 시집보내구 거저 임자랑 나랑 평안하게 려생 보내자. 기러니까 힘든 사람 보문 입은 옷까지 벗어주구, 기런 것 좀 참아봐라. 우리두 힘들지 않니?"

김선달은 한 잔 따라주며 최유리에게 달래듯 말했다.

하지만 이미 취할 대로 취한 최유리의 귀에는 김선달의 말이 하나도 들리지 않았다. 이러다 큰일 날 것 같아 김선달이 더 이상 술을 주지 않자, 최유리는 술병을 뺏어 자작(自酌)했다. 김선달은 그저 한숨을 쉬며 최유리를 불안한 눈으로 바라볼 뿐이었다. 김선달의 손이 자연스레 장죽으로 가는데, 어딜 돌아다니다 오는지 김소월이 방으로 들어왔다.

"어머, 웬 떡이에요?"

오랜만에 보는 푸짐한 상차림에 김소월은 얼른 상에 붙어 앉아 노치떡과 약과를 주워 먹었다. 그러다 뭔가 할 얘기가 있는지 자꾸 최유리에게 눈치를 살살 주었다. 아무리 취했어도 딸과의 약속은 기억이 나는지 최유리는 술에 취해 혀가 꼬부라진 발음으로 김선달에게 말을 꺼냈다.

"조 윗동네 사는 역관집 경탁이라고 알아요?"

"알지. 봉추당 안 나오나?"

"어때요?"

"뭐가?"

되묻던 김선달이 최유리의 말뜻을 알아차리고 말도 안 된다는 표정을 지으며 말했다.

"에헤이, 무슨 소리! 갸는 벌써 장가 한 번 갔다 왔다. 안 돼, 우리 소월인."

"아버지, 그건 그 처가 숨겨 놓은 정인이 있었대요. 그래서 그리된 거래요."

냉큼 김소월이 이경탁의 편을 들었다.

"니 그걸 어찌 아누? 암튼 갠 안 돼. 아들 많은 집 삼남이라 받을 재산두 없다."

"그럼 시집살이는 안 하겠네."

'경탁이라니…….' 김선달은 택도 없다고 생각하는데, 최유리가 맞받아치는 소리를 했다.

"씰데없는 소리. 내 우리 소월이 짝으루 봐 둔 놈이 있어. 애, 소월아! 니 하석이 어떠니? 딸만 있는 부잣집 장남에다 성품은 얼마나 차분하고 듬직한지, 봉추당에 오는 애들 중에 제일 똑똑하다. 내 기래서 하석이 아버님하고는 말을…….”

평소 하석을 마음에 두고 있던 김선달은 얼마 전 은근슬쩍 하석이 아버지인 오영좌에게 운을 뗐다. 비록 벼슬은 못했지만 과거 급제한 김선달 집안과의 혼사인지라 오영좌도 반색하는 눈치였다.

김소월은 어느새 시무룩해져 노치 떡만 젓가락으로 부수며 최유리를 째려보았다. 술기운에도 딸의 특별 지시를 받은 최유리는 헤헤거리며 김소월의 역성을 들었다.

“그런 게 시집가는 데 뭐가 중요해요?”

“중요하지! 조선 천지에 하루 밥 세 끼 제대루 먹는 사람이 얼마나 되갔어?”

“남녀가 사는데 사랑이 제일 중요하지, 딴 게 다 무슨 소용이야? 난 우리 딸 소월이를 끔찍하게 사랑해주는 사람이 있으면 시집보내겠지만 그렇지 않으면 내가 평생 데리고 살 거예요.”

“어허, 목소리 좀 낮추오. 동네 사람들 다 듣겠소.”

“들으라지. 동네 사람들 들으세요! 여기 이 사람은 뭔가 찔리는 게 있어서 어쩔 수 없이 델꾸 산다니까. 애정 같은 건 처음부터 없었어. 사랑 같은 건 처음부터 없었어!”

“소월이도 옆에 있는데 이 사람이……. 애, 이불 펴라. 어무이 재우자.”

김소월은 최유리와 계획한 작전이 완전히 실패로 돌아가자 시무룩한 얼굴로 이불을 펴다가 한마디 툭 던졌다.

“참, 아부지! 하석 오라버니가 잡혀갔대.”

국청(鞠廳)이라도 열린 듯 선화당(宣化堂) 마당은 참혹하기 그지없었다.

마당 한가득 피로 물든 형틀에는 곤장을 맞거나 주리 틀기를 당하는 사람들로 넘쳐났다. 조덕영은 평안감사 부임연회에서 거두어들인 돈이 성에 차지 않자 다음날부터 바로 사람들을 선화당으로 잡아들였다.

주리 틀기는 한번 당하고 나면 '조상의 제사도 모실 수 없다'고 할 정도로 혹독한 고문 방법이다. 고통이 오죽하였으면 영조 임금은 가장 일반적으로 사용된 주리 틀기의 하나인 가새주리를 금지했다. 주리 틀기는 일반 사건에는 사용하지 않고 도적 잡는 수사를 맡은 한양의 포도청이나 지방의 진영(鎭營)에서 사용되었다. 곤장형 역시 한번 행하고 나면 사흘은 쉬어야 한다고 할 정도로 끔찍했다. 지금 선화당 마당에서 행해지는 모든 고신(拷訊)은 민간인에게는 사용할 수 없는, 군인이나 도적들에게 하는 것이었다.

하루 종일 죄인들의 비명소리가 평양성을 가득 메웠다. 그 소리를 듣는 백성들은 언제 자신에게도 닥칠지 모른다는 불안감에 하루하루 속이 타들어갔다.

사실 감영의 정청(政廳)인 선화당(宣化堂)은 '임금의 덕을 드러내어 널리 떨치고 백성을 교화하는 건물'이란 의미를 지니고 있다. 그런데 편액(扁額)에 쓰인 '선화당(宣化堂)'이란 글씨가 무색하게, 조덕영은 부임하자마자 허구한 날 백성들을 잡아들여 고신했다. 잡혀온 이유도 모른 채 죄인들은 며칠째 끔찍한 고신을 당했다.

죄인들은 처음엔 답답한 마음에 격렬히 항의했지만 곧 부질없는 짓임을 깨달았다. 따지면 따질수록 고신은 점점 더 심해질 뿐이었다. 죄인들이 이 지옥 같은 선화당 마당을 벗어나지 못하면 진짜 죽을 것 같다는 생각이 들 때쯤 조덕영은 거드름을 피우며 나타났다. 죄인들의 상태를 살핀 조덕영은 손을 들어 잠시 고신을 멈추게 했다. 고신이 멈추자 여기저기서 외침과 울음소리, 신음소리가 들려왔다.

"니놈들이 이제 그 죄를 알겠느냐?"

조덕영의 말에 여기저기서 '잘못했습니다' 하는 소리가 들렸다. 조덕영은 죄인들의 말에 몹시 흡족한 표정을 지었다.

그때, 어디선가 추상(秋霜)같은 목소리가 들려왔다.

"도적이 아닌 이상 주리를 틀 수 없고 곤장도 삼십 대 이상 칠 수 없음을 모르시옵니까? 이 모든 문초가 국법에 어긋나는 일이옵니다!"

순간, 조덕영의 얼굴빛이 바뀌며 눈초리가 추어올라갔다. 조덕영은 형리 손에 있던 신상명세가 적힌 장부를 뺏어 쓱 훑어보며 물었다.

"저놈은 누구냐?"

"오하석이라고, 비단 전하는 오영좌라는 자의 장남이옵니다."

형리의 말에 조덕영은 낮은 소리로 물었다.

"그놈의 재산은 어느 정도냐?"

"비단 장사로 꽤 벌었다고 들었습니다. 땅만 삼천 석지기는 됩니다."

형리의 말에 조덕영은 얼굴에서 노여운 표정을 지우고 슬며시 미소를 짓더니 오하석에게 걸어갔다.

"국법? 자고로 조선의 제도란 관리로 백성의 스승을 삼는다는 이사제도(吏師制度)에 기본을 두고 있거늘, 좌수란 자가 관리로서 백성의 모범이 되지는 못할망정 네 감히 죄를 짓고도 국법을 운운하며 뉘우침이 없구나. 당장 치도곤을 가져오너라!"

조덕영의 말에 형리와 고신하는 나졸들이 잠시 멈칫했다. 치도곤은 곤형 중에서도 최고형에 해당되는 것이다. 이미 오하석은 주리 틀기를 당하여 허연 다리뼈가 드러난 상태였다. 그런 자에게 성인 남자 키 정도인 5척(尺) 7촌(寸)의 길이에 너비 5촌(寸) 3분(分), 두께 1촌(寸)의 치도곤이라니. 그러나 조덕영의 호통에 나졸들이 결국 치도곤을 대령했다.

육각형의 두꺼운 치도곤으로 넓적다리와 둔부를 연이어 내리치자 오하석은 극심한 통증에 비명을 지르며 난리인데, 조덕영은 흐뭇한 표정으로 선화당을 나가며 한마디 내뱉었다.

"삼천 석지기라…… 게다가 장남이라……."

평소 사윗감으로 여기며 아끼던 오하석이 잡혀갔다는 소식에 김선달은 오영좌의 집으로 달려갔다. 마침 대문 앞에는 오영좌가 조그마한 궤를 소달구지에 싣고 있었다.

"하석이가 잡혀갔다니, 이 무슨 일이오?"

황망한 마음에 김선달이 오영좌의 손을 잡고 물었다.

"낸들 아오. 기냥 다짜고짜 잡아갔소."

말하면서도 기가 막힌지 오영좌는 계속 한숨만 쉬었다.

"허참, 하석이가 무슨 잘못을 했다고. 그런데 지금 어딜 가시오?"

"가서 빌기라도 해서 빼내야지요."

"어딜 가서 빈단 말이오?"

"어디겠소? 감사영감 합부인이지."

소달구지에 궤를 다 실은 오영좌는 김선달에게 목 인사를 하고 하인과 함께 어둠 속으로 사라졌다. 김선달은 그저 씁쓸한 눈으로 오영좌가 떠난 어둠 속을 한없이 바라보았다.

"합부인이라⋯⋯."

한양에서 벼슬자리 하나 얻어 보려고 김선달은 어느 고관대작의 합부인을 찾은 적이 있었다. 짙은 화장에 묻혀 진짜 얼굴을 알 수 없는 합부인이란 그 여자는 살짝 몸을 옆으로 돌린 채 어두운 방 안에 앉아 있었다. 여자는 인사를 다 할 때까지 한마디 말도 하지 않은 채 늙은 암 여우 같은 눈빛으로 김선달을 쳐다보고 있었다. 그 눈빛이 부담스러워 엉거주춤하게 자리에 앉으려는데, 합부인이 김선달 앞으로 몸을 확 들이밀었다. 순간, 짙은 분내가 진동했고, 역한 그 냄새에 김선달은 참을 수 없이 불쾌해져 그 방을 뛰쳐나오고 말았다.

합부인이 등장하기 시작한 것은 건국 초기 분경금지법이 시행되면서부터다. 관직을 얻기 위한 활동인 엽관(獵官) 활동을 위해 집정자의 집에 드나드는 분경(奔競)을 금지한 법이 분경금지법이다. 이 법이 시행되자, 탐관오리들은 정실부인을 대신해 합부인(閤夫人)을 두고 부정부패를 일삼았다. 사실 합부인(閤夫人)은 원래 남의 부인을 높여 부르는 말이었는데, 이렇게 전혀 다른 의미로 쓰이고 있었다. 합부인은 정실부인이 아니다 보니 바깥출입과 사람 만나는 일이 자유로웠다. 그래서 관리들은 합부인을 내세워 분경금지법의 사각지대를 교묘히 빠져나갔다. 조덕영 역시 평안감사로 부임하자마자 과거의 인연인 착복관의 곽합을 합부인으로 두고 돈을 긁어모았다.

'합부인'이란 말을 되뇌며 생각에 빠져 한참을 서 있던 김선달은 다시 오영좌의 뒤를 쫓았다.

오영좌는 평양감영의 문간방 앞에서 입이 쩍 벌어졌다. 가족을 살리려 합부인을 찾아온 사람들로 평양감영 문간방은 문전성시를 이루고 있었다. 한참을 기다린 후에 겨우 합부인 곽합과 대면하게 된 오영좌는 들고 온 궤를 스윽 밀어 놓았다.

상석에 45도로 몸을 틀어 앉은 곽합은 그 궤를 슬쩍 들여다보았다. 오영좌는 평소 곽합이 운영하는 착복관을 뻔질나게 드나들어 친분이 두터웠지만, 오늘은 아들을 살려야 한다는 일념으로 그녀 앞에 납작 엎드렸다.

"우리 하석이루 말씀드릴 것 같으문, 딸 다섯 보구난 다음에 간신히 얻은 막내아들인 데다가 외아들이구, 또 장남입니다."

"사정은 딱한데, 감사어른이 죄가 중하다구 걱정하더라구. 이걸루 될라나? 얼마요?"

대충 봐도 얼마 안 되는 돈에 곽합은 실망한 표정으로 물었다.

"백 냥입니다."

"아이구, 백 냥으로는……."

'이건 아니지' 하는 표정으로 고개까지 저으며 시큰둥한 표정을 짓던 곽합은 궤 안에 금괴가 가득한 것을 보고 눈이 동그래지며 웃음이 저절로 나왔다.

"아유, 금이었어? 오 객주님, 우리가 남도 아니구, 내 하석이 잡혀왔단 말에 감사어른한테 얘기할라구 했어요."

곽합의 말을 듣고서야 오영좌는 한시름 놓이는지 긴 한숨을 쉬었다.

"감사합니다, 진짜 감사합니다. 긴데 저, 우리 하석이 죄목이 뭔지 알 수 있을지……. 단단히 주의를 주려문 그 죄목이 뭔지 알아야 다시는 이런 일이 없지 않갔소?"

"죄목? 그이가 뭐라고 했던 것 같은데…… 뭐라더라? 불효였나?"

"부, 불효라구요? 우리 하석이가?"

오하석은 평양 백성들이 모두 알아주는 효자였다. 오영좌가 황당하다는 표정으로 묻자, 곽합은 잠시 당황한 듯했으나 곧 뻔뻔한 표정을 지으며 말했다.

"불충인가? 하여튼 대감이 저러시는 거 보면 뭔가 안 했거나 못했겠지. 이제 걱정 말고 가봐요. 그리고 나 없더라도 우리 착복관은 좀 자주 가고. 응?"

"아…… 예."

금괴를 행복한 표정으로 쓰다듬는 곽합을 뒤로하고, 오영좌는 돌처럼 굳은 얼굴로 방을 나섰다. 그때 등 뒤로 '포정문 앞에서 기다리면 될 게야' 라는 곽합의 말이 들렸다. 오영좌는 입술을 꽉 깨물며 천천히 방을 빠져나왔다.

새벽부터 포정문 앞에는 자식들을 싣고 갈 달구지들을 대령하고 초초

한 얼굴로 기다리는 부모들로 가득했다. 뜬눈으로 포정문 앞에서 밤을 샌 오영좌와 김선달은 그들 사이에 섞여 문이 열리기만을 기다리고 있었다.

포정문 안쪽에서는 고신을 받는 죄인들의 처절한 비명소리가 끊임없이 들렸고, 그럴 때마다 부모들의 얼굴은 사색이 되었다. 그때, 천천히 포정문이 열렸고, 부모들이 일제히 문 쪽으로 우르르 몰려갔다. 거적을 덮은 시신 한 구가 실려 나왔지만, 순간 사람들은 모두 얼어붙기라도 한 듯 누구 하나 거적을 들춰보지 못했다. 잠시 망설이던 김선달이 거적을 들춰보니, 오하석은 아니었다. 오영좌와 김선달은 안도의 한숨을 내쉬며 돌아섰지만, 등 뒤에서 누군가의 오열하는 통곡소리가 들렸다.

김선달은 '포정문 앞에 시신을 진 사람이 늘어섰네'라는 저잣거리에서 유행하는 노래가 떠올랐다. 2년에 한 번씩 감사가 바뀔 때마다 평양은 홍역을 치르곤 했다. 하지만 이번에는 홍역 정도가 아닌 듯했다. 김선달은 씁쓸한 얼굴로 한숨을 쉬며 오영좌와 자리로 돌아갔다. 오영좌는 입술이 바짝바짝 마르고 숨이 막힐 지경이었다. 잠시 후 다시 한 번 포정문이 열리고, 포졸들이 엉망진창이 된 오하석을 끌고 나왔다. 치도곤을 맞은 오하석은 걷질 못해 포졸들에게 질질 끌려 나왔다.

그 모습을 보고 오영좌는 쓰러질 듯 휘청했고, 김선달이 재빠르게 그를 부축했다. 김선달에게 기대어 겨우 버티고 서 있던 오영좌는 입을 떼지도 못한 채 하인들에게 서두르라고 손짓했다. 하인들이 우르르 몰려가 오하석을 들쳐 업었다. 하인들이 오하석의 등을 받치며 달구지에 눕히는데, 하석의 신발에 고인 피가 뚝뚝 흙바닥 위로 떨어졌다. 오영좌는 큭 하고 참았던 울음을 터트렸다.

애가 타고 속이 터지기는 김선달도 마찬가지였다. 김선달은 자신의 손에 이끌려 어렵게 발자국을 떼는 오영좌의 온몸이 파르르 떨리고 있는 것을 느꼈다. 비단, 오영좌만 그런 것이 아니었다. 입을 열어 말하지는 않았지만 분노를 삼키고 포정문 앞에 서 있는 백성들의 얼굴은 심상치가 않았다. 웬만한 탐관오리의 폭정에는 면역이 된 평양 백성들이었지만 이 번엔 달랐다. 포정문 앞에 모인 백성들의 여느 때와는 다른 눈빛에서 김 선달은 왠지 모를 불안이 엄습해 오는 것을 느꼈다. 동시에 김선달은 가 슴이 쿵쿵거리며 심하게 요동쳤고, 마음속에서 뭔가 꿈틀거렸다. 하지만 스스로를 다독이며 용솟음치려는 그 무언가를 꾹꾹 저 밑으로 밀어냈다. '두 해만 버티자, 두 해만.' 김선달은 계속 중얼거렸다.

평양 인심은 부임한 지 얼마 되지 않은 조덕영에게서 등을 돌리고 있 었지만, 정작 본인은 전혀 개의치 않았다. 조덕영에게 평양 백성들이란 그저 자신의 굶주린 배를 채우는데 필요한 음식 같은 존재들이었다. 부 임하기가 무섭게 조덕영은 온갖 방법으로 돈을 긁어모았다. 선왕 때 금 지시킨 금광을 불법으로 열게 하여 백성들을 잠채(潛採, 몰래 채굴하는 것) 로 혹사시켰고, 사신접대를 위해 항상 평양감영에 비치해 두는 민고까지 털어 이자놀이를 했다. 이렇게 불법을 저질러도 누구 하나 뭐라 할 수 없 는 것이 서북지방의 특성이었다. 그리고 조덕영은 그 사실을 너무나 잘 알고 있었다.

"니가 여길 못 잊고 평양, 평양 노래한 연유를 알겠구나. 사대부 사족 들이 있길 하나, 그저 장사치들뿐이니 눈치 볼 데 없어 좋고 경치도 좋 고. 좋구나, 좋아."

풍광이 수려하여 국적을 불문하고 수많은 소인묵객(騷人墨客)들이 글을 지어 바친 평양성 최고의 정자인 부벽루에 술상이 차려져 있었다. 조덕 영이 곽합과 자신의 얼자(양반과 천민 사이의 아들)인 조길상을 불러 놓고 즐기고 있었다. 부벽루 아래로 대동강 물이 햇빛을 받아 은빛으로 반짝거리고 있었고, 백성들은 그곳에서 물을 긷고 있었다. 속사정이야 어떻든 정자 위에서 내려다보면 참으로 평화로운 풍경이었다.

"대감, 듣자하니 요즈음 처사가 과하다는 얘기가 돕니다. 천천히 먹는 밥이 탈이 안 나는 법이옵니다."

평온한 얼굴로 강변을 내려다보던 조덕영이 천천히 일어나 정자 난간으로 가더니 유유히 흘러가는 강물을 바라보며 그의 특기인 일장 연설을 했다.

"선왕 때까지만 해도 여기 붕당이니 저기 붕당이니, 우리가 군자네 니네가 소인이네 하며 말루만 싸웠지만, 이제는 다 풍비박산되고 외척들만 남지 않았느냐? 이제 세상을 움직이려면 중전을 내야 되는 거야. 그러려면 여기저기 내 편을 만들어 놔야 하니 돈이 있어야 되구. 내 여 평양에 오기 전에 고민이 많았느니, 이 자리 값이 은자 칠만 냥은 들여야 오겠더라. 그게 얼마냐? 동전으론 삼십만 냥이다. 과연 그 돈을 들여서 올 가치가 있나 고민하다 내 결심했느니. 2년 감사질 하면서 은자 이십만 냥만 모으자. 그걸 종잣돈으로 삼아 내 조선을 먹으리라. 좀 급히 먹더라도 많이 먹어야 하니 어쩌겠느냐?"

조덕영의 확고한 신념에 곽합은 더 이상 뭐라 않고 입만 삐죽거렸다.

대동강 물을 바라보며 한참을 떠들던 조덕영은 강가에서 물을 긷는 사람들을 보고 뭔가 이상하다는 것을 깨달았다.

"근데 평양 사람들은 우물을 파면 될 것을 왜 저리 힘들게 강물을 길어다 먹는 것이냐?”

“어머, 그래도 명색이 평안감사신데 그것을 모르신단 말입니까?”

조덕영의 일장 연설에 지루해하던 곽합은 자신이 아는 얘기가 나오자 호들갑을 떨며 아는 체를 했다. 아무리 돈 때문에 이곳에 오긴 했지만, 그래도 명색이 감사인지라 조덕영은 곽합의 말에 무안한 듯 헛기침을 했다.

“여기 평양 풍수가 배를 닮았는데, 배에 구멍이 나면 아니 가라앉습니까? 해서 우물을 못 파게 했더니 저리 물을 길어 먹습니다요.”

“허허, 역시 서도 것들은……. 배가 구멍이 난다고 우물을 안 파? 그게 말이 되느냐?”

기껏 물을 길어다 먹는 이유가 풍수 때문이라니. 조덕영은 기막힌 듯 비아냥거렸다.

“어머님 말씀은 무지한 백성들의 이해를 빠르게 하기 위해 만든 이야기이고, 여기 평양 우물물은 미세한 횟가루가 섞여 있어 식수나 빨래 물로 쓸 수 없어 저러는 것이옵니다.”

옆에서 말없이 듣고만 있던 조길상이 한마디 했다.

“그래도 누구 자식이라고 지 에미보다는 낫구먼. 흠, 반드시 강물을 먹을 수밖에 없다, 강물을…….”

순간, 조덕영의 머릿속에 번뜩이는 생각이 있었다.

“역대 감사 중에 저 물을 퍼갈 때 수세를 받은 적이 있었더냐?”

“누가 물에 세금을 물어요? 물 쓰듯 하라고 물인데…….”

“못할 게 뭐 있느냐? 강물이 아니면 마실 물이 없다는 거 아니냐? 세금은 그렇게 어쩔 수 없는 것에 붙여야 잘 걷히는 것이야.”

평안감사로 부임한 후, 조덕영은 오로지 돈을 거두어들이는 일에만 머리를 썼다. 곽합은 이제 하다 하다 강물에까지 세금을 물리려는 조덕영을 황당하다 못해 징그럽다는 표정으로 바라보았다. 반면, 아들인 조길상은 조덕영의 생각을 거들고 나섰다.

"전에 연경에 갔을 때 보니 연경의 땅도 여기 평양과 비슷하여 우물물 대신 강물을 먹사온데, 세금까지는 모르겠으나 분명히 물을 사서 쓰는 걸 보았습니다."

"거봐라, 역시 대국은 다르구나. 그건 그렇고…….'

비록 얼자이긴 해도 말하는 거나 생각하는 것이 제법 영특한 조길상을 가만히 내려다보던 조덕영이 다정한 목소리로 입을 열었다.

"얘, 길상아!"

"네, 대감마님."

"말은 제주로 보내고 사내는 한양으로 보내랬다고, 이제 너도 니 에미를 떠나서 큰물로 나가야 되지 않겠느냐? 내 너를 한양 시전 도중에 천거하면 어떻겠느냐?"

"어머, 웬일이세요? 우리 길상이를 다 챙겨주시고. 길상아! 왜 아무 말이 없어? 얼른 '아버님, 감사합니다.' 해야지."

조덕영은 곽합이 이럴 때마다 조금 불편했다. 아무리 첩이 낳은 자식이지만, 조길상은 장남이었다. 조길상은 어미를 닮아 이목구비가 수려했고, 차분한 성격에 말씨나 몸가짐도 단정했다. 두뇌 회전이 빠르지는 않았지만 맡긴 일은 꼼꼼하고 깔끔하게 잘 처리했다. 만약 길상이 적자(嫡子)였다면 제대로 키우고 싶은 자식이었다. 하지만…… 조덕영은 안타까웠지만 어찌 할 수 없는 부분이었다.

"너만 좋으라고 보내는 게 아니다. 너도 조씨가 아니더냐? 벼슬은 못 해도 조씨 문중을 위한 밑거름이 되어야 하지 않겠느냐?"

"예, 대감마님. 감사하옵니다. 반드시 조씨 가문의 밑거름이 되겠습니다."

"얘, 거름은 좀……."

곽합은 말을 하다 조덕영의 얼굴을 흘깃 보고 기분 나쁜 표정을 감췄다.

"헤헤, 그래, 거름 돼라. 거름이 있어야 조나무가 크지."

조덕영은 다시 대동강변을 내려다보며 골똘히 생각에 잠겼다.

"그런데…… 물세를 만들어봤자 평안감사 자리 값만 뛰는 거 아닌가 모르겠다. 자칫 재주는 내가 부리고 돈은 장동김씨만 벌겠어. 쯔쯔쯧."

조덕영 이전의 지방관들도 폭정이 이루 말할 수가 없었다. 평안도는 조선 건국 이후 중앙에서 철저히 소외된 지역이었다. 조선이 막 건국되었을 때는 고려유민이라 위험하다 하여 관리로 쓰지 않았고, 세월이 흐르면서는 천하게 여겨 쓰지 않았다. 오죽하였으면 한양에서는 양반집 하인들까지도 서북인을 '사람(人)'이라 부르지 않고 '놈(漢)'이라 불렀다. 이러다 보니 사족(士族)과 같은 견제세력이 형성되지 않아 지방관들이 수탈하기에 좋았다.

조선 건국 이후 계속된 서북지방에 대한 차별과 지방관들의 폭정은 조덕영에 와서 정점을 찍고 있었지만 누구 하나 뭐라는 사람이 없었다. 사실 평안도는 사족(士族) 대신 중국과의 무역을 통해 재산을 모은 유상들이 행세했다. 하지만 그들도 양반이 아닌지라 지방관을 견제하기보다 적당히 그들에게 갖다주고 적당히 받으며 상생했다. 그런데 조덕영은 기존의 지방관들과는 또 달랐다. 조덕영은 애당초 유상들과 상생할 뜻이 없어 보였다. 상생할 수 없다면 쳐내는 것이 장사꾼들의 계산이고 논리였다. 참다못한 유상들은 굳은 결심을 하고 조덕영을 도모할 계책을 세우기 위해 깊은 밤 김선달을 찾았다. 유상들은 평양에서 이런 일을 할 수 있는 사람은 김선달밖에 없다고 판단했다.

"하석인 좀 어떻습니까?"
"기래두 많이 좋아졌소."
자식들이 당한 걸 생각하면 오영좌와 유상들은 아직도 화가 치밀어 오르고 치가 떨렸다.
"선달 님! 이전 평안감사들은 억지루 벼슬이라도 안기고 돈을 뜯어갔어요. 비록 얼레리꼴레리 벼슬이래도, 벼슬아치면 좀 배워야겠다 싶어 선달 님께 보내지 않았습니까? 근데 이번 평안감사는 일단 잡아다 주리를 틀어서 반병신을 만들어 놓고 시작합니다."
"내가 아들만 넷인데 벌써 셋이 갖다 오구 이제 하나 남았습니다. 이놈까지 갖다 오문 난 망합니다. 이제 남은 것두 없어요."
유상들은 한이 맺히는지 한마디씩 내뱉었다.
"우리 하석이 죄목이 뭔지 아오? 불효라네, 기막혀서……. 조선 천지에 우리 하석이 같은 효자 있으믄 어디 한번 데려와 보라. 임자, 내 비록 무지렁이 장사치라지만 조덕영 저놈은 용서가 아니 되오. 내가 그놈 때문에 잠도 안 오고 먹지도 못하겠어."
"형님뿐만이 아닙니다. 우리 모두 이제 더 이상은 못 참겠습니다."

유상들이 제각각 분통을 터뜨렸지만, 김선달은 딱히 해줄 말이 없었다. 귀향한 후 김선달은 더 이상 이런 일에 관여하고 싶지 않았다. 십여 년 전 선대왕의 죽음과 함께 김선달은 모든 것을 내려놓았다. 물론 아주 가끔씩 가슴 속 깊은 곳에서 불덩이 같은 울화가 목구멍까지 치받쳐 오를 때가 있었지만 참을 수 있었다. 녹록지 않은 생활은 분노나 억울함도 모두 무뎌지게 만들었다. 이제 김선달은 눈 감고 귀 닫고 그저 처자식과 조용히 굶지 않고 살면 족했다.

"그래도 어찌할……."

김선달의 말이 채 끝나기도 전에 뭔가 결심한 듯 오영좌가 납작하게 접힌 보자기를 하나 내밀었다. 김선달이 보자기를 풀자, 책자 하나가 나왔다. 김선달은 궁금한 얼굴로 책장을 한 장씩 넘기다 그만 소스라치게 놀랐다.

"아니, 이건……."

"맞소, 치부책이오. 우리가 당한 게 몽땅 적혀 있소. 누가 밀루 얼마 바쳤는지. 거 보문 평양에서 우리가 바치고 뜯긴 것만두 은자로 이십만 냥이 넘소. 동전으론 팔십만 냥이오. 이대루 두문 우리 관서 사람들 중 돈 쫌 있는 집들은 다 털릴 게야. 자식들은 다 병신 되구."

김선달은 치부책 속의 어마어마한 액수에도 놀랐지만, 세세한 것까지 일일이 기록한 유상들도 놀라웠다. 역시 장사꾼들이었다.

"선달 님! 정말 이러다 뭔 일이 나든가 할겝니다."

"이렇게 조덕영한테 당하고 사느니, 차라리 다복동 홍장군보구 빨리 봉기를……."

'다복동 홍장군?' 김선달은 궁금하다는 듯 유상을 쳐다보았다.

"쓸데없는 소리."

오영좌가 유상의 입을 막더니, 김선달에게 간곡한 어조로 부탁했다.

"임자, 한양 한번 다녀오라. 임자는 문과, 무과 다 급제하지 않았소? 조정에 연줄 하나 없잖소? 가서 이 일을 조정에 알리고 조덕영일 도모해 주오."

"기게 말처럼 쉬운 일이……."

유상들은 금방이라도 무슨 일을 낼 것처럼 와서는 장사치들답게 김선달에게 모든 걸 떠넘기려 했다. 한양을 떠난 지 십 년이었다. 아무리 재주가 좋은 김선달이라 해도 아는 사람 하나 없는 한양에서 뭘 어쩔 수 있겠는가? 억울하고 답답한 현실을 모르는 바는 아니지만, 이건 쉽게 끼어들 문제가 아니었다. 그리고 이것은 권력의 문제라 발 한번 잘못 디디면 모든 게 끝장나는 살얼음판 같은 것이었다.

'무엇보다 이런 일은 정치판을 잘 알아야 하는 것인데, 십 년 넘게 한양 근처에도 가보지 않은 내가 무엇을 할 수 있단 말인가?'

김선달은 유상들에게 뭐라 말은 못하고 답답해서 한숨을 쉬었다.

어느새 김선달의 손이 옆에 둔 장죽으로 향했다. 이런 복잡한 사정은 짐작도 못하고 그냥 김선달이 뭔가 다른 뜻이 있어 뜸을 들이는 것으로 보였던지, 오영좌가 이십여 냥은 됨직한 엽전 뭉치를 김선달 앞에 내밀었다.

"그냥 해달라는 거 아이오. 이건 여비요. 이 일만 성공하믄 우리가 각출해서 사례금도 두둑히 주겠소."

이십 냥이면 적은 돈이 아니다. 무명이나 삼베가 두 냥, 초가삼간은 열다섯 냥, 말이나 소도 다섯 냥 정도면 살 수 있다. 가뭄으로 쌀값이 많이 올랐어도 다섯 냥이면 한 섬을 살 수 있는지라 스무 냥이면 꽤 큰돈이었다. 그렇다고 목숨을 걸 정도로 큰돈은 아니었다. 무엇보다 김선달은 다시 이런 일에 휘말리고 싶지 않았다. 김선달은 그저 긴 한숨만 연거푸 내쉬었고, 유상들은 김선달의 눈치만 보고 있었다. 어느 누구 하나 입을 열지 않고 모두들 침묵했다.

"임자! 우리 하석이 사위 삼고 싶다고 안 했소? 사위가 이 꼴을 당했는데 가만있소?"

숨이 막힐 듯한 방 안의 정직을 깨뜨린 것은 오영좌였다. 김선달의 마음이 쉽게 움직일 것 같지 않음을 간파한 오영좌는 새로운 제안을 했다. '사위'라는 말에 김선달의 눈빛이 살짝 흔들렸다. 눈치 빠른 유상들이 그것을 놓치지 않고 이때다 싶어 한마디씩 떠들어댔다.

오하석 역시 유상의 아들이었지만, 봉추당에 오는 여느 아이들과는 성품이나 몸가짐이 달랐다. 대외무역으로 엄청난 부(富)를 갖게 된 유상들은 언제나 한 가지 아쉬운 게 있었는데, 바로 명예였다. 유상들은 사회 구조상 직접 권력을 잡을 수는 없어도 돈으로 권력자들을 움직일 수 있었지만 명예는 다른 문제였다. 그래서 유상들은 장사치 아들이라는 소리를 듣지 않게 무식한 '때'를 벗으라고 봉추당으로 아들들을 보냈다. 봉추당에 오는 유상들이나 역관 자식들의 대부분은 그런 마음으로 공부했다. 그런데 오하석은 학문에 열정이 많았다. 무식한 때를 벗는 정도가 아니라 여느 양반집 자제들보다 머리가 명석했을 뿐 아니라 인품도 훌륭했다. 김선달은 비록 양반가문은 아니었지만 그런 오하석을 볼 때마다 딸과 인연을 맺어주겠다고 생각했다. 어차피 평안도에서 양반가문이라 해도 관리가 되기는 힘드니, 먹고 살기 힘든 양반집 자손보다는 경세적으로 풍요로운 유상에게 시집을 보내는 게 소월에게도 좋을 것 같았다.

결국 돈 앞에서는 움직이지 않던 김선달이 '사위'라는 말 앞에서 무너졌다. 오영좌는 역시 탁월한 장사꾼이었다. 김선달은 오영좌를 보며 승낙의 의미로 씁쓸한 미소를 지었다.

며칠 후, 김선달은 천봉석을 대동하고 한양행을 결정했다. 김선달은 어떻게 해야 할지 막막해 긴 한숨만 터져 나왔다. 한양에서 못 살 것 같아 평양으로 돌아왔는데, 이젠 이곳도……. 김선달은 이번 일만 끝내면 천봉석에게 맡긴 돈을 갖고 영변으로 가서 정말 조용히 죽은 듯이 살 생각이었다.

"내래 맡긴 돈은 어케 잘 불고 있네?"

천봉석은 볼 때마다 묻는 말에 살짝 기분이 상했지만, 이내 넉살 좋은 얼굴로 대답했다.

"콩나물보다 빨리 불구 있으니까 걱정 마소."

"그래…… 그 영변 땅은 어찌 됐어? 팔릴 것 같으믄 냉큼 얘기하게."

"산골짜기 땅은 쉽게 팔리는 게 아니오. 근데 그 땅은 사서 뭐하시게?"

"내 소월이만 시집보내문 거기서 려생 보낼라구 기러는 거 아니겠냐. 여기서 살다간 마누라가 여기저기 다 퍼줘서 거지꼴을 면하지 못할 기다. 산골짜기라두 들어가야 내 죽어서 묻힐 땅이라도 남아 있겠지. 에이구, 업보지 뭐."

"형님도 참……. 암튼 형하구 오붓하게 한양 길 오르니까, 옛날 생각 풀풀 나니 좋네."

"옛날 생각은 무슨. 야, 그 돈 소리 쫌 안 나게 하라. 돈 여 있다구 방을 붙이든가."

아까부터 천봉석이 발을 뗄 때마다 쩔렁쩔렁 엽전 뭉치 소리가 조용한 산길에 계속 울려 퍼지고 있었다.

핀잔을 듣자 천봉석은 '진짜 듣기 좋은 소리 아니냐'며 일부러 몸을 더 흔들어 쩔렁거렸다. 그때, 뭔가 이상한 게 느껴져 김선달은 천봉석을 제지하며 우뚝 멈춰섰다. 천봉석도 따라서 멈춰섰다. 김선달이 천천히 뒤돌아보자, 나무 뒤에서 정체를 알 수 없는 시커먼 사내들이 하나둘씩 모습을 드러냈다.

"씨……. 듣기 좋은 소린 알아가지구. 형님, 어쩝니까?"

"뭘 어째? 삼십육계지."

김선달이 뒤돌아 냅다 달리고 천봉석이 그 뒤를 따랐는데, 얼마 가지 못해 다른 사내들이 그 앞을 막아섰다. 동시에 사방에서 무장한 사내들이 어느새 김선달과 천봉석을 포위했다. 낭패라는 표정으로 잠시 눈치를 살피던 김선달은 불쌍한 표정을 지으며 싹싹 빌었다.

"조선의 와룡은 정약용이요, 봉추는 김사원이라. 강진에 유배된 다산과 평양 초야의 봉추, 둘 중에 하나만 제대로 써도 조선은 흥할 거라던데……."

사내들 틈에서 한눈에 보기에도 '먹물'이 잔뜩 들어 보이는 고급스러운 옷차림의 남자가 모습을 드러냈다. 최소한 산적의 무리는 아니라는 생각에 김선달은 안도의 한숨을 내쉬었다.

"날 아시오?"

"봉추당의 김선달 아니시오?"

김선달을 알고 있는 듯한 남자들의 정체에 천봉석은 긴장을 풀었다.

"뭐야? 산적두 아니면서 일케 등장하는 법이 어디 있어?"

"나는 곽산에서 온 김창시라 하오. 우리 평서대원수 홍장군께서 한 번 찾아가 보라 해서 일케 왔소."

"평서대원수 홍장군?"

김선달은 얼마 전 유상들에게 들었던 '홍장군'이 떠올랐다.

'그렇다면 지금 이자들은?'

김창시에게 뭔가를 물으려는 순간 남자들이 달려들어 김선달과 천봉석의 얼굴에 검은 복면을 뒤집어씌웠다. 그렇게 김선달과 천봉석은 한참을 어딘가로 끌려갔다.

복면이 벗겨지자, 김선달의 눈앞에 평안도 지도를 배경으로 한 남자가 서 있었다. 네 척이 조금 넘을 듯한 작은 키에 짧고 뾰족한 턱을 가진 하얀 얼굴의 신경질적인 모습의 사내였다. 김선달은 한눈에 그가 누구인지 알아보았다. 가만히 서 있어도 강한 기운을 풍기는 남자, 여기저기서 풍문으로만 듣던 홍경래였다.

김선달은 자신들이 잡혀 왔다는 사실도 잠시 잊고 찬찬히 홍경래의 관상을 살폈다. 한참 홍경래의 얼굴을 살피던 김선달은 그의 얼굴에서 뭔가를 발견하고 혼자서만 몰래 고개를 끄덕였다. 인맥이 좋아 어떤 난관도 헤쳐 나가 결국 성공을 가져온다는 오른쪽 눈썹 위의 사마귀, 홍경래에게 그 사마귀가 있었다.

"초면에 실례가 많소이다, 봉추 선생. 혹시 몇 년 전 법국에서 포이교아들이 일으킨 법국대혁명을 아시오?"

글깨나 읽은 김선달이었지만 처음 듣는 얘기였다.

"법국대혁명? 포이교아?"

"서양에선 재산과 지식과 경륜이 있는 뛰어난 백성계층을 일반 백성과 구분해서 포이교아(부르주아)라 부른다 하오. 법국에선 기런 뛰어난 백성계층이 앞장서서 세상을 뒤엎고 왕과 썩은 관료를 죽이구 왕과 귀족들의 나라가 아닌 백성들의 나라를 만들었다구 하오. 그게 법국대혁명이오."

"'난을 일으켜 백성의 나라를 만들었다'라……. 백성의 나라?"

김선달이 납득이 안 간다는 표정을 지으며 '백성의 나라'라는 말을 되뇌었다.

"또한 바다 건너 아메리고라는 청국만큼 커다란 나라가 있는데, 기곳에서두 포이교아들 중심으로 봉기해서 영결리국(영국)에서 독립을 했다 하오."

김선달의 표정을 살피던 김창시가 설명을 보태었다.

"기, 기래서? 우리가 뭘 잘못했습네까?"

도통 알아들을 수 없는 소리에 천봉석은 답답해서 따져 물었지만, 김창시는 그 말을 무시한 채 자신의 말을 이어나갔다.

"지금 온 평안도가 평안감사 조덕영의 가렴주구로 그 의분이 하늘을 찌르는 상황이오. 그래서 홍장군께서는 법국혁명처럼 우리 관서지방의 포이교아들을 모아 봉기를 준비하고 계시오. 지금 관서지방의 내로라하는 유지들은 모두 우리와 함께하고 있소. 서도 최고의 명세지재(命世之才)이신 봉이 선생도 봉기에 함께해야 하지 않겠소?"

"허허허, 명세지재라니, 서당에서 아이들이나 가르치는 뒷방 로인인데……. 여러분들의 의기를 들으니 비뚤어진 마음에 골탕이나 치구 세상에 심술이나 부리며 살았던 내 젊었을 적이 부끄럽소. 기런데 그 법국혁명은 사람이 얼마나 죽었소? 말씀 들으문 기 혁명이란 것도 결국은 '난(亂)'인데, 난을 겪구서두 백성들 살림살이가 나아졌는지는 살펴보셨소? 진정 백성의 나라가 됐다 하오?"

정곡을 찌르는 김선달의 말에 산채 안의 분위기가 갑자기 싸늘해지더니, 김창시가 칼을 뽑았다. 동시에 복면을 한 사내들도 일제히 칼을 뽑아 들었다.

"서도의 봉추라더니, 막상 보니끼니 깃털 빠진 노계루구만!"

김창시는 비아냥거리며 김선달에게 칼을 겨누었다. 김선달은 눈 하나 깜짝 안 하고 초연했다. 반면에 천봉석은 펄쩍 뛰었다.

"뭐야? 아니문 죽는 거야? 처음부터 기케 말했어야지! 형님, 함께합시다! 합니다, 함께합니다!"

김선달은 솔직히 '백성' 어쩌고 하는 말에 신물이 났다. 탐관오리도 항상 들먹이는 말이 '백성'이었다. '백성들의 나라?' 김선달은 피식 웃음이 나왔다. 성공할 거라 확신하며 난을 일으키는 백성은 없다. 백성들의 '난'이란 그저 가슴 깊은 곳에서 올라오는 피맺힌 울분일 뿐이었다. 그래서 '난'의 끝은 언제나 똑같았다.

물론 '난'이 끝나고 나면 백성들이 흘린 무수한 피의 대가로 세상은 아주 조금 진일보하기는 했다. 김선달은 그 아주 더딘 발걸음이 모이고 모여 세상이 조금씩 변화한다는 것을 알고 있었다. 하지만 당장 하루하루를 살아가야 할 무고한 백성들에게 그 피의 대가는 너무나도 가혹했다. 그것을 알기에 젊은 날 김선달은 다른 방법으로 세상을 조롱하고 다녔다. 무엇이 옳은지 아직도 판단이 서지 않았다. 그것은 젊었을 때부터 지금까지 김선달을 따라다니는 어려운 화두였다.

그때 복면 쓴 사내들 중 한 명이 김창시의 팔을 잡으며 말렸다. 얼굴에 복면을 썼으나 목소리가 영락없는 오하석임을 김선달은 단번에 알아차렸다. 김선달은 기겁했다. 그리고 보니 얼마 전 한밤중에 오하석이 자신을 찾아왔던 게 생각났다. 그날 오하석은 어디 좀 다녀올 곳이 있어 당분간 뵙기 힘들 것 같다며 작별 인사를 하러 왔었다. 평소와 다른 오하석의 분위기가 조금 이상했지만, 김선달은 평양감영 감옥에서 나온 지 얼마 안 되어 피접이라도 떠나나보다 생각했다. 그런데 이곳에서 오하석을 만나게 될 거라고는 김선달은 상상도 못했다. 오하석까지……. 그럼 도대체 홍경래의 무리가 어디까지일까? 김선달은 순간 뭔가 큰일이 날 것 같은 불길한 예감에 휩싸였다.

"저분을 죽이려문 나부터 죽이시오. 참고로 내 기냥은 안 죽소."

이렇게 되자 산채 안의 분위기가 금방이라도 무슨 일이 날 것처럼 험악해졌다. 오하석이 한판 제대로 붙을 기세로 김창시에게 달려들자, 김선달은 자신보다 제자의 목숨이 위태로울 것 같아 가만히 있을 수가 없었다.

"아까 우리 평안도가 당면한 최대의 적이 누구라 했소? 평안감사 조덕영, 기자라 안 했소? 봉석아, 꺼내봐라."

천봉석은 얼른 엽전꾸러미를 꺼냈다.

"기거 말구!"

천봉석은 뭘 꺼내라는 건지 어리둥절해서 김선달을 쳐다보았다. 김선달이 다시 눈짓을 하자, 그제야 천봉석이 말귀를 알아듣고 오영좌에게 받은 납작한 보자기를 꺼내어 얼른 김선달에게 건넸다.

"이게 뭔 줄 아시오? 탐관오리 조덕영의 비리가 여기 다 적혀 있소. 내래 '백성의 나라' 이딴 건 못 만들어도 지금 한양으로 가면 조덕영이는 끝장낼 수 있소! 날 죽이갔소, 보내갔소?"

김선달의 기세등등한 태도는 좌중을 압도했다. 서로 눈치를 보느라 산채 안은 깊은 정적이 흘렀고, 팽팽한 긴장감으로 숨이 막힐 지경이었다. 그렇게 얼마간의 시간이 흘러, 산채 안의 정적을 깨뜨린 것은 홍경래였다. 그는 천천히 김창시에게 다가가 손에서 칼을 뺏더니, 칼집에 다시 꽂으며 나지막하게 김선달에게 말했다.

"우리를 보거나 만난 적은 없는 겁니다."

김선달이 말없이 고개만 끄덕이자 홍경래가 사내들에게 길을 내주라 손짓했다. 산채에 있던 사람들이 칼을 내리고 길을 내줬다. 천봉석이 허겁지겁 짐을 챙기고는, 서둘러 김선달을 끌고 밖으로 나갔다.

"또 보게 될 거요. 생각 잘 해두시오."

조금은 아쉬운지 김창시가 김선달의 뒤통수에 대고 말했다. 막상 산채 밖으로 나왔지만 김선달은 오하석을 두고 나오는 것이 영 마음에 걸려 자꾸 뒤돌아보았다.

"아무래도 그 조덕영 때문에 평양에 난리가 날 것 같습네다."

김선달은 이번에 난이 일어난다면 탐관오리의 횡포에 맞서는 정도가 아닐 것 같다는 생각이 들었다. '포이교아의 난'이라니……. 장사꾼들이 난을 일으켰다고? 이게 가능한 일인가? 김선달은 마음이 다급해졌다.

"그래, 어서 가자. 난리는 막아야지."

"형님, 기리타구 뛰잔 얘기는 아닙니다. 형님! 하이고, 같이 갑시다,

형님!"

김선달은 서둘러 한양으로 향하면서도 계속해서 '포이교아'를 되뇌었다. '재산과 지식과 경륜이 있는 뛰어난 백성계층'이라. 봉추당에 오던 많은 유상들과 역관들을 생각해보았을 때 그들이 말하는 포이교아들은 손에 꼽을 정도로 많지가 않았다. 도대체 포이교아의 난이란 것이 가능한가? 김선달의 머리가 점점 복잡해졌다.

넷
째
마
당

"아무리 한양이 눈 감으면 코 베어 간다지만 닭을 봉이라고 사기 치나? 그래서 고 못된 장사치를 골탕 먹이고 나니까 우리 형님 호가 원래 봉춘데 봉이가 돼버린 기야. 이번엔 내가 개똥꿀 얘기해주께. 욕심 많은 양반 골려 먹은 얘긴데……."

김선달은 과거에 급제하고도 벼슬자리 하나 못 얻어 방황하던 시절, 한양 최고의 왈패였던 천봉석을 만났다. 두 사람은 형제의 연을 맺고 양반들이나 방귀깨나 뀐다는 상인들의 버릇을 고쳐주고 다녔다. 한양 저잣거리에 있는 절초전에서 신이 난 얼굴로 천봉석은 그 시절 이야기를 사람들에게 떠들었다. 옛날 한양에 살았을 적 제집처럼 드나들던 절초전에 오랜만에 오니 천봉석은 신이 날 수 밖에 없었다.

절초전은 '담배 써는 가게'를 말한다. 한 사람은 담뱃잎을 가공하고, 또 다른 사람은 가공된 담뱃잎을 작두로 잘라서 판매하는 곳으로 저잣거리 여기저기에 있었다. 절초전은 담배 써는 가게이면서도 일종의 사랑방

같은 곳이기도 했다. 사람들은 절초전에서 만나 담배도 피고, 책도 읽고, 이야기를 나누었고, 그러다 보니 한양에서 일어나는 소문을 가장 빨리 들을 수 있었다. 김선달은 조덕영에 대한 소문을 알아보라고 천봉석을 절초전에 보냈는데 천봉석은 오히려 자신이 떠들고 있었다. 마침 김선달이 안으로 들어오다 그 모습을 보고 한심하다는 표정을 지었다.

"니 얘기 그만하고 당장 따라나서지 못해?"

"아이고, 우리 형님 오셨네."

"이놈이 기래두!"

"알겠습니다요. 다음 이야기는 다음 기회에."

한참 재미나게 얘기를 듣던 사람들의 아쉬움이 가득한 얼굴을 뒤로하고 두 사람은 저잣거리로 나섰다.

"뭐 좀 듣구 알아내라고 했더니 니가 떠드니?"

"뭘 들어야 될지 알아야 묻지 않습니까? 기건 기렇고, 형님 이제 어찌할 겁니까? 신문고라도 두드립니까?"

"신문고는 무슨. 기것두 나라 제대로 돌아가던 옛날 때 얘기다. 자고로 이런 일은 이이제이(以夷制夷), 일단 조덕영의 적을 찾아야지."

"기걸 어데 가서 찾습네까?"

"남산골샌님, 제 벼슬은 못해도 남의 벼슬 뗄 재주는 있다구 했어. 원래 북촌에는 권신들이 살구 남촌에는 가난한 선비들이 살지. 오죽했음 남주북병(南酒北餅)이라 하겠어."

"남남북녀는 들어봤는데 남북이 뭐 어째요?"

"남촌에는 먹고 살려고 샌님들이 술을 빚어 팔구, 북촌에는 쌀이 남아 떡을 빚어 아이들 간식거릴 했어. 기래서 술은 남쪽이 맛있구, 떡은 북쪽이 맛있다구 해서 남주북병이란 말까지 생겼다. 암튼 남산골샌님들이 조정에 불만이 많다는 얘기구, 불만이 많으면 말도 많은 법이다. 가자."

천봉석은 무슨 소리인지 이해되지 않았지만 잠자코 김선달의 뒤를 쫓았다.

그때 한 무리의 사내가 지나가다 천봉석을 툭 쳤다. 완력으론 안 밀리는 천봉석인지라 '우이씨' 하며 그 사내에게 덤벼들었다. 그 남자가 걸음을 멈추더니, 겁주듯 '핫' 하며 입을 벌렸다. 그런데 입안이 검은 동굴처럼 텅 비어 있었다. 그 모습에 기겁하며 뒷걸음질 치는 천봉석에게 그 남자는 기분 나쁜 웃음을 지어 보였다. 천봉석은 놀란 가슴을 누르며 앞서 가던 김선달을 쫓아가 흥분하며 말했다.

"한양은 눈 감으면 코 베어 간다더니, 이제 보니 기게 코가 아니라 혓바닥이네. 형님, 방금 혓바닥 잘린 사람을 봤소!"

방금 본 남자의 모습에 천봉석은 너무 놀라 호들갑을 떨었지만, 김선달은 또 무슨 헛소리를 하냐는 얼굴로 무시하고 걸었다. 그 뒤를 천봉석이 바짝 쫓아가며 말했다.

"형님! 같이 갑시다, 형님! 어디 가는 겁네까?"

천봉석은 방금 본 사내의 모습이 쉽게 지워지지 않는지 김선달을 따르면서도 계속 뒤를 돌아보았다.

오랜만에 남별영 계곡에 있는 천우각을 보자 김선달은 감회가 새로웠다.

신발이 없어 맑은 날에도 나막신을 신으니 걸을 때마다 딸깍딸깍 소리가 난다고 하여 남산골샌님들에게 붙여진 이름이 '딸깍발이'였다. 과거에 급제하고도 돈이 없거나, 연줄이 없어 엽관활동에 실패한 가난한 선비들이 할 수 일은 고작 정자에 모여 정세를 논하거나 울분을 토해내거나 신세 한탄하는 것이 전부였다. 남산 남별영 계곡 아래에 있는 천우각은 이런 남산 딸깍발이들에게 인기가 많은 장소였다. 김선달도 한때 하루가 멀다 하고 이곳을 드나들었다. 그게 벌써 십 년 전이었다.

천우각 안에는 옛날이나 지금이나 대쪽같이 꼿꼿해 보이는 다양한 연령대의 선비들이 바둑을 두거나 시를 읊거나 시국을 논하고 있었다. 거리를 두고 보면 그들은 한 마리 고고한 학처럼 보였다. 하지만 두 볼이 붙어버릴 만큼 야윌 대로 야윈 얼굴에 낡을 대로 낡아 꾀죄죄한 도포 자락은 그들의 궁색한 생활을 여지없이 드러냈다. 그러나 정치를 한 것도, 평생 생업에 종사한 것도 아닌 그들은 세상살이에 물들지 않아 눈빛만은 형형하게 빛났다.

별로 달라진 게 없는 그 씁쓸한 풍경을 잠시 바라보던 김선달은 약간 시끌벅적한 곳에서 장기를 두고 있는, 나이 든 선비들이 있는 곳으로 다가가 장기판에 끼어들었다.

"장입니다요."

"큼흠……."

매일 천우각에 올라 내기장기로 용돈벌이를 하는 노인은 다른 수가 없을까 하며 장기판을 뚫어져라 쳐다봤지만 뾰족한 수가 없었다.

'아무리 봐도 외통수네, 하이고.' '선비님, 대단하오. 내 이 사람 지는 건 여기 오른 지 십 년 만에 처음 보오.'

천우각에 있던 선비들이 십여 년 만에 보는 풍경에 다들 한마디씩 했다.

"흠, 엣소. 열 푼이오."

김선달과 장기를 두던 노인은 달리 길이 없음을 판단하고는 쌈지 주머니를 열어 동전 몇 개를 건넸지만, 김선달은 손사래를 치며 그 돈을 받지 않았다.

"그래도 약속은 약속이지."

노인은 '이기면 열 푼, 지면 서 푼'이라고 쓰인 종이를 가리키며 김선달에게 다시 돈을 내밀었다. 김선달은 한사코 그 돈을 받지 않았다. 김선달은 그 돈의 의미를 알았다. 더 이상 부인에게 손을 내밀 수 없어 몇 푼이나마 벌어보려고 바둑을 두고 있는 선비들이었다. 쓰러져 가는 초가집에서 평생 부인이 삯바느질해 번 돈으로 생계를 유지하면서도 양반의 체통을 지키는 것을 목숨보다 소중히 여기며 사는 딸깍발이들이었다. 아무리 생활이 힘들어 배를 곯아도 장사를 하거나 품팔이를 할 수는 없는 일이었다. 세상은 하루가 다르게 변하고 있는데, 그들은 그것을 깨닫지 못하고 있었다. 아마 김선달 자신도 그때 한양을 떠나지 않았다면 지금 이곳에 있었을 것이다. 과거에 사로잡혀 한 발자국도 앞으로 못 나가는 상황은 딸깍발이들이나 이 나라나 똑같았다. 그러고 보면 조선에서 평안도의 사정이 조금은 나은 듯했다. 조선시대 내내 천대를 받았지만 신분제의 영향을 덜 받아서인지 세상의 변화를 빨리 받아들였다. 평안도는 유상들의 세력이 커지면서 이미 신분제의 굴레가 많이 벗겨지고 있었다.

"답답해서 남산에 올랐다가 이렇게 좋은 분을 만나 재미지게 놀았음 됐습니다."

"뭐 고민이 있으신가?"

김선달의 호의에 마음을 연 노인이 그의 깊은 한숨소리를 듣더니 관심을 보였다.

"고민 없는 사람이 어디 있겠습니까?"

살짝 웃을 땐 김선달은 천봉석에게 막걸리 심부름을 시키고는 본격적으로 노인들과 이야기를 시작했다.

"제 아들놈이 과거 급제하고두 몇 년째 벼슬자리 하나를 얻지 못하고 있습니다. 이러지도 못하고 저러지도 못하고 세월아 네월아 기다리고만 있으니 죽을 맛입니다요."

"쯧쯧, 과거 급제하면 뭐하나, 관직을 얻으려면 돈을 줘야 되는 세상인데."

"우리도 다 급제는 한 사람들이네만, 돈이 없으니 이렇게 세월만 보내다 늙은이가 됐네."

사실 천우각에 오는 선비들치고 홍패 하나 없는 사람들은 없었다. 온갖 부정이 판을 치는 과거시험에서 급제하기도 힘들었지만, 겨우 통과한다 해도 관리가 되기 위해서는 그놈의 '줄'이 있어야 했다. 선조 시절 이조전랑 자리를 두고 시작된 붕당의 역사는 실력보다 붕당을 중요시했고, 붕당이 끝나고 세도정치가 시작된 요즘은 가문과 돈이 모든 걸 좌우했다.

노인들이 한마디씩 푸념을 늘어놓는 사이 천봉석이 막걸리와 안주를 사 가지고 돌아왔다. 김선달은 안주를 늘어놓고 막걸리를 노인들에게 한 잔씩 돌렸다. 모두들 목이 컬컬하던 참이라 단숨에 잔을 비웠다. 막걸리를 한 잔씩 걸치고 나자, 노인들은 주섬주섬 말을 늘어놓았다.

"우리 딸깍발이들이 할 얘긴 아니네만, 돈이 있으면 김조순 대감 집으로 인사라도 가보게."

"돈이 있어도 거긴 아니네. 김조순 그잔 장동김문 자기 집안사람이 아니면 거들떠도 안 보지 않나?"

"맞네. 차라리 박종경 그자를 찾아가 인사하는 게 낫지. 그 사람이야 돈만 내면 누가 되든 집안은 안 보잖나."

한참을 들어도 노인들의 말에 '조덕영' 이름 석 자가 나오지 않자, 김선달은 은근슬쩍 그들을 떠보았다.

"그 조덕영이란 분이 돈으로 뭐하기엔 제일 낫다고 얼핏 들었습니다만……."

"허긴, 돈 좋아하기론 조덕영이 으뜸이지. 헌데 그 사람 지금 평안감사로 나갔네."

"그래서 요즘 한양이 한가하구먼."

김선달은 영문을 모르겠다는 표정으로 눈을 말똥거리며 다음 대답을 기다렸다.

"그 조가랑 박가가 앙숙이거든. 허구한 날 치고받더니 조가 그놈이 평양으로 돈 벌러 갔구먼."

드디어 원하는 대답을 얻자 김선달은 '이제 됐다'는 표정으로 천봉석을 보며 씩 웃었다.

"허참, 이 나라가 어찌 될라고……."

김선달은 속상하다는 듯 술 한 잔을 걸치며 너스레를 떨었다.

이제 필요한 정보도 얻었으니 김선달은 슬슬 자리를 뜨려고 눈치를 살피는데, 마침 지나가던 행인 하나가 '이기면 열 푼, 지면 서 푼'이라고 쓰인 종이를 보고 관심을 보였다.

"정말 이기면 열 푼을 주오?"

"선비가 거짓을 논할꼬?"

조금 전까지 나라 돌아가는 일에 열을 올리던 노인네들이 언제 그랬냐는 듯 일사불란하게 새로운 손님을 맞을 준비를 했다. 그 틈을 타서 김선달과 천봉석은 슬그머니 자리에서 일어났다.

"박종경이라…… 박종경이면……."

순간, 머리에 뭔가가 떠올라 김선달의 입가에 살짝 미소가 번졌다.

"평양에서 서당 선생으로 지냈다? 허허, 참…… 아직 자네 그 조총 솜씨 녹슬지 않았으면 착호군이라도 생각 있는가? 내 착호군 위장 정도는 힘써볼 수 있네만."

박정찬은 오랜만에 만난 친구가 진심으로 반가웠는지 호들갑을 떨며 김선달을 맞았다.

"예끼, 이 사람아. 이 나이에 무슨 착호군인가? 가서 호랑이 밥이나 되지. 암튼 말이라도 고마우이. 그보다 자네, 믿을 만하고 가능한 한 높은 자리에 있는 관료 있으면 추천 좀 해줄 수 있나?"

"믿을 만한 높은 자리 관료?"

박정찬이 의심 가득한 얼굴로 김선달을 쳐다보자, 김선달은 보따리에서 치부책을 꺼내어 내밀었다. 치부책을 받아 들여다보던 박정찬의 눈이 점점 커지더니, 어렵게 입을 열었다.

"병조판서와 총융사를 겸하는 박종경 대감이 계시네. 나한테는 오촌 당숙 되시는 분이시고 주상전하의 외숙이시지."

박정찬의 입에서 '박종경'이란 이름이 나오자 김선달은 빙그레 웃더니, 방구석에 앉아 있던 천봉석에게 눈을 찡긋했다. 꾸벅꾸벅 졸던 천봉석은 뭔지도 모르고 따라 웃었다.

"일단, 박종경 대감에게 가보세."

박정찬이 자리에서 일어나며 말했다.

박정찬은 김선달이 들고 온 치부책을 보고 놀라지 않을 수 없었다. 얼마 전부터 박종경 대감이 은근히 조덕영을 신경 쓰고 있는 것을 알고 있었다. 세도정치라는 것이 가문 싸움인지라, 앞으로 경쟁상대가 될 것 같은 집안이 있으면 싹부터 잘라내는 것이 옳았다. 지금 김선달이 가져온 치부책 하나면 한방에 조덕영을 칠 수도 있을 것 같았다. 박정찬은 서둘러 김선달을 데리고 박종경의 집으로 향했다.

박종경의 사랑방에 발을 들여놓은 순간 김선달은 벽면을 가득 장식한 책가도 병풍을 보고 잠시 입이 다물어지지 않았다.

여러 칸으로 나누어진 서가에 고동기(古銅器), 도자기, 꽃병과 서책, 붓, 벼루, 연적 등 각종 문방구를 진열한 모습을 그린 병풍이 책가도 병풍이다. 평생을 책과 함께한 선왕 정조는 특별히 책거리에 대한 애정이 많았는데, 그 마음을 병풍에까지 담았다. 임금이 이러하니, 신하들도 서예 병풍이나 수 병풍 대신 사랑방에 책가도 병풍으로 장식했다.

그래서 행세하는 고관대작 집에는 어김없이 책가도 병풍이 있었지만, 사족이 없는 평양에서는 책가도 병풍을 볼 일이 별로 없었다. 박종경 대감의 사랑방에서 책가도 병풍을 처음 본 김선달은 잠시 자신의 임무도 잊어버린 채 병풍을 정신없이 구경했다.

김선달은 불현듯 잊고 있었던 선왕 정조대왕이 떠올라 울컥한 마음에 눈물이 날 것 같았다. 만약 선왕이 죽지 않고 갑자년 계획이 실현되었다면 지금쯤 세상이 어떻게 변했을까? 물론 선왕 때도 김선달은 벼슬을 할 수 없었다. 하지만 그것은 단 한 명의 임금에 의해서 해결될 수 없는 뿌리 깊은 조선의 구조적 모순이었다. 서자(庶子)들의 관리 등용을 시작으로, 선왕은 그 구조적 모순을 조금이나마 바꾸어보려다 죽었다. 선왕이 죽자, 조선은 다시 개혁 이전의 시대로 회귀하고 말았다.

박종경은 매우 날카로운 눈빛으로 조덕영의 비리가 담긴 치부책을 한 장 한 장 꼼꼼히 읽었다.

순조가 즉위하고 조정의 모든 권력은 김조순과 박종경, 이 두 가문에 집중되었다. 그런데 세월이 흐르면서 하나둘씩 새로운 세도 가문들이 등장했고, 이것은 박종경의 신경을 자극했다. 조덕영이 평양에서 그렇게 닥치는 대로 돈을 거두어들이는 이유는 너무나 뻔했다. 더 이상 두고 볼 수는 없는 일이라고 생각했지만, 가벼이 움직여서는 역풍을 맞을 수 있는 일이었다.

"자네, 무고죄가 얼마나 큰지 알고 있나? 만약 이게 거짓이면……."

"어느 안전이라고 거짓을 고하겠습니까? 전부 사실이옵니다."

박종경의 말이 채 끝나기도 전에 김선달은 비장한 얼굴로 말했다. 김선달을 앞에 두고 박종경은 잠시 깊은 고민에 빠졌다. 눈엣가시 같던 조덕영을 한방에 보내버릴 아주 좋은 기회였다. 그렇다고 자신이 직접 손을 대기는 좀 그렇고, 이런 일은 자기 쪽 사람이 아닌 중립적인 사람에게 맡겨야 했다. 그렇다면 조선 팔도에서 이 일을 알아서 잘 처리할 사람은 바로 형조참판 정만석이다. 선왕 때부터 지금까지 성정이 장중하고 공평정직하기로 유명한 사람이었다. 그렇다면 이것을 아무런 정치적 이해관

계 없이 전달해 정만석을 움직일 사람이 더 있어야 했다. 잠시 생각하던 박종경은 앞에 엎드리고 있는 김선달을 쳐다보았다. 좋은 생각이 떠올랐는지 박종경의 입가에 미소가 번졌다.

"잘 찾아왔네. 조덕영 그자가 탐욕스러우면서 머리도 기가 막히게 좋아 협박과 회유에 능하네. 만약 자네가 다른 데 고했다면 그자는 능히 무난히 넘어가고 자네만 쥐도 새도 모르게 죽임을 당했을 게야."

맞는 말이었다. 김선달은 처음 유상들에게 치부책을 받았을 때, 어디에 갖다 주어야 할지 한참을 고민했다. 원래 치부책이라는 것이 잘 쓰면 상대방을 벨 수 있는 칼이지만, 잘못하면 그 칼날이 자신을 향할 수 있는 '양날의 검'과 같은 물건이었다.

"이 일에 적임자가 한 명 있네. 내 따로 얘기는 해두겠지만 워낙 고지식해서 누구의 말도 잘 듣질 않으니, 자네가 형조참판 정만석을 찾아가서 있는 그대로 고하면 그가 알아서 할 걸세."

"은혜가 바다와 같사옵니다."

"허허, 은혜라니. 조덕영 그놈, 내 그런 놈인 줄은 알았지만 이렇게 철저하게 썩었는지는 미처 몰랐구먼. 그간 서도인들의 고초가 이만저만 아니었겠어. 자네의 용기가 기특하고 가상하네."

"그러게 말입니다, 대감."

지금까지 옆에서 지켜만 보던 박정찬이 맞장구를 쳤다.

"기러믄 저는 형조참판을 뵈러 일어서겠습니다."

김선달은 박종경에게 다급하게 인사를 하고는 얼른 방을 나섰다. 그런 김선달을 지그시 바라보며 박종경은 박정찬에게 물었다.

"어떤 자냐?"

"형조참판 정만석이랑 같은 과이옵니다."

"같은 과라니?"

잠시 무슨 말인지 생각하더니 박종경이 껄껄껄 웃었다.

"혹시나 했는데, 그렇다면 아주 금상첨화가 아니냐?"

"네. 고지식하기로는 정만석 대감보다 더했으면 더했지 덜하지는 않을 겁니다……."

박정찬은 오래전 그 일을 떠올렸다.

"나 원 참, 믿기지가 않는다. 과거시험 끝난 지가 언젠데, 여태 하찮은 관직 하나 못 받았다고? 아이고, 나는 벌써 두 번이나 진급을 했는데."

오랜만에 활 쏘는 궁터에서 김선달을 만난 박정찬은 활시위를 잡아당기며 기가 차다는 듯 말했다. 명문가에 태어난 박정찬은 김선달과 무과 급제를 함께한 사이였다. 같이 과거 급제를 했음에도 박정찬은 관직을 받은 지가 한참이었는데, 김선달은 관직 근처에도 못 가고 있었다.

"그래, 니 똥이 굵다."

"어허, 그래도 명색이 사대부란 자가."

"흠…… 니 대변 굵으십니다."

"아무리 서북인이라도 차별을 없애라는 게 전하의 뜻인데……."

"내 팔자가 여기까진 기지, 뭐. 내 평양 돌아가려구 니한테 인사 왔구만."

"그러지 말고 자존심 한 번만 굽히고 내 시키는 대로 함 해봐라. 인사 발령 내는 관료를 아니까 물 좋은 데 잡아서 접대 한번 해라, 응?"

"접대는 무슨. 기런다고 뭐가 달라지겠니? 긴데, 물 좋은 데가 뭔 소리네?"

박정찬 앞에서는 초연한 척했지만 김선달은 벼슬에 많이 목말라 있었다.

"수질이 너의 관직을 결정하는 거다. 명심해라."

"수질이라……."

박정찬은 막상 다리를 놓으면서도 불안해서 김선달에게 다시 한 번 '수질'을 상기시켰다.

며칠 후, 김선달은 박정찬이 소개한 관리 둘을 백사실 계곡으로 안내했다. 한때 영의정을 지냈던 백사 이항복의 별장을 지었다 하여 이름 붙여진 백사실 계곡은 한양에서 경치와 물이 좋기로 유명했다. '물 좋은 데로 안내하겠다'는 김선달의 말에 잔뜩 기대하고 따라나섰던 관리들은 막상 백사실 계곡을 보자 황당하다는 표정을 지었다.

"허허, 진짜 물이 좋은 곳이구만……."

관리 중 한 명이 기가 차다는 듯 말했다.

"설마, 미친놈도 아니고, 관직 달란 놈이 물만 좋은 데에 데리고 왔겠어? 뭔가 있겠지!"

다른 관리가 한껏 기대하는 표정으로 김선달 등에 짊어진 짐을 눈으로 가리키며 말했다.

하지만 관리들의 생각과는 달리 김선달은 주변을 휘휘 둘러보더니, 넓적한 바위가 있는 곳으로 가서 짐을 풀고 음식들을 하나씩 꺼내 놓았다. 술상을 벌이려는 것 같은데, 아무리 주위를 둘러보아도 기생이나 악사, 하다못해 하인도 없었다.

'이건 도대체 무슨 상황이지?'

계곡까지 오느라 땀범벅이 된 관료들은 도무지 납득할 수 없는 상황에 슬슬 짜증이 밀려왔다. 김선달은 그런 관리들의 상태를 전혀 눈치 채지 못하고 음식을 다 차리더니, 계곡 물까지 직접 떠먹어 보며 물맛이 좋다고 호들갑을 떨었다. 관료들은 김선달의 행동에 어이없어 할 말조차 잃었다.

"뭐야, 물 좋은 데서 대접한다더니 기생도 하나 없고."

"기생 대신 뭐 딴 걸 주겠지."

아직도 기대를 버리지 않은 관리 하나가 말했다.

"줄 거면 거 밑에서 주지. 요즘 이런 게 뭐 숨길 일이라고 여기까지, 쯧. 여보게, 뭐 줄 거 있으면 얼른 주게. 에이구, 더워."

김선달은 '내가 뭘 빠트렸지?' 하며 잠시 생각하다 관료들의 손에 젓가락이 없는 것을 보고 얼른 젓가락을 내밀었다. 젓가락을 받아든 관리들은 더 이상 할 말을 잃어버렸다. 당장이라도 김선달을 혼쭐내고 내려가고 싶었지만 산을 오르느라 진이 다 빠진 관료들은 모든 걸 포기하고 술이나 퍼 마셨다.

화가 단단히 난 표정으로 관료들은 한마디 말도 없이 음식과 술을 먹는 데도 김선달은 분위기 파악을 못하고 순진한 표정으로 앉아 면접을 보듯 자신의 포부를 밝히기 시작했다.

"다들 이렇게 말하겠지만 저는 참 진심으루다가 위로는 임금을 섬기고 아래로는 백성을 살피는 어진 관리가 되고자 합니다."

김선달을 아예 모자란 사람 취급하며 관리들은 한마디 대꾸도 없이 자기들끼리 술만 마셨다. 그때, 그들 눈에 못가에서 빨래를 하는 곱상하게 생긴 어린 비구니가 들어왔다. 두 사람은 서로 귀엣말을 주고받더니, 서로 재밌겠다는 표정을 지으며 김선달에게 말을 걸었다.

"박정찬이 그러던데, 사실상 자네가 장원이었다고. 무예도 뛰어나지만 자네의 지략은 삼국지 방통봉추를 방불케 한다고 그러더구만."

"무슨, 아닙니다⋯⋯."

"내, 자네의 지략이 어떤지 보고 싶네."

"이것도 시험일세. 무관이라면 전쟁 중 불가능한 것도 가능하게 하는 능력이 있어야 하질 않겠나?"

"맞네. 세작이나 공작에도 능해야 하는 게 전쟁이지. 흠, 뭐가 좋을까?"

주거니 받거니, 관리들은 이왕 이렇게 된 거 김선달을 놀릴 요량으로 슬슬 부추기기 시작했다.

"옳거니, 자네가 저기 저 비구니의 가슴을 보이게 하면 내 이 자리에서 관직을 내리겠네."

황당하기만 한 관리들의 말에 김선달은 상황 파악이 안 되어 어리둥절한 표정을 지었다. 관리들은 능력을 보여주면 관직을 주겠다는데 뭘 망설이냐며 김선달을 자꾸 부추겼다.

관리 둘을 쳐다봤다가 빨래하는 비구니를 봤다가⋯⋯ 복잡한 얼굴빛으로 양쪽을 번갈아보던 김선달은 결심한 듯 벌떡 일어나더니, 관모를 빌려 쓰고는 빨래 중인 어린 비구니에게로 갔다. 김선달이 위압적으로 다가오자 비구니는 아무 말도 못하고 겁먹은 표정을 지었다.

"네 이년, 당장 관아로 가자."

'관아'라는 소리에 어린 비구니는 소스라치게 놀랐다.

"왜, 왜 그러십니까?"

"일지매라는 악명 높은 여도둑 하나가 도망쳤는데, 머리만 깎으면 너와 인상착의가 비슷하다. 니년이 변장을 한 일지매가 아니더냐? 당장 관아로 가자."

"예? 아, 아니옵니다. 저는 저 위 상원사 비구니로……."

"시끄럽고! 기럼 당장 저고리를 풀어 보아라. 범인의 가슴에 장기 알만 한 점이 있다 하니 기걸 보면 백일하에 드러날 터!"

"어찌 다 큰 여인에게 가슴을 보이라 하십니까?"

김선달의 겁박에 어린 비구니는 눈물까지 글썽이며 억울함을 호소했다. 그 모습에 잠시 흔들렸지만, 김선달은 마음을 다잡으며 더욱 매섭게 비구니를 몰아붙였다. 그토록 열망하던 관직이 걸린 일이었다.

"기것 보아라. 네년이 일지매가 맞는 것이다. 당장 관아로 가서 내 니 가슴을 모두에게 보이고 일지매임을 증명할 것이야. 어여 가지 못할꼬!"

"관아에서 모두에게…… 라구요?"

"도적년이 말이 많구나. 저 위에 있는 장정들이 보이느냐? 내 저자들을 불러 네 다리몽둥이를 요절내서 끌고 가야 되겠느냐?"

"저는 맹세코 아닙니다!"

입으로는 아니라고 하면서도 더 이상 버틸 수 없음을 깨달은 비구니는 벌벌 떨리는 손으로 천천히 저고리 옷고름을 풀기 시작했다. 설마하며 술이나 마시던 관리들은 비구니가 옷고름을 푸는 것을 보고 눈이 휘둥그레졌다. 저만치에서 비구니가 정말로 가슴을 김선달에게 내보이고 있었다. 마음이 불편하여 비구니와 눈도 마주치지 못한 채 김선달은 관리들

쪽으로 얼굴을 돌렸다. 관리들은 박장대소하며 김선달에게 동그라미를 만들어 보였다.

"미, 미안하오. 아니구료, 당신은……. 미안하오."

좀전에 윽박지르던 것과는 달리 가슴을 제대로 보지도 못한 채 김선달은 서둘러 자리를 뜨는데, 그 모습을 보고 비구니가 모든 것을 알아차렸다.

"저기요, 거짓말이죠?"

비구니의 부름에 김선달은 잠시 걸음을 멈추었다. 하지만 차마 뒤를 돌아보지 못하고 다시 빠르게 걷기 시작했다. 자신에 대한 부끄러움과 모멸감이 온몸을 휘감았다.

그저 빨리 이 상황을 벗어나고 싶은 마음에 김선달은 뛰기 시작했다. 김선달은 뒤가 너무 조용한 것이 이상했지만 아무것도 보고 싶지도, 듣고 싶지도 않았다. 그때 뒤에서 '풍덩' 소리가 났다. 김선달은 걸음을 멈추고 떨리는 얼굴로 뒤를 돌아보았다. 그런데 어디에도 비구니의 모습이 보이지 않았다. 경황을 따질 새도 없이 김선달은 허둥지둥 물속으로 뛰어들었다. 잠시 후, 김선달은 의식을 잃은 비구니를 물속에서 안고 나와, 인공호흡을 시작했다. 미안한 마음 밖에는 아무 생각도 들지 않고, 눈물이 자꾸 볼을 타고 내렸다. 회한이 마음속 저 깊은 곳에서부터 밀려왔다.

"큼큼, 자네 임지를 정했네. 전라도 여수의 좌수영으로 가서 수군절도사를 모시게. 수영을 잘하는구만."

상황이 이 지경이 된 것이 조금은 미안했는지 관리들이 김선달에게 다가와 말했다. 하지만 김선달은 관리들의 말이 귀에 하나도 들리지 않았다. 그저 비구니를 살려야 한다는 생각뿐이었다.

"내일 첩지를 받으러 오게. 근데 우리야 뭐 청백하고 괜찮은데, 우리 위에는 뭘 좀 줘야 하네. 내일 올 때 한 삼십 냥 정도라도 어떻게 좀……."

사람이 죽어 가는 앞에서 썩은 관리들의 행태에 화가 머리끝까지 난 김선달은 벌떡 일어나 미친 듯이 소리를 질렀다.

"이 썩어빠진 누에구데기 같은 놈들아! 밟아 짓뭉개버리기 전에 꺼지라! 잡아서 튀해도 시원찮을 새끼들, 이 버러지 같은 새끼들아!"

"아니, 자네, 말이 너무……."

갑작스런 김선달의 행동에 황당하고 놀라 관리들은 말을 제대로 잇지 못했다. 욕으로는 성이 안 차는지 김선달은 관리들에게 돌멩이를 집어던지며 마구 흥분해 날뛰었다. 관리들은 황당하다는 표정을 지으며 슬금슬금 도망가기 시작했다.

"케엑!"

기도를 막았던 물을 뱉어 내며 비구니가 고개를 들고 정신을 차렸다. 그 소리에 관리들에게 광분하던 김선달은 울음까지 터뜨리며 기쁜 얼굴로 비구니를 바라보았다.

그날 이후 김선달은 관리들에 대한 역겨움과 자신에 대한 자괴감으로 견딜 수가 없었다. 천봉석이 매일 찾아왔지만 김선달은 방구석에서 꼼짝도 하지 않았다. 김선달은 그렇게 달포를 방구석에 처박혀 있다가 상원사로 비구니를 찾아갔다. 얼마 후 김선달은 비구니와 부부의 연을 맺었다. 하지만 아무런 준비 없이 혼인을 한 두 사람은 서먹하고 어색하기만 했다. 세월이 흐르면서 두 사람 사이의 어색함은 상쇄되었지만, 김선달은 자신의 바닥을 들여다본 아내 앞에서 늘 떳떳할 수가 없었다.

그리고 이 일로 김선달은 관리가 되겠다는 마음도, 평양으로 가겠다는 마음도 완전히 접고, 한양 저잣거리를 천봉석과 누비고 다니며 양반들과 돈으로 행세하는 못된 자들을 골려 먹는 재미로 살았다. 이 일을 전해들은 박정찬은 김선달이 많이 안타까웠다. 어찌 되었든, 박정찬이 보기에 김선달은 실력이 출중한 인재(人才)임은 틀림없었다.

김선달이 가져온 치부책을 들여다보던 정만석은 그 내용에 경악하여 버럭 소리를 질렀다.

"대명천지에 이게 전부 사실이란 말이냐?"

정만석은 치부책 내용 하나하나가 기가 막혔다. 사실 조덕영에 대한 안 좋은 소문은 이전부터 익히 듣고 있었지만 그 누구 하나 발고하는 사람이 없었고, 무엇보다 증좌가 없었다. 정만석은 결코 증좌 없이 소문과 짐작만으로 처벌하는 사람이 아니었다. 그러나 이제 이렇게 확실한 증좌가 있으니 지체할 이유가 없었다.

"예, 나리. 관련자들이 직접 작성한 내용입니다. 죄송하오나 늦으면 늦을수록 서도민들의 고초가 더 심해지니 빠른 조치가 행해지기를 간곡히 청하옵니다. 지렁이도 밟으면 꿈틀하는데, 결국 또 다치는 건 지렁이가 아니겠습니까?"

"알겠네. 나는 얼른 등청하여 이 일을 처리하겠네. 치하는 다음에 함세."

정만석은 김선달을 혼자 놔둔 채 서둘러 밖으로 나갔다.

정만석 대감의 성품을 보아하니 절대 그냥 넘어갈 리는 없을 것 같았다. 김선달은 이제야 안도의 한숨을 내쉬었다. 그때, 박종경의 지시로 밖에서 기다리던 박정찬이 슬쩍 방으로 들어왔다.

"잘됐나?"

"뭐, 잘된 거 같네. 청렴결백하신 분 같네."

"너 말이야, 박종경 대감과 조덕영 대감이 앙숙이란 거 알고 왔지? 내가 박종경 대감 친척인 거야 하도 자랑하고 다녔으니 모를 리 없을 거고."

"난 기냥 옛 친굴 찾아왔지. 무슨 말하는 긴지 모르겠다."

김선달은 무슨 말인지 모르겠다는 표정으로 능청맞게 박정찬을 쳐다보았다.

정만석은 평안도 암행어사로 나가 있던 서능보에게 조덕영에 대한 대대적인 조사를 지시했다. 조덕영이 그동안 조정 대신들을 비롯해 여기저기 입막음하기 위해 뿌린 돈 때문에 조사가 쉽지는 않았지만, 정만석과 서능보의 성역 없는 조사로 그 죄상이 낱낱이 밝혀졌다. 유상들과 백성에게 돈을 받은 일뿐만 아니라 나라에서 금지한 금광 개발과, 청나라 사신을 접대하기 위해 항시 감영에 예비비로 두는 돈으로 이자놀이를 한 것, 몰래 밀무역을 하는 잠상들에게 뺏은 금괴와 물건들까지 착복한 것이 드러나면서 조덕영은 더 이상 빠져나갈 수 없었다. 거기에 언제든 자신의 가문을 위협할 수 있는, '조덕영'이란 싹을 잘라버리려는 박종경의 의도도 한몫했다. 조사가 시작되고 얼마 뒤 조덕영은 의금부로 압송되었다.

포정문이 열리자 항쇄(項鎖. 죄인에게 씌우던 칼)를 목에 끼우고 초라한 행색으로 포졸 군관 넷의 호위를 받으며 조덕영이 걸어 나왔다. 포정문 앞은 평안감사 조덕영의 귀양을 구경하려고 몰려나온 평양 백성들로 북적였다. 행색은 초라해도 조덕영의 눈빛은 분해서 뭐라도 잡아먹을 듯 날카로웠다.

"꼴좋다. 퉤!"

"기러게. 우리 서도 백성들 골수까지 빨아먹더니, 하늘이 벌을 내리셨구나."

"하늘이 내린 게 아니라 우리 김선달 님이 내리셨지."

"김선달? 기건 또 무슨 소리니?"

한 유상의 입에서 '김선달'이란 소리가 나오자, 사람들이 무슨 소리인가 해서 고개를 갸우뚱했다.

"김선달 님 모르는가? 봉이 김선달 님! 선달 님이 저 쳐 죽일 조덕영의 비리가 적힌 증좌를 한양 높으신 양반께 갖다 바쳐서 이렇게 된 기다."

유상의 말을 들은 사람들은 '이기 다 김선달 님 덕이래!' 하며 순식간에 소문을 좌악 퍼뜨렸다. 사람들의 입을 타고 이 사람에서 저 사람에게로 순식간에 말이 옮겨져, 마침내 조덕영을 구경 나왔던 김선달에게 이르게 되었다. 옆으로 말을 전하려고 고개를 돌렸던 사람이 김선달을 알아보고 너무나 반갑고 고마운 마음에 큰 소리를 질렀다.

"여기 김선달 님이다!"

"어? 진짜 김선달 님이다. 봉이 김선달 님이시다!"

순식간에 평양 백성들은 김선달을 에워싸고 그 공을 치하하느라 난리를 쳤다. 김선달은 구경 나왔다가 괜히 민망한 상황에 처하자 어쩔 줄을 모르며 난감한 표정을 지었다.

　이를 바득바득 갈며 사람들의 말소리를 귀담아듣던 조덕영은 '김선달'이란 말에 주위를 둘러보았다. 하지만 사람들 속에 파묻혀 있는 김선달의 얼굴을 볼 수는 없었다.

　"봉이 김선달……?"

　조덕영은 피가 배어나올 정도로 김선달을 되뇌며 입술을 꾸욱 깨무는데, 뭔가가 날아와 그의 얼굴에 철퍽 맞고 떨어졌다. 조덕영은 뭔가 하고 손으로 얼굴을 만져보니…… 소똥이었다.

　"이, 이, 이……."

　소똥을 뒤집어쓴 얼굴로 조덕영은 말도 못하고 이빨만 바득바득 갈았다. 사람들 속에 파묻혀 멀리서 그 모습을 지켜보던 김선달은 조덕영의 섬뜩한 모습에 왠지 불길한 예감이 들었다.

　유상들은 처음에 '나는 새도 떨어뜨릴 것 같았던' 조덕영을 쳐내는 일은 아무리 김선달이라 해도 쉽지는 않을 것이라 여기며 반신반의했다. 그런데 김선달이 한방에 성공하자 유상들은 기쁘면서도 그 사례금을 가지고 고민하기 시작했다. 장사치들인지라 막상 일이 성공하자 머릿속에서 다시 주판알을 굴렸다. 때마침 유상들에게 최고의 이윤을 남겨주던 홍삼 무역에서 일이 터졌다.

　의주상인 임상옥이 무슨 수를 썼는지 올해부터는 홍삼 판매권을 독점하게 되었다. 오영좌를 비롯한 유상들은 시름이 깊어질 수밖에 없었다. 한참을 고심하던 유상들은 김선달의 사례금과 홍삼 무역 문제를 동시에 해결할 생각으로 봉추당을 찾았다. 유상들의 방문에 김선달은 사례금을 주러온 것으로 생각하고 반갑게 그들을 맞았다.

"선달 님! 이번에 정말 큰일 하셨소."

유상들은 자리에 앉기가 바쁘게 김선달의 공을 치하했다.

"제가 뭘……. 긴데, 저도 참 좋은데……."

당연히 받는 사례금인데도 막상 돈 애기를 하려니 김선달은 말이 쉽게 나오지 않았다.

"기동안 서당을 운영하지 못했더니, 하하. 저기…… 주신다는 사례금 말입니다."

김선달이 은근슬쩍 사례금 애기를 꺼내자, 유상들은 일제히 오영좌만 쳐다보았다. 졸지에 총대를 멘 오영좌는 잠시 뜸을 들이더니 천천히 입을 열었다.

"기래서 말이지…… 우리끼리 임자 사례금에 대해 논의를 했네."

"하이고, 뭘 논의까지……. 허허."

"이봐, 임자! 우리가 말이야, 자네 사례금을 홍삼 열 근으로 주려 하네."

오영좌가 슬쩍 김선달의 눈치를 보더니 말했다.

'홍삼이라니, 이 무슨 자다가 봉창 두드리는 소리란 말인가?'

김선달은 황당하기 그지없었다. 하지만 속으로만 생각할 뿐 드러내지는 않고 에둘러 말했다.

"호, 홍삼이오? 아니, 제가 홍삼으로 뭘 합니까? 밥 대신 홍삼을 달여 먹을 것도 아니고. 뜻은 고맙지만, 실은 내 한양 간 사이 마누라쟁이가 거지들 밥을 많이 해묵여서 돌아와 보니 쌀도 없구…… 허허."

김선달의 반응에 유상들은 잠시 입을 다물고 서로 눈치만 보았다. 방 안에 잠시 어색한 침묵이 흐르고, 유들유들해 보이는 유상 하나가 몸을 앞으로 당겨 앉으며 김선달을 설득했다.

"임자도 들었는지 모르겠지만 의주 사는 임상옥이란 자가 있소. 나이에 비해 수완이 좋아서 얼마 전에 조정에 줄을 대서 홍삼 독점판매권을 땄소."

'홍삼 독점판매권? 임상옥?' 김선달은 도무지 임상옥이며 홍삼이 왜 자신의 사례금과 연관이 있는지 납득할 수 없었다. 홍삼과 관련해 김선달이 알고 있는 것은 홍삼무역을 인정하는 대신 삼세(參稅)를 거두어들이는 포삼제(包參制) 뿐이었다.

선왕 정조는 전대(前代)의 다른 왕들과 달리 상공업의 중요성을 잘 알고 있었다. 그는 왕위에 오르자마자 세모법(稅帽法)을 시행해, 당시 최대의 이윤을 남기던 양털모자의 수입권과 판매권을 의주와 개성상인에게 넘겨 이들에게서 세금을 거둬들였다.

이렇게 역관이 독점하던 물품을 상인에게 넘겨 세금을 거둬들임으로써 막대한 국가의 재원을 마련할 수 있었다. 그런데 세월이 흐르면서 모자무역의 침체로 공용은 마련이 어려워지자 밀수출 되던 홍삼을 공식 수출품으로 인정하는 방식을 통해 새로운 활로를 만들었고, 그것이 홍삼무역이었다. 김선달이 듣기로는 국가재정이나 상인들에게 모두 좋은 제도라고 했다. 김선달은 홍삼 무역에서 얻는 조선 조정의 수입이 경기, 충청, 전라도에서 들어오는 전세(田稅) 수입보다도 많다는 얘기를 들은 적이 있었다.

"여태는 송상이니 만상이니 우리 유상들이 각자 알아서 따로 팔던 걸 임상옥 그자가 통으로 가격을 정해 팔구 이문은 나누기루 된 거요. 기래서 우리 유상들 홍삼도 그 임상옥이 대신 팔아주게 되었소."

"우리가 임자를 그 임상옥이한테 소개시켜 주겠소."

"그니까 내보고 그 임상옥이란 자가 잘 파는지, 팔구 야료는 없는지 감시해라 기 얘깁네까?"

이야기를 가만히 듣고 있던 김선달이 한마디 했다.

"역시 선달 님은 말귀를 잘 알아들으시네. 긴데 진짜 중요한 건 저희한테 사례금 몇 푼 받는 것보다 이게 엄청 남는 장사예요."

"우리가 선달 님 생각을 정말 많이 했수다. 이 홍삼이라는 것이 연경 가서 가격만 잘 받으면 한 근에 천은 백 냥도 받아요. 열 근이니까 천은 일천 냥, 우리 동전으론 물경 사천 냥이오. 자그마치 쌀이 팔백 석."

뒷간 들어갈 때 다르고 나올 때 다르다더니, 막상 일을 성공시키자 유상들이 말을 바꾼다는 생각에 김선달은 괘씸하다는 생각이 들기도 했지만, 가만히 듣다 홍삼 얘기에 또 솔깃해졌다.

"호, 홍삼이 기러케 비싸오?"

조선에서 홍삼 한 근의 가격은 천은 백 냥, 동전으로 삼사백 냥에 이르렀다. 그런데 홍삼을 청나라로 가져가 팔면 세 배에서 일곱 배의 이익을 봤고, 그 돈으로 청나라 물건을 다시 수입해 팔면 적어도 두세 배가 남았다. 그러다 보니 홍삼 무역은 장사치들에겐 대단히 매력적인 장사였다. 그러나 홍삼은 가격이 한 근에 은화 백 냥씩 하는 고가품이었으므로, 홍삼 무역은 거상이 아니고서는 엄두도 내지 못할 일이었다. 그러다 보니 홍삼 무역권을 두고 만상, 유상, 송상 간에 치열한 경쟁이 일어날 수밖에 없었다. 그런데 그 독점권이 홀라당 임상옥에게 넘어갔으니, 유상들은 불안하고 분통이 터졌다. 새파랗게 어린놈이 그 정도의 수완을 발휘

할 수 있다는 것은 든든한 뒷배가 있다는 것이었다. 유상들 입장에서 임
상옥은 결코 마음을 놓을 수 없는 인물이었다.

"내 말하지 않았소? 임자 생각 엄청 한 거라니까. 거저 날래 다녀오라.
별로 힘들지도 않고 금방 다녀와. 기동안 식구들 먹을 양식도 우리가 대
주갔소."

김선달의 반응을 살피더니, 오영좌가 금방 자신들에게 유리한 쪽으로
생색을 냈다.

'장사치들이란…….' 김신달은 이이가 없으면서도, 한편으로는 솔깃
한 제안인지라 그저 못 이기는 척 유상들에게 어색한 웃음을 지었다. 갑
자기 김선달은 임상옥이란 자가 궁금했다. 나라 간 무역에서 독점한다면
가격을 올리고 거래조건을 좌지우지할 수 있는 칼자루를 쥐고 있을 게
분명했다.

땡볕이 내리쬐고 흙먼지가 날리는 시골길을 호송관들과 함께 걷고 있는 조덕영의 얼굴은 몹시도 지치고 초조해보였다.

조덕영은 누군가를 찾는 듯 계속 주위를 두리번거렸다. 그때 멀리서 말을 타고 다급히 달려오는 조길상의 모습이 눈에 들어오자 조덕영의 얼굴에 화색이 돌았다. 조길상은 멀리서 조덕영의 모습이 보이자 얼른 말에서 내려 달려왔다.

"먼 길에 수고 많으십니다. 예서 이삼 리쯤 가면 주막이 있소. 거기에 자리를 마련했으니 잠시 쉬어갑시다."

조길상은 호송관들에 깍듯하게 인사한 뒤 미리 봐둔 주막으로 그들을 데리고 가서 거하게 한 상 차렸다. 난생 처음 받아보는 상차림에 군졸들은 입이 떡 벌어져 정신없이 먹었다.

"왜 이리 늦은 게냐?"

조덕영은 호송관들과 멀찍이 떨어진 곳에 자리를 잡고 앉으며 조길상을 나무랐다.

"송구하옵니다. 말이 늙고 병들어……."

미련하게 늙고 병든 말을 타고 다니며 시간을 지체했다는 사실에 조덕영은 화가 치밀어 올라 버럭 소리를 지르고 싶었지만 심호흡을 하고 냉정함을 되찾았다. 지금은 화를 낼 때가 아니었다.

"얼마가 들어도 좋으니 당장 가장 좋은 말 한 필부터 사라. 지금은 촌각이 금이고 내 생명이니라."

"예, 분부대로 하겠습니다."

조길상은 조덕영 앞에 무릎 꿇고 앉아 허리를 깊이 숙여 대답했다.

"내 말 잘 들어라. 내가 지금 이대로 금갑도인지 은갑도인지로 유배를 가면 재기는 불가능하다. 반드시 한양과 왕래가 편한 곳에 귀양지를 옮겨놔야 신원(伸寃)도 하고 재기도 가능하다. 형조판서 이만수 대감에게 백지어음 하나를 주어라."

얼마나 다급하면 백지어음까지 쓰려는 건지, 조길상은 놀란 얼굴로 조덕영을 바라보았다.

"괜찮다. 어차피 간이 작아 크게는 못 쓸 위인이다. 그걸 주고 귀양지만 바꿔 달라 전해라."

그제야 알겠다는 듯 조길상은 고개를 끄덕였다.

"니 지금 돈이 얼마나 있느냐?"

"예?"

"저기 군졸들에게 있는 돈 다 주고 가거라. 내 지병이 도졌으니 여기서 묵으며 쉬어야 한다고. 난 니 전갈을 기다리며 여기 있겠다."

"예, 최선을 다하겠……."

말을 채 끝내기도 전에 조덕영은 조길상의 말을 잘라버렸다.

"최선을 다 안 해도 좋으니까 귀양지는 반드시 바꿔 놔라. 최선을 다했는데 못 바꿨다 그럼 난 찾을 일 없다. 니 인생 니가 알아서 살면 되고 나는 그 금갑인지 은갑에서 죽는 게다. 알았느냐?"

조덕영은 아들의 성격을 너무도 잘 알았다. 이렇게 겁박을 해야 조길상이 긴장하고 목숨을 다해 일을 똑바로 처리할 거였다. 조덕영의 명을 받은 조길상은 서둘러 주막을 떠났다. 조길상이 주막을 떠난 뒤 조덕영은 갑자기 배를 움켜잡고 쓰러지더니 아예 그 주막에 몸져누웠다. 한 상 잘 얻어먹고 돈까지 받은 군졸들은 그냥 모른 척해주었다. 유배지가 바뀔 때까지 조덕영은 그 주막에서 한 발자국도 움직이지 않았다.

김선달은 태어나 처음으로 조선 땅을 벗어나게 되어 몹시 흥분했다. 평양은 지역적 특성상 외국문물을 접하기 쉬운 곳이었다. 김선달 역시 역관이나 연행사를 따라가는 장사치들로부터 주워들은 얘기가 많았다. 그들의 얘기를 종합해보면 청나라는 별천지였고, 그곳에 들어온다는 서양물건들은 듣기만 해도 신기하기 그지없었다. 김선달은 청나라를 간다는 생각에 잔뜩 부풀어 며칠 동안 잠도 제대로 이루지 못했다.

얼마 후 드디어 한양에서 출발한 연행사절단이 평양성으로 들어왔다. 매년 그렇듯이 연행사절단이 평양성에 들어오면 평양은 축제 분위기에 휩싸였다. 연행사절단은 평양에 있는 모든 기생들을 총동원시켜 몇 날 며칠 잔치를 벌였다. 그렇게 며칠을 보내고 드디어 출발 날짜가 다가왔다.

아침 일찍 채비를 마친 김선달은 최유리와 김소월의 배웅을 받으며 연행사 행렬에 합류했다. 이제 떠나면 몇 달 동안 보지 못할 거란 생각에 김선달의 얼굴은 서운함이 가득했지만, 최유리의 얼굴은 평소와 다를 게 없었다. 가족들과의 이별에 잠시 머뭇거리던 김선달은 김소월에게 최유리를 부탁하고 집을 나섰다.

연행사 행렬은 그야말로 장관이었다. 정사, 부사, 서장관을 비롯해 군관과 역관, 하인과 말몰이꾼까지 대략 사오백 명은 됨직한 사람들이 평양성에서 쏟아져 나왔다. 거기다 장사꾼을 보태면 그 수가 어마어마했다. 화려한 연행사 행렬을 구경하기 위해 평양 백성들도 거리로 몰려나왔다.

평양감영에서 시작된 연행사 행렬은 대동문을 지나 대동강변을 따라 북으로 향했다. 김선달도 봇짐을 지고 열심히 연행사 행렬을 쫓아가는데 누군가가 툭 하고 그를 쳤다. 김선달은 기분 나쁜 표정으로 뒤를 돌아보는데, 말에 앉은 박정찬이 자신을 내려다보고 있어 깜짝 놀랐다.

"뒤통수가 낯익더라니."

박정찬이 씩 웃으며 말했다.

"니두 연경 가니?"

"내 이번 연행사 호위총관일세. 어쨌든 긴 여정에 심심하지 않아 좋겠네."

"기래? 반갑구나, 야. 한 번 보니 계속 보게 된다."

박정찬은 김선달과 짧은 인사를 나누고 사신단을 호위하기 위해 앞으로 가버렸다.

"스승님!"

이번엔 어디선가 낯익은 목소리가 들렸다. 뒤를 돌아보니 역관 관복을 입은 한 사내가 서 있었다. '누구지?' 하며 쳐다보는데 이경탁인 걸 알아채고 김선달은 깜짝 놀랐다.

"니는 또 웬일이냐?"

"웬일이라뇨? 이번 연행에서 공무역을 담당할 상통사가 접니다."

김선달은 도무지 믿을 수 없다는 표정을 지었다.

"이래 봬도 가장 뛰어난 역관들만 간다는 제자행도 다녀온 몸입니다."

"니가?"

김선달은 여전히 믿기지 않는다는 얼굴로 고개를 절레절레 흔들었다.

"참나, 사실인데……. 아, 그리고 이것 좀 드십시오."

이경탁은 한지에 돌돌 말은 수수엿을 한 움큼 김선달에게 내밀었다. 김선달은 갑자기 웬 엿이냐는 얼굴로 이경탁을 쳐다보았다.

"초행길이라 잘 모르시겠지만, 중간에 단걸 계속 먹어줘야지, 안 그러면 힘들어서 못 가십니다."

단것을 별로 좋아하지 않는 김선달은 안 받으려 하는데, 이경탁이 강제로 떠넘기자 마지못해 수수엿을 받으면서도 '쉽다고 그러던데' 하며 구시렁거렸다.

김선달은 연행사 행렬에 섞여 사람들의 배웅을 받으며 서서히 평양을 지나 조선 땅끝인 의주로 향하였다. 며칠을 그렇게 이동하여 드디어 의주의 통군정에 도착했다. 이제 통군정에 있는 구룡 나루에서 배를 타고 강을 건너기만 하면 청나라였다.

그날 밤 통군정에서는 사신들을 위한 조선에서의 마지막 연회가 열렸다. 밤늦도록 풍악소리가 통군정에 울려 퍼졌다. 음악소리 때문인지 조선 땅을 벗어난다는 설렘 때문인지 김선달은 잠을 쉽게 이루지 못하고 새벽녘까지 뒤척였다. 다음날 김선달은 연행사 일행을 따라 의주의 통군정 아래 구룡 나루에서 청나라로 가는 배에 올랐다.

잠시 후 배에서 내린 김선달 앞에 끝도 없는 갈대밭이 펼쳐졌다. 갈대들이 얼마나 큰지 사람 키를 훌쩍 넘었다. 갈대에 부대끼며 한참을 정신없이 걷다 보니 갑자기 눈앞에 강이 나타났다. 김선달은 햇빛을 받아 눈부시게 빛나는 강물을 바라보며 감탄했다. 김선달이 시원스럽게 펼쳐진 강을 넋 놓고 바라보는데, 어느새 다가온 이경탁이 그에게 삼강이라고도 하고 애랄하(愛剌河)라고도 불리는 강이라고 말해주었다.

'애랄하라……'

이름만큼이나 비단결처럼 곱고 맑은 강이었다.

연행사 일행이 도착하자 그들을 데려갈 배가 다가왔고 사람들은 서둘러 배에 올랐다. 이제 애랄하만 건너면 진짜 청나라 땅을 밟는다는 생각에 김선달은 가슴이 뛰었다.

애랄하를 건너 얼마쯤 가니 서서히 해가 지기 시작했다. 갑자기 연행사 일행이 길을 재촉했다. 김선달은 무슨 영문인지 몰라 두리번거리며 일행을 쫓아가는데, 어느새 다가온 이경탁이 어두워지면 호랑이가 나타나기 때문이라고 설명했다. 김선달은 구련성 객관까지 얼마나 남았냐고 이경탁에게 물었지만, 이경탁은 그저 싱긋 웃기만 하며 대답하지 않았다. 김선달은 이경탁이 왜 웃기만 하는 것인지 알 수 없었다.

사실 구련성은 병영만 남아 있는 황무지나 다름없는 땅이라서 객관 같은 게 있을 수가 없었다. 그래서 사행단이 구련성에 도착하기 전에 의주 부윤이 미리 군관을 보내 천막을 쳐 잠자리를 마련하고 밤에는 군관들이 경비를 서게 했다. 사행단의 중국 땅에서의 첫 밤은 이곳에서 노숙으로 보냈다. 이런 사정을 김선달은 야영지에 도착해서야 알았다.

해가 저물자 베어 낸 아름드리나무로 삼십여 곳에 화톳불을 지펴서 동이 틀 무렵까지 환하게 밝혀 놓았다. 호랑이를 내쫓기 위해서였다. 그래도 군관이 한 번씩 나발을 불었고, 그때마다 일행들이 일제히 고함을 질러 호랑이가 가까이 오지 못하게 했다. 김선달은 이 모든 것이 그저 신기할 따름이었다.

다음날 대충 아침을 챙겨 먹은 김선달은 연행사 일행을 따라 길을 떠났다. 지금부터 객관이 있는 책문까지 갈 길이 까마득하다며 사람들은 서둘렀다.

연행사 일행은 아홉 개의 흙으로 된 둔덕이 마을을 둘러싸고 있는 무너진 구련성(토성)을 지나 군데군데 낮은 잡목들만 있는 허허벌판으로 들어섰다. 끝없이 펼쳐진 벌판은 조선에서는 쉬이 보기 힘든 풍경이었다. 땡볕이 내리쬐고 흙먼지가 날리는, 끝이 없을 것 같은 벌판을 김선달은 조금 지친 얼굴로 바라보았다. 어느새 다가온 이경탁이 '봉금지대'라고 설명해주었다. 봉금지대는 청조가 만주에 봉금정책을 실시하면서 생겨난 무인(無人)지대로, 구련성에서 봉황성에 이르는 거리를 말한다고 했다.

무인지대이다 보니 가능한 한 빨리 지나쳐야 해서 한나절을 쉬지도 않고 걸었다. 연행사 일행은 해가 중천에 올 때쯤 잠시 쉬기 위해 자리를 잡았다.

행렬이 멈추자 한 사내가 말에서 뛰어내리더니 다급하게 키 작은 잡목 뒤로 들어갔다. 자제군관으로 아버지를 따라온 김정희였다. 어찌나 다급했던지 관리 체면이고 뭐고 허둥지둥 잡목 사이로 들어가는 것을 보자, 김선달은 피식 웃음이 나왔다. 그나저나 한나절 넘게 쉬지 않고 걸은 터라 김선달은 온몸이 기진맥진해 자리에 푹 주저앉았다.

"스승님!"

어느새 역관들의 행렬에서 빠져나온 이경탁이 김선달 옆으로 와서 앉았다. 이경탁은 출발할 때부터 찰거머리처럼 김선달 옆에 붙어 다녔다. 솔직히 김선달은 귀찮았지만 몸이 너무 힘들어 이경탁에게 반쯤 기대어 쓰러졌다. 온몸에서 모든 기운이 빠져나간 듯 손가락 하나 움직이는 것도 힘겨웠다. 여기저기서 연행사 일행들의 힘에 겨운 한숨소리가 들려왔다.

"그 엿 좀 주라, 야."

"많이 힘드십니까?"

이경탁이 품속에서 엿을 꺼내 김선달에게 건넸다. 김선달은 이제야 중간에 단것을 보충해야 한다는 이경탁의 말이 이해가 되었다.

"뭐 힘들지도 않고 금방 다녀온다구? 연경 가보지도 못하구 죽을 것 같구만. 아이구, 삭신이야. 하여간 장사치들의 허언이란……."

온몸이 다 쑤시는지 김선달은 손으로 다리와 어깨를 주무르며 멍하니 앉아 있었다.

그때 말을 탄 정찰병이 김선달 옆으로 먼지를 일으키며 쌩하게 지나갔다. 먼지를 뒤집어 쓴 김선달은 잔뜩 화가 났지만 뭐라 할 기력도 없이 그저 정찰병의 뒷모습을 노려볼 뿐이었다. 그런데 정찰병은 곧장 박정찬에게 달려가더니, 심각한 얼굴로 뭔가를 얘기했다. 그러자 박정찬은 기겁을 하며 벌떡 일어나 천리경을 꺼내 멀리 지평선을 바라보더니, 다급한 얼굴로 정사와 부사가 쉬는 곳에 달려갔다.

박정찬의 보고를 받은 정사와 부사 일행 역시 깜짝 놀라 벌떡 일어나더니, 부산을 떨기 시작했다. 그들의 수상한 행동을 지켜보던 김선달은 상황이 심상치 않음을 단박에 알아차렸다. 분명 무슨 일이 생겼음을 감지한 김선달은 지평선 너머를 살폈다. 하지만 너무 멀리 떨어져 있어 잘 보이지 않았다. 김선달은 급하게 이경탁을 찾았다.

"경탁아! 니 눈 좋니?"

"끝내주게 좋습니다. 눈만 좋은 게 아니라 신체 다 강건하고 좋습니다."

"쓸데없는 소리 말고 기럼 이리 와보라. 네래 저기 언덕 너머에 뭐가 있는지 좀 봐라."

"왜 그러십니까? 뭐가 있습니……?"

지평선 너머를 실눈으로 바라보던 이경탁은 입이 쫙 벌어지며 다급히 소리 질렀다.

"큰일 났습니다! 비, 비적입니다!"

"비적?"

"여 만주는 산적이 아니라 말 탄 비적이 젤 무섭습니다. 빨리 도망가야 합니다."

산의 비적은 산적이라 하고, 바다의 비적은 해적, 길바닥의 비적은 초적, 말 탄 비적은 마적이라고 했다. 만주는 초원지대라 마적떼들이 들끓었다. 게다가 이곳의 마적떼는 특히 악명이 높았다. 몽골과 청나라와의 전투에서 패하고 갈 곳 없는 무리들이 비적떼가 된 거라 잔인무도하기가 이를 데 없었다. 만주벌판을 휩쓸며 승냥이처럼 사절단이나 상인들을 무자비하게 공격하였다. 봉금지대를 지나야 하는 연행사들의 가장 큰 골칫거리가 바로 이 마적떼였다.

어느새 살벌한 무기를 든 비적떼들이 언덕을 넘어 흙먼지를 일으키며 달려오고 있었다. 점점 거리가 좁혀지면서 비적들이 일으키는 흙먼지가 김선달과 사람들의 눈에도 들어왔다. 연행사 일행은 동요하기 시작했다. 그 사이 준비를 마친 정사와 부사 일행은 반대방향으로 줄행랑을 쳤고, 그 뒤를 박정찬이 호위하고 있었다. 김선달은 박정찬에게 달려가 일단 그의 말고삐를 부여잡았다.

"곧 들이닥칠 것 같은데, 어쩌문 좋니?"

김선달이 다급하게 물었다.

"연행은 국가지대사! 일단 정·부사 나리와 공물을 먼저 대피시켜야 하네!"

"기럼 나머지 사람들은 어쩌네?"

"그건…… 각자 천운에 맡기는 수밖에 없지."

박정찬의 대답에 김선달은 기가 막혔지만, 반박하고 따질 시간적 여유가 없었다.

그렇다면 조총이라도……. 김선달의 머릿속은 복잡하고 빠르게 돌아가고 있었다. 김선달은 조총 몇 자루로 어떻게든 비적들을 상대해볼 생각이었다. 하지만 박정찬은 김선달에게 조총을 내놓지 않았다.

"일반 백성에게 조총이라니, 국법에 어긋나는 일인 거 자네도 알지 않는가?"

"국법? 몸뚱이 하나 숨길 데 없는 허허벌판에 백성을 버리고 도망가는 관리가 지금 국법을 운운하네?"

김선달은 화가 치밀어 올랐다. 물밀듯이 쳐들어오는 비적들을 피해 자신들은 말을 타고 삼십육계 줄행랑을 치면서 천운이라니, 그냥 죽으라는 거였다. 철저히 이기심으로 똘똘 뭉친 관리들의 행태에 구역질이 나서 견딜 수가 없었다.

잠시 망설이던 박정찬은 깊은 한숨을 쉬더니 부하가 가져온 조총 다섯 자루를 건네며 김선달에게 뒷일을 부탁하고 정·부사 일행을 쫓아갔다. 꽁지에 불붙은 망아지처럼 뒤도 한번 안 돌아보고 냅다 달리는 관리들을 보며 김선달은 쓴웃음이 나왔다. 관리들이 시야에서 사라질 때까지 김선달은 그들에게서 눈을 떼지 않고 노려보았다.

"스승님! 스승님!"

이경탁이 자신을 부르는 소리를 듣고서야 김선달은 정신이 돌아왔다.

김선달은 박정찬에게서 받은 조총 다섯 자루를 손에 들고 잠시 생각에 잠겼다. 그때 낮은 잡목들 사이에서 불쑥 사람의 머리가 나왔다. 자제군관 김정희였다. 잡목 뒤에서 볼일을 보느라 모두들 도망간 줄 모르는 김정희는 어리둥절한 얼굴로 잡목들 사이에 서 있었다.

김선달은 자신도 모르게 김정희를 보자 피식 웃음이 나왔다. 그러다 불현듯 뭔가 생각이 떠올랐다. 김선달은 잡목의 나뭇가지와 조총, 그리고 강렬한 태양을 한 번씩 번갈아 쳐다보았다. 그의 입가에 엷은 웃음이 번졌다.

정사와 부사 일행이 떠나버리자 남은 연행사 일행들 사이에서는 일대 혼란이 일어났다. 특히 자신의 목숨보다도 소중한 홍삼을 모두 비적단에게 뺏기게 될 위기에 처한 임상옥은 사색이 되어 미친 듯이 뛰어다니며 사람들에게 싸워야 한다고 막무가내로 우겼다. 홍삼 독점권을 따내려고 모든 걸 갖다 바친 임상옥에게는 마른하늘에 날벼락이 따로 없었다. 이번 기회를 놓치면 임상옥은 모든 게 끝장이었다. 열여덟에 장사를 시작해 조선과 청을 오가며 풍찬노숙한 세월이 십 년이었다. 몇 해 전에는 빚만 잔뜩 남기고 아버지마저 세상을 떠나버렸다. 임상옥은 목숨을 걸고 청나라로 넘어가 밀무역을 하며 악착같이 돈을 모아 아버지의 빚을 갚고 이제 살 만해졌다. 그런데 비적을 만나다니……. 임상옥은 절대 이대로 죽을 수는 없었다. 임상옥은 사람들을 동요하며 난리 쳤다. 하지만 김선달은 동요하지 않았다. 이곳에서 살아남기 위해서는 정신을 차리고 현 상황에 집중해야 했다. 김선달은 마음을 다잡고 능숙한 솜씨로 서둘러 조총들을 장전했다. 오랜만에 만져보는 조총이었지만, 워낙 조총에는 일가견이 있던 터라 김선달은 한 치의 오차나 실수도 없이 조총을 장전했다.

그때 험악한 기세로 말을 달려오는 비적단의 모습이 사람들의 눈에도 보이기 시작했다. 사람들은 두려움에 벌벌 떠는 얼굴로 어찌할 바를 모르고 흩어지기 시작했다. 김선달은 일단 대열을 정리해야겠다는 생각에 사람들 앞으로 나서며 소리쳤다.

"여기 보시오! 내 말만 잘 들으면 모두 살 수 있소!"

김선달의 말에 모든 사람들이 일제히 궁금한 얼굴로 그를 바라보았다.

"주변의 막대길 싹 다 모아 오시오. 이 조총처럼 생긴 막대기여야 되오."

이 중요하고 다급한 순간에 막대기를 모아서 무엇을 하려는 것인지. 임상옥이 장정 몇 명을 대동하고 김선달에게 달려왔다.

"이보시오, 지금 막대기로 뭘 어쩌겠다는 거요?"

죽기 살기로 싸워야 한다며 사람들을 선동하고 다니던 임상옥은 멀리서 김선달의 말을 듣고 험상궂은 얼굴로 달려와 따지듯 물었다.

"조총부댈 만들어야지! 경탁아!"

"네, 스승님!"

김선달은 다급하게 총을 장전하며 이경탁에게 끝없이 지시했다.

"잘 들어라. 내가 신호하믄 기 총을 하나씩 내게 주믄 된다. 알겠니?"

"네네, 알겠습니다."

임상옥은 뭐 대단한 계책이라도 있나보다 했다가, 막대기로 조총부대를 만든다는 말에 황당하고 기막혀 뭐라 말도 못하고 멍하니 있었다.

"임자, 살구 싶어? 기러문 시키는 대루 해. 비적떼가 삼백 보 안으로 들어오면 이 방법두 못 쓰고 끝나는 기야!"

김선달이 단호한 어조로 말했다. 김선달은 조총의 사정거리와 눈이 부실 정도의 강한 햇볕을 이용해 어찌 해볼 계획이었다. 그런데 비적단이 사정거리 안으로 들어오면 조총의 심지가 타는 사이 비적들이 말을 타고 코앞까지 오게 되어 비적들과 육탄전을 벌여야 했다. 그러면 계략이고 계책이고 없었다. 비적들을 상대로 육탄전을 한다는 것은 아무 의미가 없었다.

임상옥은 잠시 고민했지만 지금 이 상황에 뾰족한 수가 없었다. '밑져야 본전', '모 아님 도'라는 생각에 임상옥은 부하들에게 지시했다.

"가서 막대기를 주워오라."

임상옥이 지시가 떨어지기가 무섭게 장정들이 조총처럼 생긴 막대기들을 주워와 사람들에게 하나씩 나누어주었다. 어느 정도 싸움 준비를 마친 김선달은 이경탁에게 물었다.

"경탁아, 네래 몽골 말두 하니?"

"예? 예. 길게는 안 되고 짧게는 됩니다."

"기럼 내 옆에 딱 붙어 있어라."

말을 타고 달려오던 비적단 대장은 멀리서 사람들이 보이자 잠시 말을 멈추어 섰다. 비적단 대장은 태양이 너무 강렬해 앞이 잘 보이지 않자, 잔뜩 눈을 찌푸리고 멀리 내다보았다. 새까맣게 보이는 연행사 무리의 남자들이 뭔가 들고 서 있고, 그 무리들 중 세 명의 사내가 앞으로 나오는 것이 보였다. 멀리서 보니 세 사람 모두 손에 조총을 들고 있는 것처럼 보였다. 사실 김선달은 총을 들고 있었지만, 이경탁과 임상옥은 막대기를 조총처럼 들고 있는 것이었다.

잠시 멈춰 섰던 비적단은 다시 달려 어느새 언덕을 거의 다 내려와 연행사 행렬이 있는 쪽으로 전속 질주해왔다. 김선달은 비적들을 향해 조총을 조준하고 기다렸다가, 알맞은 거리에 들어오자 탕 하고 조총을 쏘았다.

맹렬히 달리던 비적단 장수 하나의 모자가 툭 날아갔다. 놀란 얼굴로 비적단 대장이 하늘로 날아가는 모자를 보았다. 동시에 김선달은 이경탁에게 다른 조총을 받아 두 번째로 탕 하고 쏘았다. 다시 비적단 장수의 모자가 날아갔다. 그것을 보고 있던 비적단 대장이 속도를 늦추는데 다시 탕 하고 총소리가 들렸다. 동시에 다른 장수의 모자가 날아가고, 비적단 대장은 다급하게 부하들에게 정지 신호를 보냈다. 갑작스런 정지 신호에 앞으로 꼬꾸라지듯이 비적단이 멈춰 섰다.

비적단이 멈춰 선 것을 확인한 김선달은 이경탁을 앞으로 내세우며 통역을 시켰다.

"내가 부처를 섬겨 살생은 안 해! 길치만 나 말구 여기 다른 사람들은 부처를 섬기지 않아!"

하지만 이경탁의 말이 헛소리라고 생각했던지, 잠시 주춤했던 비적단 장수 하나가 칼을 뽑아 들고 앞으로 나섰다. 탕! 그 장수의 모자가 또 하늘로 날아갔다.

김선달은 마지막 다섯 번째 조총을 들었다. 지금부터는 도박이었다.

"자, 이제 모두 막대기를 들라 해라."

김선달의 말에 이경탁은 사람들을 향해 손짓했다. 군대처럼 정렬한 사람들이 막대기를 조총처럼 들어 올렸다. 김선달은 비적단 대장에게 총구를 겨누었다. 태연한 얼굴을 하고 있었지만 김선달의 심장은 요동치고 있었다. 마지막 총알이었다. 김선달은 승부를 걸듯 마지막 총을 탕 하고 쏘았다. 순간, 비적단 대장의 모자가 하늘로 날아갔다. 비적단 대장은 기겁한 얼굴로 하늘로 날아가는 자신의 모자를 쳐다보았다.

햇빛을 등지고 있는 탓에, 비적단 대장의 눈엔 막대기를 들고 서 있는 사람들이 조총부대로 보였다. 비적단 대장은 마치 조총부대처럼 보이는 연행사 일행을 한참을 노려보다 결국 분한 표정을 지으며 기수를 돌렸고, 그의 부하들도 모두들 그를 따랐다. 비적들이 단 한 번의 공격도 없이 돌아가는 것을 보고 모두들 환호성을 지르며 부둥켜안았다. 남겨진 연행사 일행들은 죽다 살아난 기쁨에 어쩔 줄을 몰랐다. 그들 사이에 서 있던 김정희는 김선달의 지략에 놀라움을 금치 못했다.

어느 틈엔가 달려온 임상옥은 김선달을 담뿍 안으며 흥분했다.

"아이고, 형님! 형님이 생명의 은인이십니다!"

이느새 임상옥은 김선달에 대한 호칭을 '형님'으로 바꿨다.

"스승님, 정말 대단하십니다."

이경탁도 기뻐 어쩔 줄을 몰랐다. 모두들 흥분하여 기뻐 날뛰었다. 하지만 김선달은 그 짧은 사이 십 년은 늙은 듯 지쳐 보였고, 다리는 아직도 후들거렸다.

"연경이구 뭐구 집에나 빨리 가구 싶다."

하지만 이제야 연행 길의 시작일 뿐이었다. 객관(客館)이 있는 책문까지는 앞으로 한참을 더 가야 했고, 그전에는 비적들과 호랑이에게 그대로 노출된 채 노숙을 해야 했다. 책문까지 간다 해노 봉황성, 진농보, 연산관, 첨수참, 요양, 심양, 연경까지 이천 리가 넘는 길이 남아 있었다. 사신들과 군관들이 모두 도망간 마당에 연경까지 갈 길이 그리 녹록지 않아 보였다.

좀 전에 관리들을 향해 불타오르던 분노도 사그라졌다. 어떤 생각도 그리 오래가지 않는 자신을 보며, 이젠 정말 늙었다는 생각에 김선달의 입가에 피식 웃음이 새어 나왔다.

한편, 그 시각 조덕영은 자신의 유배지에 도착했다. 다행히 조길상의 발 빠른 대처로 유배지는 금갑도에서 황해도 서흥부로 바뀌었다. 한양과 가까워 일을 도모하기에 안성맞춤인 곳으로, 조덕영 입장에서는 유배지로 최적의 장소였다. 헌데 귀양살이할 집은 여기서 사람이 어찌 살까 하는 생각이 들 정도로 다 쓰러져 가는 초가집이었다.

평소 조덕영의 호사스러운 생활을 익히 아는지라 조길상은 살짝 걱정이 되었다. 그런데 조덕영의 입에서 나온 말을 듣고 조길상은 자신의 귀를 의심했다.

"귀양 온 놈이 호사를 바랄까. 군자가 거처함에 누추하고 누추하지 아니함이 무슨 대수냐? 옛날 오나라 왕 부차는 일부러 나무 장작 위에서도 자지 않았느냐?"

귀양살이 집이 너무 누추해 걱정하는 조길상에게 이리 말해 돌려보냈지만, 조덕영은 막상 집안으로 들어서려고 하니 깊은 한숨만 나왔다.

귀양살이 집은 외양보다 그 안이 더 심각했다. 창호지가 모두 뜯겨 있고, 방구들이 깨져 불을 떼니 방 안에 연기가 가득했다. 방 안에 한동안 멍하니 앉아 있던 조덕영은 배가 고파 부엌으로 들어갔다. 가마솥 뚜껑을 열어 봤지만 텅 비어 있었다.

집에서야 끼니때가 되면 알아서 아랫것들이 밥을 해다 바쳤지만, 이곳에서는 하루 세 끼를 모두 스스로 해결해야 했다. 보통 고위 관직에 있던 관리가 귀양을 가면 그곳 관아에서 관노를 내주어 시중들게 했지만, 조덕영은 탐관오리라는 죄로 온 터라 그런 호사가 모두 거부됐다. 조덕영은 이제야 밥 한 끼 해먹는 일이 보통 일이 아니라는 것을 깨우쳤다. 마른 솔잎을 모아 불을 피우고 가마솥에 물을 붓고 쌀을 씻는데, 관아에서 나온 쌀은 모래와 겨가 절반이었다. 조덕영은 태어나 처음으로 '밥'이라는 것을 해보았다. 어찌어찌 언젠가 주워들은 얘기로 겨우 밥을 하기는 했지만 같이 먹을 반찬이라고는 텃밭에 자라던 푸성귀뿐이었다. 조덕영은 부서진 소반 위에 푸성귀와 밥을 올려놓고 구들에서 연기가 풀풀 올라오는 방으로 들어가 자리를 잡고 먹기 시작했다. 그런데 밥 한술 뜨기가 무섭게 바로 모래가 씹혔다. 순간 뭔가 기억나는 일이 있어 조덕영은 쓴웃음을 지었다.

귀양 오기 얼마 전 조덕영은 평양감영 창고에 있는 모든 쌀가마니들을 열고 새로 퍼 담는 작업을 했다. 멀쩡한 쌀가마니들에서 쌀을 퍼내고 거기에 겨와 모래들을 섞어 한 가마니 양을 맞추었다. 그 모습을 지켜보던 조길상은 도무지 납득이 안 된다는 표정을 지었다.

"왜 멀쩡한 쌀에 모래와 겨를……."

"원래 다 저리하는 것이다. 대동법 이후 삼남지방에서는 관리들이 돈 만들 방법이 저것뿐이라 봄에 백성들에게 겨와 모래를 섞어 한 섬을 빌려주고 추수 때 쌀로만 두 섬을 받아 다시 겨와 모래를 섞어 한양 세곡선으로 보내느니라. 심한 놈들은 그렇게 해서 쌀 한 가마니로 네 가마니도 만든다만 내는 조금씩만 섞어서 겨우 세 가마니나 될까 모르겠다. 무지렁이 백성들도 먹고 살아야 될 거 아니냐? 아무튼 저 쌀들은 아무것도 섞지 않은 쌀이다. 저 쌀들을 대동강 포구로 보낼 터이니 너는 저 쌀들을 한양 시전에 넘기고 돈만 받으면 된다. 그리고 이 서찰을 신주영이라는 자에게 보여주어라. 너를 홀대하진 않을 게다."

조덕영은 입안을 뒤져 모래를 꺼내려다 그만두었다. 대신 밥을 적 노러보듯이 노려보며 흰술 기득 퍼서 씹어 먹었다. 모래가 버석버석 씹히는 밥을 그냥 씹어 삼켰다. 그의 눈빛이 사뭇 비장했다.

삼천 리 밖에서 오신 손님 마주하고

좋은 선비 만남 기뻐 초상화를 그리노라

사랑스런 그대 자태 무엇에 비교할까

매화꽃 변한 몸이 그대인 줄 알겠구나

무슨 일로 그대 만나 곧바로 친해져선

갑자기 이별한단 피로운 말 들었던가

이제부턴 좋은 선비 담담하게 보내야지

이별의 정 마음을 슬프게 만들 뿐이니

-나빙

청나라 최대의 서점거리인 유리창에 있는 한 서점에 들어선 김선달은
벽에 걸린 초상화를 보고 걸음을 멈추었다. 한 편의 시가 쓰여 있는 그림

에는 부채를 든 조선인 선비가 그려져 있었다. 청나라 서점에 웬 조선인 선비의 그림인가 싶어 김선달이 고개를 갸우뚱하는데, 이를 눈치 챈 서점 주인이 다가와 김선달에게 설명했다.

"초정 박제가 선생입니다. 유명한 조선의 학자지요. 저 그림은 화가 나빙이 그린 그림인데, 물론 복제품입니다."

박제가라 하면 김선달도 익히 들어서 알고 있는 인물이었다.

"조선인 학자지만 학식이 뛰어나 청나라 학자들 사이에서는 꽤나 존경을 받고 있는 분입니다. 글씨 또한 뛰어나서 유리창에 보사꾼들이 많이 돌아다니고 있습니다."

서점 주인은 친절하게 박제가에 대해 설명했다.

김선달이 알고 있는 박제가는 서얼 출신의 파격적인 이론을 내세우는 조금 독특한 인물로 조선에서는 그리 인정받는 학자는 아니었다. 그런 박제가를 청나라 학자들이 존경한다니, 김선달은 선뜻 이해할 수 없었다. 서점 주인의 설명을 통역해주던 이경탁은 지루했던지 김선달을 서점에서 끌고 나왔다.

"연경까지 와서 서점엘 왜 옵니까? 제가 좋은 거 구경시켜 드리겠습니다."

김선달은 연경에 도착하자마자 이경탁을 대동하고 서점거리인 유리창으로 향했다. 평양에 있을 때 연경을 다녀온 사람들에게 듣던 유리창 거리였다. 연경에는 한양 종로통만한 거리에 모두 책을 파는 서점이 들어서 있는데, 그곳이 바로 유리창 거리라는 것이었다. 얼마나 많은 책이 있기에 종로통만한 거리에 모두 서점이 있다는 것인지, 평소 책에 욕심이 많은 김선달은 언젠가 한번 꼭 유리창에 와보고 싶었다. 그런데 눈앞에 펼쳐진 유리창 거리를 보고 김선달은 눈이 휘둥그레졌다. 쭉쭉 뻗은 길 위에 수레들이 쉴 새 없이 드나들었고, 길 양옆으로 끝도 없이 서점들이 들어서 있었다. 김선달은 그저 감탄할 뿐이었다.

반면 이경탁은 영 재미가 없었지만 내색할 수 없었다. 이경탁은 김선달에게 몇 군데 서점을 안내하고는, 그를 얼른 자신이 좋아하는 서양 물품점으로 데리고 갔다.

서양 물품점에는 지구의, 자명종 같은 서양에서 전래된 물건들이 가득했다. 조선에서는 쉽게 볼 수 없는 물건들이었다. 김선달은 자명종이니 회중시계니 지구의니 하는 난생 처음 보는 물건들에서 눈을 떼지 못했다.

"아니, 우리 조선이 요래 작아? 허허, 땅보다 바다가 넓구만."

김선달은 공처럼 생긴 지구의를 빙글빙글 돌리며 신기해했다. 이것저것 물건들을 만지며 어린아이처럼 좋아하던 김선달은 장식이 달린 나무 상자를 발견하고 뚜껑을 살짝 열어보았다. 그러자 그곳에서 갑자기 알 수 없는 음악이 흘러나왔고, 김선달은 화들짝 놀라며 뚜껑을 얼른 닫았다. 옆에서 그 모습을 보던 이경탁은 깜짝 놀라는 스승의 행동이 재미있는지 씩 웃으며 뚜껑을 다시 열어 보여줬다. 서양에서 막 발명되어 청나라에 들어온 오르골을 김선달이 알 리 없었다. 김선달은 요상한 음악이 나오는 작은 상자가 정말 신기한지 오르골에서 눈을 떼지 못하고 바라보았다.

한편 김정희는 스승님이 부탁한 책들과 자신이 읽을 책을 유리창에서 잔뜩 사서 회동관으로 돌아가는 중이었다. 그런데 건너편 서양 물품점에 김선달이 있는 것을 보고 반색하며 그곳으로 갔다.

"인사가 늦었습니다. 이번 사행에 자제군관으로 온 김정희라 합니다. 만주에서 구해주셔서 감사합니다."

김정희가 진심을 담아 인사하자, 김선달은 정중하게 고개 숙여 답례를 하며 김정희를 요리조리 살펴보았다.

반듯한 용모, 예의 바른 태도, 귀품 있어 보이는 성격, 참으로 모든 게 마음에 쏙 드는 선비였다. 김선달은 속으로 사위 삼고 싶다는 생각을 하는데, 김정희가 천리경을 들고 와 내밀었다.

"한번 살펴보시겠습니까? 여기 사람들은 천리경이라고 부르는데, 천리까지는 아니고 몇 리 밖이 아주 가까이 보입니다."

김선달은 김정희에게서 천리경을 건네받고 밖을 내다보다 깜짝 놀랐다. 천리경의 작은 구멍으로 보니 길 건너편 중국 상인이 코앞에 와 있었다. 순간 김선달은 화들짝 놀라며 천리경에서 얼른 눈을 뗐다. 천리경만 눈에 갖다 대면 저 멀리 길 건너 상점에 있는 중국 상인이 바로 자신의 코앞에 와 있다니. 너무나 신기해서 연신 탄성을 질렀다.

김정희의 안내를 받으며 서양 물건들을 잘 구경한 김선달은 답례로 차를 사겠다며 그를 다관으로 데리고 갔다. 김정희와 딱 붙어서 가는 김선달을 이경탁은 못마땅한 눈길로 쳐다보면서 따라갔다.

김선달은 다관에 들어가서도 김정희가 선물한 천리경을 손에서 놓지 못하고 사방을 신기한 듯 관찰했다.

"내 이걸 받아두 되는 건지…… 흐흠, 그나저나 참 용모가 귀한 상이오. 올해 나이가 어떻게?"

"스물넷입니다."

"기래요? 궁합두 안 본다는 다섯 살 차이구만. 생시는 어떻게?"

옆에서 꿰다 놓은 보릿자루처럼 처박혀 차를 마시던 이경탁이 '이게 무슨 소리야?' 하는 표정을 지으며 찻잔을 탁 내려놓았다.

"아! 저는 혼인했습니다."

김선달의 말을 알아들은 김정희는 오해가 없도록 얼른 대답했다. 그러자 이경탁의 얼굴에 흐뭇한 미소가 번졌다.

"작년에 재혼했습니다."

"아, 기래요? 소박 났소?"

김선달은 자신도 모르게 이경탁을 쳐다보며 불쑥 김정희에게 물었다.

'소박'이란 말에 이경탁은 괜히 억울하다는 표정을 지으며 김선달을 쳐다보았다. 그제야 김선달은 이경탁에게서 시선을 거두었다.

"아닙니다. 일찍 사별을……."

"허, 송구하오. 기나저나 그 책들은 무슨 책들이오?"

"아, 예. 이것은 아담수미수의 『국부론』인데, 공급과 수요가 보이지 않게 만나는 것이 시장이다, 뭐 이런 내용이구요, 이것은 정치란 입법, 사법, 행정이 분리돼서 견제해야 한다는 얘기를 하는 조록구(존로크)의 『통치론』, 그리고 이것은 다산 선생님이 부탁하신 누돈의 『제일원리』라는 책인데, 세상 모든 건 다 끄는 힘이 있다는 만유인력이란 걸 수리적으로 풀어낸 책입니다."

김정희가 소개하는 책들은 김선달의 지적 호기심을 자극하기에 충분했다. 김선달은 책에서 눈을 떼지 못하고 한 권 한 권 집중해서 들춰 보았다.

"책들을 읽다 보면 조선이 얼마나 닫혀 있는지 답답하기만 합니다. 스승님이셨던 박제가 선생님은 연경을 네 번이나 다녀오셨는데, 생전에 조선이 격물치지 서구의 문물을 배우지 아니하고 성리학 타령만 하면 자멸할 거라 하셨지요."

그때 수레바퀴 굴러가는 소리가 지축을 울려, 책을 들춰 보던 김선달은 깜짝 놀라 밖을 내다보았다. 수레가 요란한 소리를 내며 지나가고 있었다. 그러고 보니 청나라는 가는 곳마다 수레가 다니고 있었다. 김선달의 마음을 눈치 챘는지 김정희가 한마디 했다.

"스승님께서는 조선도 수레를 사용해야 나라가 발전한다고 하셨습니다. 지게에만 의존해서는 전혀 유통구조가 나아지지 않고, 상업이 발전하지 않는다면 나라는 점점 가난해질 것이라고 하셨습니다."

"하지만 산이 많은 조선에서 수레가 다니려면 길을 먼저 닦아야 할 터인데, 그 비용이……."

"스승님께서는 아무리 길을 닦는 비용이 많이 들어도 수레를 사용했을 때 파생되는 이윤이 더 많을 거라 하셨습니다."

김정희의 말에 김선달은 그럴지도 모르겠다고 생각하면서 다시 흥미롭게 책들을 살펴보았다.

"머무시는 동안에 한번 보시겠습니까? 저야 한양 가서 보면 되니까요."

"아, 기래도 되겠소?"

김선달이 반색하며 받아든 책들을 훑어보기 시작하는데, 뭔가 좀 다른 서책 하나가 있었다.

"기런데 이 책은?"

"네에, 워낙 구하기 힘든 책이라 제가 필사했습니다."

"아…… 글씨가 참 명필이오."

김선달은 김정희의 글씨에 탄복했다. 한대(漢代)의 예서체 같으면서도 부조화 속에 조화를 이루는, 독특하면서도 아름다운 글씨체였다. 김선달은 그 글씨체를 보면서 혀를 내둘렀다.

"긴데, 스승이 초정 박제가 선생이오?"

"네, 정말이지 시대의 선구자 같은 분이십니다."

"박제가 선생이라……."

김선달은 좀 전에 서점에서 본 박제가 선생의 초상을 떠올렸다.

"사실 스승님께서 서자 출신임에도 관직에 나갈 수 있었던 것은 선대왕 정조의 혁신적인 개혁 덕분이었습니다."

김선달은 선대왕 정조가 임병양란 이후 신분질서 내 서얼층 문제가 심각하게 대두되자 서얼허통절목(庶孼許通節目)을 공포하고, 규장각에 검서관직(檢書官職)을 설치해 서얼 출신들이 하급관리로 나아갈 수 있는 길을 열어준 사실을 알고 있었다.

이때 박제가 이덕무·유득공·서이수 등 서얼 출신 학자들과 더불어 초대 검서관으로 임명되었고, 13년 간 규장각의 여러 벼슬을 지내면서 왕명을 받아 많은 책을 교정·간행하는 한편, 국내외의 서적과 저명한 학자들을 접하면서 학문연구에 몰두할 수 있었다.

그러고 보면 서얼들에게도 열린 벼슬길이 유독 서북민에게는 그리도 야박한 것인지. 김선달은 쓸쓸한 표정을 지으며 김정희의 말을 들었다.

"스승님께서는 네 번 연경을 드나들며 조선이란 나라가 얼마나 폐쇄적인지를 깨닫게 되었다고 합니다. 급변하는 외국의 상황을 전혀 인식하지 못하면 조선의 희망은 없다고 늘 안타까워하셨습니다."

그러고 보니 김선달은 한양에 있을 때 언젠가 사대부들이 박제가에 대해 비판하는 얘기를 들은 적이 있었다. 상공업 장려, 신분 차별 타파, 해외통상, 서양인 선교사 초청, 과학기술교육 진흥, 화폐유통, 상업이나 무역 진흥 등 지배층의 이해와는 상반된 이론을 제시해 조선에 있는 사대부들은 그를 맹렬히 비판했었다. 김선달은 잠깐 구경한 연경이지만, 이곳에 있다 보니 박제가가 왜 조선에서보다 청나라 학자들 사이에서 존경을 받는지 어렴풋이 알 것도 같았다.

조선은 고인 물처럼 고요했다. 조선에서는 세상이 이렇게 천지개벽하고 있는지 알 길이 없었다. 조선의 사대부란 자들은 아직도 케케묵은 이론에 사로잡혀 있었다. 언제까지 눈 감고 있을 것인지. 청나라에서 본 세상은 김선달이 그동안 알고 있었던 세상과는 완전히 달랐다. 김선달은 조선이란 나라가 이대로 가만히 있다 보면 격변하는 세상의 흐름 속에 침몰할 지도 모른다는 생각이 얼핏 들었다.

그 시각 조선의 홍삼 독점권을 짊어지고 있는 임상옥은 회동관 밖에 있는 한 인삼 점포에서 청나라 상인들과 만나고 있었다. 회동관이라 하면, 원나라 이후 외국 사신들을 접대하기 위해 나라에서 만든 관아였다. 회동관 앞에는 '천태인삼국'이니 '광성인삼국'이니 하는 간판들이 붙은 점포들이 좌우에 몇 십 호가 줄지어 늘어서 있었고, 이런 점포들은 인삼 외에도 조선에서 들어오는 모든 물건들을 팔았다. 이곳에서는 사신들이 올 때마다 사무역의 일종인 후시(後市)가 열렸는데, 그 규모가 공무역보다 더 컸다.

평소 같으면 홍삼 거래로 분주했을 '천태인삼국'이라는 널찍한 점포

안이 올해는 어찌된 일인지 썰렁했다. 탁자를 사이에 두고 마주앉은 임상옥과 서너 명의 청상인들 말고는 상점에 아무도 없었다. 탁자 위에는 품질이 좋아 보이는 홍삼이 놓여 있었다. 한눈에 봐도 노회한 느낌이 물씬 풍기는 청나라 상인들은 조그마한 약작두로 홍삼을 썰어 눈으로 보기도 하고 맛을 보기도 하며 자기들끼리 무표정하게 눈으로 대화를 나누었다. 한참을 그러더니 가장 나이 많은 한 상인이 고개를 끄덕이며 묘한 얼굴로 임상옥을 바라보았다. 순간, 임상옥은 뭔가 심상치 않은 일이 일어나고 있다는 것을 눈치 챘다.

그날 밤 김선달은 여각에서 『국부론』에 푹 빠져 있었다. 처음 들어보는 이론에 김선달은 신선한 충격을 받았다. 방문 두드리는 소리가 들리더니 대꾸하기도 전에 임상옥이 들어왔다.

"형님, 책 보세요?"

"기래, 책 본다. 긴데, 술 마셨네?"

"형님이랑 내 한 잔 할라구 가져왔수다."

임상옥은 탁자에 놓인 찻잔에 가져온 술을 가득 따라 김선달에게 건넸다. 청나라 술을 처음 마셔 본 김선달은 한 모금 마시다가 헉 하더니 쿨러거리며 잔기침을 했다.

"이케 독한 걸 어케 마시누?"

청나라 술은 목구멍이 타들어갈 것처럼 독했다. 김선달은 고개를 절레절레 흔들더니 옆에 있던 차를 한 모금 얼른 마셨다.

"내 아무리 생각해봐두 형님 밖에 상의할 사람이 없수다."

"뭔데?"

아까부터 임상옥의 상태가 심상치 않다는 것을 김선달은 감지하고 있었다.

"원래 왔다 갔다 오르락내리락 해두 홍삼 한 근당 은자 백 냥 정도는 쳐주었습네다. 긴데 작년, 재작년이 워낙 흉년이지 않았습니까? 기래서 청나라 조선이나 홍삼 씨가 말라 올해는 백오십 냥은 너끈히 받겠다 싶어 이백 냥을 불렀는데……."

한 근에 이백 냥이면 도대체 김선달의 홍삼은 얼마나 되는 것인가? 김선달의 얼굴이 점점 홍조를 띠기 시작했다.

"이놈들이 다 같이 짜고는 근당 은자 이십 냥 이상은 줄 수 없다고 팅깁니다."

"기게 무슨 소리니? 무슨 장사가 오분지 일루다가 후려치니?"

한참 들떠 있던 김선달은 맥이 탁 풀렸다.

"이놈들 말루는 만주삼인가가 나와서 이제 고려홍삼 같은 건 필요 없다구 하는데, 기게 말이 안 됩니다. 만주삼은 원삼의 질두 너무 떨어지는 데다가 찌지두 않구 말린 백삼이라 우리 고려홍삼보다 법제두 한참 밀리구 약효두 형편없습니다. 고려홍삼 없으문 안 된다구 빨리 가져오라구 난리치던 게 바루 구상인 놈들인데, 이제 와서 고려홍삼 필요 없다구 팅기니……."

"허참. 혹시 갑자기 이백 냥이나 부르니까 화나서 기런 거 아닌가? 거 적당하게 가격을 다시 얘기하면서 오해를 풀문……."

"아닙니다. 이빨이 들어갈 호박인지 아닌지 요만할 때부터 장사해온 제가 기걸 모르겠습니까? 형님, 정말 죽겠습니다. 요번에 홍삼 독점판매권 얻겠다구 박종경 대감한테 십만 냥, 여기저기 입 막구 기름 치느라구

십만 냥, 장사 시작두 하기 전에 쓴 돈만 이십만 냥이 훌쩍 넘습니다. 만약 은자 이십 냥에 홍삼을 넘긴다문, 저는 기대로 혀 깨물구 죽는 수밖에 없습니다. 무슨 방법이 없겠습니까?"

"허어, 지피지기(知彼知己)면 백전백승(百戰百勝)이라 했네. 자네 말 듣고 지기(知己)는 한 셈이니 지피(知彼)를 해봐야지."

"형님, 그럼 방법이 있겠습니까?"

만주에서 김선달의 실력을 경험한 임상옥은 김선달의 말에 일말의 희망이 생기는지 한결 밝아진 표정으로 물었다. 김선달은 그저 씩 웃기만 했다.

임상옥을 보내고 김선달은 골똘히 생각에 잠겼다. 그러다 불현듯 어떤 생각이 떠오르는지 벌떡 일어나 여각 복도로 나섰는데, 어디선가 오르골 소리가 은은하게 울려 퍼졌다. 김선달은 처음 들어보는 음률의 오르골 소리에 자신도 모르게 그 소리가 들려오는 쪽으로 이끌리듯 따라갔는데, 막상 방문 앞에 이르고 보니 이경탁의 방이었다. 이상하게 생각하며 김선달은 방문을 확 열어 젖혔다. 이경탁은 김선달이 들어온 것도 모른 채 양화점에서 산 오르골을 열고 흐뭇하게 바라보며 연서(戀書)를 쓰고 있었다. 김선달은 그 모양새가 왠지 의심스러워 살금살금 이경탁에게 다가가 아는 체를 했다.

순간, 이경탁은 기겁하며 재빨리 쓰고 있던 연서와 함께 오르골을 탁자 안으로 숨겼다.

"무슨 소리가 났는데?"

"무…… 무슨 소리요?"

이경탁은 당황해서 말을 더듬었다.

"딩딩딩, 무슨 악긴지 음률이 참 묘하던데……. 편지 쓰고 있었구나."

말을 하면서 은근슬쩍 탁자 밑에 숨긴 연서를 보려 하자, 이경탁은 온몸으로 김선달을 막았다.

"펴, 편지는요. 장부 쓰고 있었습니다."

"됐다. 안 본다, 안 봐. 그것보다 니…… 내가 뭐 좀 부탁하문 할래?"

어떻게든 김선달의 눈에 들고 싶어 안달이 난 이경탁이었다.

"아! 기럼요. 뭐든 말씀만 하십쇼."

"정말? 다 해줄 수 있니?"

이경탁은 온힘을 다하여 고개를 세차게 흔들었다.

"기래, 고맙네. 내가 참 좋은 제잘 뒀네, 허허."

다음날 멋진 지주 모자를 쓴 김선달은 앞머리 옆머리 다 밀어 변발을 한 이경탁을 데리고 저잣거리 약방으로 향했다. 부탁을 다 들어주겠다고 했지만, 설마 이런 것일 줄은 꿈에도 생각 못 한 이경탁은 단단히 화가 나서 얼굴이 퉁퉁 부어 있었다.

"산둥에서 온 장 가라 하오. 홍삼을 사려 하니 물건 좀 봅시다."

손님이 왔는데도 약재만 다듬으며 아는 체를 안 하는 약방 주인이 답답했던지 이경탁이 먼저 그들의 존재를 알렸다. 그제야 약방 주인은 이경탁과 김선달을 힐끗 보더니, 만주백삼밖에 없다며 며칠 뒤 오라고 말한 뒤 다시 입을 다물어버렸다.

"만주백삼? 그것은 또 무엇이오? 허참…… 멀리서 왔는데 일단 그거라도 보여주시오."

이번에도 아무 말 없이 안으로 들어가더니, 약방 주인은 만주백삼을 갖고 나와 이경탁에게 건넸다. 그것을 받고 김선달과 이경탁은 이리저리 살펴보았다. 아무리 봐도 홍삼과 견줄 상대가 못 되는 물건이었다. 김선달이 눈짓을 하자 눈치 빠른 이경탁이 약방 주인과 대화를 시도했다.

"이건 얼마요?"

"근당 팔십 냥!"

"근당 팔십 냥? 그럼 고려홍삼은 얼마요?"

"없다니까! 작년 재작년 조선에 흉년이 크게 들어서 물량이 별로 안 들어와서 씨가 말랐다. 한 반 근 정도 남았나?"

"반 근? 기거라도 봅시다. 얼마요?"

약방 주인이 이백 냥을 부르자 이경탁은 바가지를 씌운다며 펄쩍 뛰었다.

"물건이 없는 걸 낸들 어쩌겠어? 아편 해독에 홍삼이 특효라 해서 지금 부르는 게 값이야. 황실 내관들은 아편에 동충하초와 홍삼을 섞어서 환을 만들어 먹는데, 아편하고 동충하초는 있어도 홍삼이 모자란다네. 황실에 납품하는 휘대인도 홍삼이 없어 곤욕을 치르는 마당인데…… 싫음 관두고."

약방 주인은 별 화도 내지 않고 노회하게 담담히 말했다. 옆에서 설명을 전해 듣던 김선달은 '아편?' 하며 고개를 갸우뚱하더니 이경탁에게 물었다. 이경탁은 양귀비꽃의 덜 익은 꼬투리에서 유액을 채취해 말리면 아편이 되는데, 쓴맛이 강하고 특이한 냄새가 나지만 한번 맛을 들이면 쉽게 끊을 수 없을 만큼 중독성이 강한 약물이라 청나라가 골머리를 썩고 있다고 김선달에게 말해주었다. 그렇다면 어제 임상옥의 얘기와 상반되는 상황이었다. 김선달이 다시 눈짓을 하자 이경탁이 바로 알아듣고 약방 주인에게 물었다.

"기런데 제가 듣자니 조선에서 홍삼이 왔는데 거긴 또 살 임자가 없어 못 판다던데."

이경탁의 말에 이제야 '아쭈, 이놈 봐라' 하는 표정을 지으며 약방 주인은 씩 웃었다.

"많이 알아봤구만. 그러니까 며칠 있다 오라구."

"왜 며칠을 기다리오? 거기 가서 사문 되겠구면."

김선달에게 지시 받은 대로 이경탁은 약방 주인을 계속 떠보았다. 그러자 약방 주인이 술술 말을 풀어놓았다.

"안 되네. 작년까지만 해도 조선 상인들이 각 인삼국에서 개별로 사고팔았는데, 올해부터 조선에서 한 사람을 정해 전매를 한다 해서 여기도 진대인을 통해 전매하기로 했다."

"아니, 기럼 기 사람이 빨리 사든가."

"끌끌, 장사 하루 이틀 해? 장사는 첫 거래에서 버릇을 잘 들여놔야 하는 게야. 그런데 조선에서 온 그자가 가격을 올려서 진대인이 버릇을 가르치겠다고 이러고 있소. 조선 사신들이 돌아갈 날짜가 다가오니 홍삼은 나올게요. 그러나 진대인도 휘대인에게만 이천 근을 납품하기로 했으니 이번에 온 것도 금방 동날 거요. 사고 싶으면 선금 걸고 가시오. 멀리 산둥에서 왔다니 내 조금 구해놓겠소."

이경탁의 설명을 듣고 어떻게 돌아가는 판국인지 김선달은 단번에 알아차렸다. 그럼 이제 진대인이 어떤 자인지 알기만 하면 될 터였다.

'그 진대인이 누군지만 좀 더 물어봐라' 하고 김선달은 이경탁에게 귀엣말을 남겼다. 이경탁이 약방 주인에게 진대인에 대해 알아보는 사이 김선달은 아까부터 묘한 냄새가 나는 쪽으로 자신도 모르게 이끌리듯 다가가서 방문을 열었다. 방문을 연 순간 그 앞에 펼쳐진 모습에 김선달은 경악했다. 연기로 자욱한 방 안에 침대가 가득 놓여 있고, 그 위에 비스듬히 누운 많은 사람들이 피리처럼 굵은 담뱃대를 하나씩 물고 있었다. 그들은 눈동자가 풀려 초점도 없었고 몸도 제대로 가누지 못한 채 흐느적거리고 있었다. 김선달은 호기심에 뭔가 싶어 연기를 깊이 호흡해 들이마셨다. 순간 머리가 핑 돌며 어지럽더니, 픽 하고 바닥에 쓰러졌다. 정신이 몽롱한데 자신도 모르게 웃음이 흘러나오며 하늘로 붕 떠오르는 것처럼 기분이 좋아졌다.

"허허, 장사한다는 사람이 진대인을 몰라? 봉천성 거상 진위안 대인. 책문, 봉천이 다 진대인 관할이고 여기 인삼국들 조선 물건들은 다 진대인 상인들이 취급하는 게요."

이경탁은 약방 주인에게서 진대인에 대해 이것저것 주워들을 수 있었다.

"근데 같이 온 양반은 방으로 들어가던데, 한 대 피고 갈 건가? 한 대에 삼십 전이오."

"아니요. 갈 거요."

그제야 이경탁은 김선달이 없어진 것을 알고 아편 방으로 달려가 보았다. 아니나 다를까, 김선달은 아편에 취해 눈이 풀린 채 기분 좋은 표정으로 헤헤거리고 있었다. 난생 처음 아편 연기를 들이마신 김선달은 완전히 정신이 나간 듯했다. 청나라를 들락거리며 아편 중독자들을 많이 보아 온 이경탁은 아편의 위해성을 너무나 잘 알고 있었다.

이경탁은 고개를 절레절레 흔들더니 해롱대는 김선달을 데리고 나가는데, 그의 뒤통수에 대고 약방 주인이 소리쳤다.

"선금 걸 거야? 근당 삼백 냥만 줘."

"아니요."

약방 주인은 이경탁의 손에 이끌려 비틀거리며 나가는 김선달을 보며 중얼거렸다.

"이 나라는 아편 때문에 망하고 말 거야."

중독성이 강한 아편은 급속도로 중국 사회로 전파되어 여러 가지 문제를 일으켰다. 빈민층의 아편 흡식은 농촌 경제의 파탄과 구매력의 상실을 가져왔고, 관리와 군사들의 아편은 국가 기능을 마비시켰다. 뿐만 아니라 대량으로 은이 유출되면서 지정은제(地丁銀制)였던 청 조정은 조세 미납 사태까지 벌어졌다. 백성에서 왕자들까지 아편을 하지 않는 사람이 없을 정도로 아편은 정치, 사회, 경제, 전반에 걸쳐 타격을 입히며 중국을 서서히 무너뜨렸다. 그리고 두 번의 아편전쟁 결과 서세동점(西世東漸)의 시대를 맞았다. 여리고 아름다운 양귀비꽃이 거대한 중국을 삼켰던 것이다.

"억울하옵니다. 아버님을 풀어주십시오."

"억우하오니다. 아버니믈 푸러주싯시오."

"아버님은 죄가 없습니다, 엉엉."

김조순은 퇴궐 길에 집 앞에서 울고 있는 아이들과 맞닥뜨렸다.

엉엉 울던 아이들은 김조순 대감을 발견하자 달려가 그의 다리에 매달렸다. 아이들이 갑자기 다리를 붙들고 늘어지자, 김조순은 화들짝 놀라며 난감한 표정을 지었다. 행색을 보아하니 분명 지체 높은 양반집 자제들이 분명했다.

"너희들 아버지가 누군데 그러느냐?"

"조 '덕' 자 '영' 자 되십니다. 저희 아버님을 풀어주십시오, 대감마님."

"조덕영 대감 말이냐?"

그제야 아이들은 다리를 놓으며 고개를 힘차게 끄덕였다.

"하아, 조대감이 드디어······."

김조순 대감은 자신의 바짓가랑이를 붙들고 울고 있는 아이들을 내려다보며 곤혹스런 표정을 지었다.

다음날 새벽 의금부 당직청 앞에는 소복을 입은 나이 지긋한 정부인(貞夫人)이 무릎 꿇고 목 놓아 울며 자식을 탄원하는 일이 벌어졌다. 의금부 당직청으로 입궐하던 당상관은 그 황당한 상황에 어쩔 줄을 몰랐다. 당상관은 일단 어느 집 정부인인지 확인했는데, 다름 아닌 조덕영의 어머니였다. 당상관의 만류에도 자리에서 꿈쩍 않고 아들의 억울함을 읍소했다. 난감해진 당상관은 임금에게 이 사실을 알렸다. 이야기를 전해들은 순조는 난감했다. 사실 조덕영의 비리가 덮을 수 있는 수준이 아니라 귀양을 보내기는 했지만, 마음에 걸리는 게 있었다. 조덕영은 수렴청정을 하던 대왕대비 정순왕후의 세력인 우의정 김달순을 탄핵하여 처벌하게 함으로써 순조가 친정체제를 공고히 하는 데 큰 공을 세운 인물이었다. 상황이 이렇다 보니 순조의 고민은 깊어질 수밖에 없었다. 결국 임금은 이 일을 의논하기 위해 김조순을 불러들였다.

"길상아, 사람들은 여리고 약한 것에 마음이 흔들리는 법이다. 일단 동정심을 불러일으켜야 하느니라. 조선 사람들이 제일 약한 게 뭔지 아느냐? 바로 정(情)이니라. 그중에서도 첫째가 자애, 둘째가 효심이니라. 홀어머니가 아들을 위해 눈물로 읍소하면 마음이 흔들리는 법. 그 다음은 아비를 위한 효심. 마지막은 무엇이겠느냐?"

조덕영은 한양과 가까운 황해도에서 귀양살이를 하며 조길상을 통해 이 모든 일들을 지휘했다. 유배생활을 한 지 몇 달이 지나면서 조덕영에 대한 일도 잠잠해졌다. 이틈을 타서 조정의 상황을 주시하던 조덕영은 조길상을 통해 서서히 움직였다. 조덕영의 계획은 가족들을 총동원해 자신에 대한 동정론을 형성한 후 결정타를 날려 이 지긋지긋한 유배생활에서 풀려나는 것이었다. 치밀한 그의 계산은 바로 맞아떨어졌다. 조정에서 조덕영에 대한 동정론이 일기 시작했고, 이 일로 임금이 김조순을 찾았다는 소리가 들려왔다. 그 소식을 전해들은 조덕영은 재빠르게 움직였다.

조길상에게 지시하여 귀양집을 지키는 군졸들에게 엽전 꾸러미를 한 아름씩 나누어주었다. 동전을 받아든 군졸들은 모른 체하며 집 앞에서 사라졌다. 군졸들이 모두 가버리자, 조덕영은 집 밖에 준비되어 있던 말을 타고 조길상과 밤새 말을 달려 단숨에 한양으로 향했다.

한양의 최고 기생집에 김조순을 모신 조길상은 바닥에 납작 엎드린 채 조심스레 상 위에 봉투를 올려놓았다.

'자고로 사람을 죽일 때와 뇌물을 쓸 때는 그 자리에서 끝을 봐야 한다.'

조길상은 김조순의 눈치를 살피며 조덕영의 말을 되새겼다.

김조순은 봉투에서 천천히 종이를 꺼내보곤 얼굴에 흡족한 미소를 지었다. 봉투 속에는 십만 냥짜리 어음이 들어 있었다. 김조순은 어음을 다시 봉투 속에 넣으며 정색한 얼굴로 조길상에게 물었다.

"흠, 니가 조덕영의 그 얼자냐?"

"예, 그러하옵니다."

"그래, 원하는 것이 무엇이냐?"

조길상은 아무 말 없이 일어서서 방에 연결된 뒷방 방문을 열었다. 순간 김조순은 소스라치게 놀랐다. 방 안에는 석고대죄 자세로 이마를 땅에 붙이고 엎드린 조덕영이 있었다. 김조순은 황해도에 있어야 할 사람이 자신이 눈앞에 있는 것을 보고 깜짝 놀라며 조덕영에게 다가갔다. 두 사람이 만남을 확인한 조길상은 공손히 인사하고 조용히 밖으로 나갔다.

"아니, 자네가 여길 어떻게……!"

"죄인 조덕영, 이렇게라도 대감을 뵈옵니다. 흑흑흑."

김조순은 눈앞에서 조덕영이 서럽게 통곡하자 난감해졌다.

"이 사람이! 일어나시게."

김조순이 일으켜 세우려고 잡아당겼지만 조덕영은 미동도 하지 않았다.

"성현께서 말씀하시길 하늘이 주는 고난쯤이야 견딜 수 있으나 사람의 은혜는 견디기 어렵다 하지 않았습니까? 소신 이직보원 이덕보덕(以直報怨以德報德), 상처는 정의로 갚고 은혜는 은혜로 갚을 것이옵니다. 억울한 소인의 신원을 해주시오면 어찌 제가 은혜를 잊겠사옵니까?"

김조순은 조덕영을 일으키려 다시 한 번 그의 몸에 바짝 다가섰다. 순간 조덕영은 김조순의 팔을 붙들고 마치 귓속말하듯, 그러나 강단 있게 얘기했다.

"큰일을 하시려는데 앞으로 장동김문의 입과 손을 더럽히기 힘든 일이 어찌 없겠습니까? 소인, 대감의 집에서 키우는 개라 생각해주십시오."

조덕영은 묘한 눈빛으로 김조순을 뚫어질 듯이 쳐다보았다. 김조순도 조덕영의 눈을 피하지 않았다. 김조순은 잠깐 조덕영과 기 싸움을 했지만 곧 그만두었다. 세도정치라는 게 집안 싸움인 것인데, 조덕영의 생각이 어떠하든, 김조순이 생각하는 경쟁자에 조씨 가문은 절대 포함되지 않았다.

　그 시각 김선달은 연경 회동관 근처 여각에서 이경탁의 시중을 받으며 욕조에 몸을 푹 담근 채 쉬고 있었다. 시중을 받고는 있지만, 김선달은 도대체 이경탁이 뭐하러 연경에 온 놈인지 알 수가 없었다. 역관이란 녀석이 허구한 날 상인들 숙소에 머물렀다. 저러고도 아직 역관직에 붙어 있는 걸 보면 능력이 아주 뛰어나거나 아님 갖다 바치는 게 많은 게 분명했다.

　"이제 정신이 좀 드십니까?"

　이경탁이 조금은 걱정스런 얼굴로 김선달에게 물었다.

　"아편인가 뭔가 기거 사람 잡겠다. 긴데 어쩌다 아편이 나라 전체에 퍼지고 말았네?"

　아편이 중국을 뒤흔들기 시작한 건 영국과의 무역에서부터였다.

　시민혁명과 산업혁명을 성공적으로 마친 영국은 밖으로 눈을 돌렸다. 중국은 영국 입장에서는 거대 시장이었다. 문제는 중국의 개항 항구가 달랑 광둥 하나뿐이란 사실이었다. 또한 중국의 주요 수출품은 차(茶)였고 영국의 수출품은 모직물과 인도산 면화였는데, 영국 내에서 차에 대한 수요가 급증하면서 영국은 차를 초과 수입해야 했다. 그러다 보니 영국은 차(茶) 대금을 지불할 은화가 항상 부족했다. 영국은 이런 무역 불균형을 해소할 방법을 모색했는데, 그것이 바로 아편이었다.

　영국은 무역 불균형을 해소하고 자국의 은 유출을 막고자 아편을 중국에 수출했는데, 공식적인 무역 형태가 아닌 밀수출이었다. 처음에 영국은 인도에서 나는 아편을 지방무역 상인을 통해 중국에 밀수출하였고,

중독성이 강한 아편은 곧 청나라 곳곳으로 파고들었다.

"쯧쯧, 기 아편인가 뭔가 하는 것 때문에 청나라도 오래가기는 틀렸구만. 긴데 이 목간 한 번 하는 데 뭔 돈이 그리 비싸?"

"연경도 평양처럼 회토가 많은 땅입니다. 그래서 우물을 파도 물을 먹을 수도 없고 회토 때문에 빨래 물로도 못 씁니다. 평양처럼 강물을 떠다 생활하다보니 아예 물을 파는 장사꾼이 생겼고, 거기에 세금이 물리고 기래서 기렇습니다."

이경탁은 제법 조리 있게 설명했다.

"오호, 네래 기러니 똑똑해 보인다."

김선달의 칭찬을 들으니 기분이 좋아진 이경탁은 헤벌쭉하게 웃었다.

한편, 임상옥은 금방 죽을 사람 같은 얼굴빛으로 담배를 뻐끔뻐끔 피워대며 의자에 앉아 김선달과 이경탁을 쳐다보고 있었다. 두 사람의 말이 전혀 귀에 들려오지 않는지 임상옥은 담배연기에 한숨을 붙여 내뱉었다.

"아~ 근당 은자 스무 냥이라도 받고 그냥 넘겨야 할 것 같습니다. 이대로 다시 가지고 갈 순 없지 않겠습니까?"

"너 요런 말 들어봤니? 시장에는 보이지 않는 손이 있다. 시장가격은 수요와 공급에 따라 보이지 않는 손이 조절한다."

임상옥은 능청맞게 빙글빙글 놀려대는 듯한 김선달의 말에 열불이 터졌다.

"말인지 망아진지 기런 말 못 들어봤습니다. 남은 역장이 다 무너지는데 선달 님은 아편이나 태우시고……. 너무하십니다."

"이게 다 진대인이란 자가 자네 버르장머리를 고치겠다고 만든 상황이야. 기래 봐야 시장 상황도 모르고 갑질하는 건데 말이지."

김선달은 도통 알아들을 수 없는 얘기를 하며 빙글빙글 웃었다.

김선달이 저러는 걸 보면 뭔가 있다 싶어 임상옥은 그를 뚫어지게 쳐다보았다. 임상옥의 눈을 피하지 않고 마주보던 김선달은 좀 전과는 달리 정색하며 단호하게 말했다.

"임자, 내랑 아담수미수 한번 믿어 보지 않겠소?"

잠시 생각하던 임상옥은 고개를 크게 끄덕였다. 어차피 별 뾰족한 방법이 없는지라 임상옥은 모든 걸 김선달에게 맡기기로 했다.

다음날 회동관 내 조선인 거주 지역에 있는 다관에 청나라 상인들이 모여 차를 마시고 있었다. 그들은 뭔가를 기다리는 듯 차를 마시는 중에도 시선은 자꾸 여각 쪽을 향했다.

"그래도 임상옥이란 자가 배포는 있는 것 같소. 떠나는 날까지 버틴 걸 보니."

청나라 상인 중 하나가 먼저 말을 꺼냈다.

"진대인께서 근당 사십 냥까지 양보하는 척하고 물건 받으라 하십디다."

"사십 냥? 스무 냥만 쳐줘도 눈물 흘리며 감사해 할 텐데……."

"그러다 내년에 안 오면 어떡하오? 버르장머리는 고치되 달래서 보내라 하시오."

"역시 진대인이군."

이번 홍삼 거래에서 이미 승부가 결정 나기라도 한 듯 청나라 상인들은 한마디씩 지껄이며 호탕하게 웃어 댔다.

"근데 이 무슨 냄새지? 뭐 타는 냄새 안 나오?"

어디선가 쌉쓰름한 냄새가 나기 시작했다.

"나오. 근데…… 이거 삼(蔘) 타는 냄새 아니오?"

청나라 상인들은 혹시나 하며 일제히 임상옥이 묵고 있는 여각 쪽을 쳐다보았다. 그런데 그곳에서 알 수 없는 연기가 피어오르고 있었다. 순간 청나라 상인들은 사색이 된 얼굴로 벌떡 일어나 다관 밖으로 우르르 뛰쳐나갔다.

여각 안으로 한달음에 달려온 청나라 상인들은 그들 앞에 펼쳐진 광경에 아연실색하고 말았다. 여각 마당에서 김선달이 활활 타오르는 불 속으로 홍삼을 집어던지고 있었다. 잔뜩 쌓아 둔 홍삼곽을 임상옥이 하나씩 전하면 김선달은 그것을 표정 하나 안 바꾸고 불 속으로 집어넣었다. 그 말도 안 되는 광경에 청나라 상인들은 눈으로 보고도 믿기지 않는 듯 아무 말도 못하고 서 있다가, 간신히 정신을 가다듬고 김선달에게 덤벼들며 말했다.

"지, 지금 뭐하는 거야?"

왁자지껄 청나라 상인들이 떠들어대고 이경탁은 일일이 그 말을 김선달에게 옮겼다.

"먼 길을 도루 가져가기도 기래쿠 해서 태웁니다. 불 쬐구 싶으면 모여 쪼이시라 합니다."

"아, 아니, 그래도 이, 이 귀한 걸……!"

"당장 그만두라. 그만두지 못할까?"

목숨만큼이나 귀한 홍삼이 타들어 가는 걸 지켜보던 청나라 상인들은 하인들에게 당장 가서 진대인을 불러오라며 난리 쳤다.

"불 쬐기 싫으시면 비키시랍니다."

청상인들은 난리가 나서 우왕좌왕하는데, 김선달은 못 들은 척 눈썹 하나 까딱하지 않고 한지로 싸인 홍삼을 임상옥에게 받아서 불길 속에 집어던졌다. 다 꺼내 던질 게 없으면 느긋하게 한지도 불길 속에 집어던 졌다.

김선달은 새 홍삼곽을 받자 불길 속으로 넣으려다 일어나서, 인심 쓰 듯 청상인들에게 홍삼 한 개씩을 나눠주고 남은 홍삼은 다시 불길 속에 집어던졌다. 얼떨결에 홍삼을 받은 청상인들은 기막히다는 표정으로 손에 든 홍삼만 쳐다보고 서 있었다. 한 곽을 모두 태운 김선달은 임상옥에 게 손을 내밀었다. 죽은 사람 같은 얼굴로 홍삼곽을 건네는 임상옥과는 달리 그것을 받는 김선달의 표정은 느긋하기만 했다.

아담수미수랑 자신을 믿어 보라기에 임상옥은 모든 걸 김선달에게 맡 겼지만, 설마 이런 짓을 하리라고는 상상도 못했다. 자식 같은 홍삼이 타 들어 가는 것을 보는 임상옥의 심정도 청상인들과 다를 게 없었다.

그때, 정신없이 떠들어대던 사람들이 일제히 입을 다물며 양쪽으로 쭉 갈라섰고, 그 사이로 한 사내가 들어왔다. 동시에 청상인들은 일제히 그 남자를 향해 인사했다. 김선달은 그자가 '진대인'이라는 것을 직감하면 서도 모른 척 홍삼을 불길 속에 집어던졌다. 그러다 문득 뭔가가 생각이 났는지 빙그레 웃으며 진대인에게도 인심 쓰듯 가장 실하고 큰놈으로 홍 삼 하나를 건네고 나머지는 불 속으로 탈탈 털어 넣더니 임상옥에게 손 을 내밀었다. 임상옥은 이미 자포자기 심정인지라 말없이 무표정한 얼굴 로 홍삼곽을 건넸다.

"멈춰라! 알았다. 홍삼 그만 태우고 팔라. 근당 칠십 냥 주겠다."

홍삼곽이 막 불 속으로 들어가려는 순간에 진대인이 마당을 울리는 쩌렁쩌렁한 목소리로 말했다. 이경탁이 잽싸게 진대인의 말을 김선달에게 옮겼다. 김선달은 들은 척도 않더니, 벌떡 일어나 진대인에게 주었던 그 실하고 큰 홍삼을 다시 뺏어 불길 속에 집어던지고는 새 상자의 홍삼들도 모두 불에 털어 넣었다. 웬만한 기 싸움에는 절대 밀리지 않는 진대인이었지만, 김선달의 행동에 순간 당황하여 큰소리를 질렀다.

"좋다! 백 냥 쳐주마. 장난이 지나치다."

백 냥이란 소리에 임상옥의 얼굴이 움찔하며 사색이던 얼굴빛이 돌아오기 시작했다. 백 냥이면 최소한 본전은 할 수 있었다. 임상옥은 반색하며 김선달을 쳐다보았다. 하지만 김선달은 진대인의 말은 귀에 들어오지도 않는 듯 한마디 했다.

"나 귀 안 먹었다고 조용히 얘기하라고 전해라."

김선달의 말에 진대인은 기막히다는 표정을 지으며 눈을 감더니 감정을 추스르며 조용히 말했다.

"그만해라. 백이십 냥! 백이십 냥 주겠다."

'백이십 냥'이란 소리에 청상인들이 웅성거렸다. 뭔가 일이 단단히 꼬이고 있다는 것을 모두들 직감하고 있었다. 이경탁이 말을 옮기자, 김선달은 그제야 고개를 돌려 진대인을 바라보았다.

"긴데 누군데 자꾸 태우라 마라 하냐고 물어봐라."

뻔히 알면서도 김선달은 짐짓 모른 척 진대인의 심기를 건드렸다.

"누굽니까?"

이경탁이 누구냐고 묻자, 자존심 상한다는 듯 진대인은 입술을 굳게 다물었다. 옆에 있던 상인 하나가 대신 대답했다.

"봉천과 조선의 거래를 총괄하시는 진대인이시오."

이경탁이 그대로 김선달에게 전했다.

"날도 선선하니 불이나 쬐다 가시라고 전해라."

"날도 추운데 불 쬐다 가시랍니다."

이경탁은 상황이 점점 재미있어지는지 김선달의 말투까지 흉내 내며 진대인에게 그대로 전했다. 진대인의 얼굴빛이 점점 일그러지기 시작했다. 김선달은 표정 하나 바뀌지 않은 채 홍삼을 털어버리고 한지까지 불속에 집어던졌다. 김선달은 다시 임상옥에게 손을 내밀었다. 임상옥은 홍삼곽을 꽉 움켜쥐고 이제 그만하자는 간절한 눈빛을 김선달에게 보냈다. 김선달은 임상옥을 쳐다보지도 않고 홍삼곽을 뺏어 불 속으로 던져버렸다. 임상옥의 얼굴은 다시 산송장처럼 하얗게 질렸다. 심기가 불편한 것은 진대인도 마찬가지였다.

진대인은 이러다 정말로 홍삼을 모두 불태워버릴 것만 같아 슬슬 불안해졌다. 임상옥이 전매의 권한을 갖고 조선에서 온 것처럼 진대인은 청 상인들을 대신해 홍삼을 모두 사들여야 했다.

"백오십 냥! 이제 그만하라니까!"

진대인이 다급히 외쳤다. 도대체 저자가 뭘 믿고 이리 날뛰는지 도저히 가늠할 수가 없었다. 보아하니 장사치도 아닌 것 같았다. 평생을 장사를 해왔지만 이런 상황은 처음이었다.

김선달은 들은 척도 하지 않고 이번엔 여러 곽을 한꺼번에 불 속에 집어던지곤 여전히 새 홍삼곽을 달라고 임상옥에게 손을 내밀었다.

"형님, 백오십 냥이문 좋은 가격입니다. 이제 기만 하지시요?"

임상옥은 애가 타서 김선달에게 간절히 요청했다.

"작년에 청나라 황실에도 홍삼이 못 들어갔어. 만약 올해두 진상이 안 되문, 진대인이란 저 사람은 끝장이야. 이번 거래는 보이지 않는 손이 우릴 도와주고 있어. 그리고 이래 놔야 담에 안 당한다. 독점으론 첫 거래라며!"

김선달은 한쪽에 쌓아 놓은 홍삼곽을 연이어서 통째로 불 속으로 집어던졌다. 홍삼곽이 한꺼번에 불 속으로 들어가자 불씨가 확 피어오르며 연기가 하늘로 치솟았다. 금세 마당은 연기로 뒤덮이고 인삼 성분인 사포닌이 불에 타며 나는 씁쓰름한 냄새가 진동했다. 상인들은 눈과 코를 가리며 그 모습을 지켜보았다.

임상옥은 억장이 무너졌다. '보이지 않은 손'이 도대체 뭐길래 우릴 도와준다는 것인지 임상옥은 도무지 납득할 수가 없었다. 이러다 진대인이 심기가 틀어져 거래를 취소하면 어떻게 하나 하고 속이 타들어 갔다. 하지만 김선달은 이 거래가 절대 실패로 돌아갈 일은 없다는 것을 너무나 잘 알고 있었다.

한편, 점점 강도가 세지는 김선달의 행동에 진대인은 점점 초조해졌다. 홍삼을 불에 태울 정도의 배짱을 가진 자면 보통 인물은 아님을 감지했지만, 이 정도일 줄은 몰랐다. 진대인은 이번 싸움에서 자신이 완벽히 패배했다는 것을 깨달았다. 결국 진대인은 치솟아 오르는 분노를 누르며 두 눈을 꾸욱 감고 결심한 듯 소리쳤다.

"이백 냥!"

진대인이 '이백 냥'이라 부르는 순간 여각 마당은 찬물을 끼얹은 듯 조용해졌다.

청상인들의 얼굴이 사색이 되었다. 반면 임상옥의 얼굴엔 화색이 돌며 입가에 웃음이 번졌다. 임상옥은 청상인들을 보며 드러내 놓고 좋아할 수는 없었지만, 가슴이 쿵쿵 뛰고 있었다. 그때였다.

"저 불에 탄 홍삼 값도 같이 변상해라 전해라."

김선달의 말에 임상옥과 이경탁은 모두 입을 쩌억 벌린 채 할 말을 잃었다. 홍삼값을 이백 냥 받은 것도 모자라 변상까지 하라니. 임상옥의 얼굴이 다시 하얘졌다. 이경탁은 이 말을 전해야 할지 말아야 할지 고민하며 임상옥을 쳐다보았다.

"형님, 괜찮습니다. 충분합니다. 이백 냥이면……. 형님, 진짜 왜 그러세요?"

이러다 다시 일이 틀어질까봐 임상옥은 김선달을 극구 말렸다. 하지만 김선달은 홍삼을 불에 던질 자세를 잡으며 이경탁에게 호통을 쳤다.

"빨리 안 전하네?"

김선달의 닦달에 하는 수없이 이경탁은 진대인에게 통역했다. 이경탁의 통역을 들은 진대인의 얼굴이 벌게졌다. 최대한 속내를 감추고 있었지만 진대인의 얼굴빛이 심상치 않았다. 김선달을 제외한 마당에 모인 모든 사람들이 숨죽여 진대인을 지켜보았다. 진대인은 노기 띤 얼굴로 김선달을 한참 노려보더니, 입술을 꽉 깨물며 큰소리로 말했다.

"하오지얼러(좋다)!"

진대인은 누구보다도 시장의 원리를 잘 아는 자였다. 김선달은 진대인과 흥정하는 동안 그것을 알 수 있었다. 김선달이 진대인과 끝까지 승부를 걸 수 있었던 것은 진대인이 여느 장사꾼들과 다르다는 것을 알아차렸기 때문이었다. 사실 진대인이 여각 마당에 온 순간부터 이미 승부는 결정난 것이었다. 흥정이 끝나자 김선달은 그제야 홍삼을 내려놓으며 임상옥에게 말했다.

"뭐하니? 니 원래 이백 냥 불렀다매. 빨리 홍정 마무리하고 돈 받으라."

처음으로 이루어진 조선과 청나라의 홍삼 독점거래는 조선의 완승으로 끝났다.

다음날 김선달은 연경에서의 일을 잘 마치고 기분 좋게 귀국길에 올랐다. 연경에서 평양까지 두 달 가까이 길리는 긴 여정이었지만, 떠날 때와는 달리 김선달은 하나도 힘이 들지 않았다. 하늘도 너무 맑고 바람은 시원하고 탁 트인 초원길은 쭉 뻗어 있고……. 김선달은 가만히 있어도 절로 노래가 흘러나왔다. 가끔 주체할 수 없는 웃음도 터져 나왔다.

"히히히힛!"

아무리 참아보려 해도 입이 귀에 걸린 김선달은 입이 다물어지지 않았다. 그의 입이 다물어지지 않는 데는 까닭이 있었다. 귀국하기 전날 밤, 김선달이 묵고 있는 여각으로 임상옥이 찾아왔다.

"형님이 저를 두 번이나 살리셨습니다. 그 은혜를 장사꾼이니 돈으로밖에 더 갚겠습니까? 그래서 형님 홍삼은 제가 한 근당 은자 천 냥에 사겠습니다. 이 임상옥을 살렸는데 만석꾼 한번은 되셔야죠. 하하하!"

임상옥은 김선달에게 입은 은혜를 톡톡히 갚았다. 말을 타고 가면서도 김선달은 그날 밤 일을 생각하면 괜히 웃음이 새어 나왔다. 김선달은 슬며시 어음을 꺼내보고 다시 품에 고이 넣으며 '히히히힛' 웃었다. 자신도 모르게 김선달의 입에서 기분 좋은 노랫가락이 흘러나왔다.

쾌재라 층층나네

마음대로 일이 자알 되니, 쾌재라 층층나네

쌀도 고기도 층층나는구나, 쾌재라 층층나네

그 시각 조길상은 귀양집 대문에 말을 대령한 채 조덕영을 기다리고 있었다. 잠시 후 번듯하게 차려입은 조덕영이 방문을 열고 나왔다. 조덕영은 온갖 권모술수와 경제력을 이용해 결국 한 해가 채 지나기 전에 귀양에서 풀려났다. 조덕영은 천천히 마당으로 내려서서 사립문을 열다 말고 집을 한번 둘러보더니 씁쓸한 미소를 지었다. 조덕영은 다시는 이런 생활을 하지 않겠다고 자신에게 다짐했다.

조덕영의 사랑방에는 조씨 가문 남자들이 양쪽으로 도열하고 앉아 웅성웅성 떠들고 있었다. 모두들 조덕영이 어떻게 이리도 빨리 유배생활을 접을 수 있었는지 궁금했다. 그때 방문이 열리면서 이제 막 유배에서 돌아온 조덕영이 등장했다. 그를 방 앞까지 모시고 온 조길상은 조덕영이 방 안으로 들어가자 조용히 방문을 닫고 물러났다.

방문 앞, 딱 여기까지가 조길상이 조씨 집안에 들어갈 수 있는 곳이었다. 누구의 몸을 빌려 세상에 나왔건 조씨 가문의 씨를 받은 것은 분명한데, 조선이란 나라는 그걸 허락하지 않았다. 심지어 똑같은 첩(妾)의 자식들도 어미의 신분에 따라 서자와 얼자로 구분했다. 어미가 양인이면 서자라는 소리를 들었지만, 어미가 천민이면 얼자였다.

유배지에서까지 조덕영을 모시며 그 험한 귀양생활을 보살피고, 그곳에서 나올 수 있게 밑바닥에서 모든 궂은일을 도맡아 했던 조길상이었지만, '신분'이라는 올무에 묶인 조선이라는 나라는 조길상에게 더 이상의 자리를 내주지 않았다. 조길상은 천천히 닫히는 문을 바라보며 그저 씁쓸한 미소를 지을 뿐이었다.

조덕영이 등장하자 조씨 가문 남자들은 일제히 자리에서 일어나 허리 굽혀 인사하고는, 그가 상석에 앉을 때까지 서서 기다렸다. 드디어 조덕영이 천천히 자리에 앉자, 하나둘씩 자리에 앉았다. 조덕영은 상석에 앉아 천천히 한 사람 한 사람 훑어보았다.

"그래, 그간 무탈하셨는가?"

"네, 얼마나 고초가 크셨습니까?" 조씨 집안 남자들이 일제히 대답했다.

"고초는 무슨. 남들 다 하는 귀양살이인데."

조덕영은 대수롭지 않다는 듯 말하며 자리를 편안히 고쳐 앉아 일장 연설을 시작했다.

"내 이번 일을 겪으며 이런저런 깨닫는 바가 많았네. 머리로만 이해하던 걸 몸으로 깨우쳤달까? 다들 내가 이번에 탄핵 받은 연유가 무엇인지는 알고 있겠지. 바로 탐관오리였다, 탐관오리! 나보고 탐관오리라니. 조선 천지 관리 중 나만큼 안 하는 관리가 어디 있는가? 허나 그들은 사리사욕을 채우려는 것이고, 나 조덕영은 우리 가문을 위해 그랬고 앞으로도 그럴 것이네. 그러면 자네들 이번에 내가 어찌 복권되었는지 아는가?"

조덕영의 물음에 조씨 집안 남자들은 꿀 먹은 벙어리라도 된 듯 아무 말도 못했다.

"돈이다. 돈 먹은 탐관오리라고 박종경 그놈에게 걸려 탄핵됐는데, 역시 돈으로 김조순 대감을 통해 다시 복귀하게 된 게야. 이게 무슨 의미인지 알겠는가?"

이번에도 역시 그 누구도 대답을 못했다.

"내가 옳았던 거다! 이 세도정치란 건 가문의 힘과 돈, 이 둘로 움직일 수밖에 없는 게야. 전에 말한 것처럼 우리 문중의 인재를 기르고 반드시 우리 가문에서 중전을 내야 하네. 하지만 그전에 나를 이렇게 만든 박씨 집안과의 싸움에서 이겨야겠지. 그러려면 박씨 가문보다 더 탄탄한 자금줄을 쥐어야 하는 거고, 그러다 보면 언젠가 장동김문도 우리 수하에 들어오게 될 거란 말이지. 알겠나?"

모두들 고개를 끄덕이며 조덕영의 말에 수긍했다. 조덕영은 오랜만에 하고 싶은 말을 실컷 했더니 가슴이 뻥 뚫리는 것처럼 시원했다.

조덕영은 일 년을 황해도의 허름한 초가에서 와신상담하듯 버티었다. 말벗 하나 없는 그곳에서 조덕영은 하루 종일 생각에 잠겨 살았고, 이제 세도정치에 대해서는 아주 도통하게 되었다.

"내가 밀려나 있는 동안 너도 고생이 많았겠구나."

오랜 시간 조씨 집안의 문중 회의가 끝나고, 모두들 집으로 돌아간 텅 빈 방 안에 조덕영과 조길상이 마주하고 앉았다.

"송구하옵니다. 열심히 일을 배우고 있습니다."

"내가 도중에 너를 보낸 것은 열심히 장사나 배우라는 뜻이 아니다."

조덕영의 말뜻을 조길상은 쉽사리 이해하지 못해 멀뚱하게 쳐다만 보았다.

"너는 내게 왼손 같은 존재니라. 비록 니 어미로 인해 네가 세상에선 오른손 취급을 못 받는다고 하나, 내게는 소중한 왼손이니라. 길상아, 실은 내는 왼손잡이다."

조덕영은 오른손으로 찻잔을 입에 가져가며 말했다. 순간, 조길상은 조덕영의 손을 무심코 바라보며 잠시 헷갈렸지만, 한없이 부드러운 대감의 말투는 모든 걸 잊게 했다. 조길상은 그 부드럽고 따뜻한 말에 자신도 모르게 '아버님'이란 소리를 할 뻔했다.

"이제 내가 돌아왔으니 니 일도 잘 풀릴 게다."

"예, 감사하옵니다, 대감마님."

"그건 그렇고 사내대장부면 당연히 갚을 건 갚고 살아야지. 박종경은 내가 맡을 터이나 너는 평양의 봉이 김선달인가 하는 놈을 찾아서 하직시켜라."

"예?"

"그럼 가서 일 보아라."

조덕영은 일을 지시할 때 길게 얘기하지 않았다. 조길상은 조덕영의 지시가 떨어지기가 무섭게 바로 김선달을 제거할 자객을 찾으러 부상조직의 본거지로 향했다.

"뭐든지 적당해야지, 너무 잔인하면 죄 받아. 입에 풀칠 좀 하겠다고 겨우 자리 잡고 장사하는데 그걸 못하게 하냐, 이 잡것들아! 한양성이 니네 거야?"

사상(私商)들 중 덩치가 가장 좋은 한 남자가 바투의 무리에게 따져 물었다.

부상조직에서 일하는 바투의 무리가 한양 성벽 아래 줄지어 있는 난전들을 엎어버리자 사상(私商)들이 몰려들었다. 매번 이런 식이라 난전의 사상들은 장사를 할 수가 없었다.

선왕 때 신해통공(辛亥通共)을 통해 육의전을 제외한 금난전권이 폐지되면서 난전의 사상들은 마음 놓고 장사를 할 수 있었다. 그런데 얼마 전부터 바투의 무리들이 하루가 멀다 하고 난전을 찾아와 쑥대밭을 만들었다. 참다못한 사상들은 오늘 한번 제대로 붙어볼 요량으로 싸움깨나 하는 장정들을 모아 대항할 준비를 하였다. 사상들은 바투의 무리가 두렵기는 했지만 열 명 남짓이라 어찌어찌하면 이길 수도 있을 것 같았다.

여기저기서 사상들이 바투를 성토하기 시작했다. 사상들의 말을 잠깐 듣는 척하던 바투는 한마디 말도 없이 덩치가 가장 큰 장정 한 사람을 슥 보더니, 바로 들어서 던져버렸다. 동시에 바투의 부하들이 싸우려고 모여든 사상 남자들을 무지막지하게 밟아버렸다. 사상들과 바투 무리의 싸움은 곧 끝났다. 사상 장정들은 초주검이 되었고, 난전들은 형체도 알아보기 힘들 만큼 부서졌다. 삶의 밑천을 한순간에 잃어버린 사상의 아낙들은 주저앉아 처절하게 통곡했다. 통곡 소리가 전혀 안 들리는지 바투와 그 무리들은 무표정한 얼굴로 난전 한편의 간이 주막에서 소간을 안주 삼아 술을 마셨다. 바투는 부하가 따라주는 술을 한 잔 비우더니 간 한 점을 손으로 집어 혀가 잘려 동굴처럼 텅 비어 있는 입속으로 넣었다. 바투는 혀도 없이 시뻘건 피가 뚝뚝 떨어지는 간을 소금에 찍어 우물우물 먹었다.

김선달을 제거할 자객을 찾던 조길상은 한양에서 제일 뛰어난 살수(殺手)가 부상조직에서 일하는 몽골비적 출신의 바투라는 것을 수소문 끝에 알아내었다. 조길상은 역관과 함께 바투를 찾았다가 마침 저잣거리에서 사상들과 싸우는 장면을 목격했다. 조길상은 한눈에 보기에도 음산한 분위기를 풍기는 바투가 영 마음에 들지 않았지만, 일이 중한지라 표정을 감추고 역관에게 통역을 시켰다.

"평양으로 가서 봉이 김선달이란 자를 찾은 다음에 죽이라 하오."

역관에게서 말을 전해들은 바투가 무표정한 얼굴로 자신의 부하에게 뭔가 수화를 하자, 그 부하가 조길상이 누구인지 역관에게 물었다. 역관은 도중에서 일하는 행수라며 조길상을 소개했다. 바투는 고개를 끄덕이더니, 부하에게 눈짓했다.

"병신은 다섯 냥, 죽이는 데는 열 냥이오."

바투의 부하가 몽골어로 그의 뜻을 전했다. 역관에게서 얘기를 전해들은 조길상은 엽전 꾸러미를 꺼내 역관에게 건네며 귓속말로 뭔가를 지시했다.

"열다섯 냥이다. 실수 없이 하라신다."

역관은 바투가 요구한 것보다 다섯 냥을 더 넣은 엽전 꾸러미를 건네며 다짐을 받듯 말했다.

부하가 바투에게 말을 전하자, 알겠다는 뜻으로 고개를 끄덕였다. 그러더니 마치 조길상에게 보라는 듯 바투는 입에서 찌익 피가 새어 나오게 간 한 점을 씹어 먹었다. 피를 뚝뚝 흘리며 우물거리는 섬뜩한 모습에 조길상은 움찔했고, 그 모습이 재밌는지 바투와 그의 부하들이 낄낄거렸다.

저 멀리 평양성의 대동문이 보이자 김선달은 가슴이 부풀어 올랐다. 게다가 나귀 등에 바리바리 잔뜩 실은 짐과 궤들은 김선달의 마음을 더욱 뿌듯하게 하였다.

어느새 대동문 앞까지 오자 하나둘씩 함께 연행을 떠났던 일행들이 작별인사를 하며 흩어졌다. 김선달도 그들과 인사하고 집으로 향했다. 모두들 그렇게 뿔뿔이 흩어지는데, 연행길 내내 자신의 옆에 붙어 있던 이경탁은 이번에도 집에 갈 생각은 않고 자신에게 따라붙었다.

몇 달 만의 귀향인데 가족들에게 갈 생각도 않는 게 김선달은 영 이상해 이경탁을 의심스런 눈빛으로 쳐다보았다.

"여기까지 함께했는데 스승님 들어가시는 것을 보고 가겠습니다."

이경탁은 급하게 자신을 변명했지만 김선달은 의심의 눈초리를 거두지 않았다.

"스승님 오신다구 잔치하나?"

김선달의 시선을 돌리려고 이경탁은 담장 안을 들여다보며 딴소리를 했다. 그제야 김선달은 무슨 소리인가 하는 표정으로 마당 안을 들여다보다 그만 입이 쩍 벌어졌다. 연기가 피어오르는 가운데 모르는 사람들로 가득한 마당 안은 마치 난민촌을 방불케 했다. 조선의 온갖 유민들은 모두 김선달의 마당에 모여 있는 듯했다. 기가 찬 표정으로 마당으로 들어선 김선달이 죽을 먹고 있는 유민들 사이를 걸어가는데, 여기저기서 최유리를 치하하는 소리가 들렸다.

"여따 아주 생사당을 맨들어야 혀유~ 생불이 따로 없다니께유~."

"여자니께 관음보살이지!"

"하아아~ 뜨거워. 관음보살이 죽도 잘 끓이시네. 허이구, 맛난 거!"

삼남지방의 온갖 사투리가 뒤섞여 떠드는 소리를 듣던 김선달의 입에서 한숨 섞인 한마디가 터져 나왔다.

"조선 팔도가 내 집 마당에 싹 다 모였구나."

"삼남에 대기근이 들었다더니 다들 여 평안도로 왔나 보네요."

이경탁도 유민들을 내려다보며 한마디 거들었다.

"기나마 여기가 광산 개발과 대청무역으로 삼남지방보다는 사정이 조금 낫다고 생각하는 기지."

김선달은 한숨을 쉬며 말했다.

김선달은 압록강을 건너 평양으로 오는 내내 광산을 찾아 유리걸식하며 떠도는 삼남지방의 유민들을 보았다. 작년부터 두 해 연속 유례없는 대기근이 조선을 덮쳤다. 전국을 강타한 큰 흉년으로 인한 대기근은 빈농들의 생계를 크게 위협하였다. 농업기술의 발달로 농민층의 분화가 심화되던 시점에 들이닥친 대흉년에 빈농들은 몰락해 갔다. 특히 조선의 곡창지대인 삼남지방의 피해는 더욱 컸다. 한 섬에 석 냥이던 쌀값이 다섯 냥으로 뛰고, 한 섬에 한 냥이던 조가 두 냥으로 뛰었다. 백성들은 하루하루 끼니를 때우는 게 점점 버거워졌다. 마을 뒷산에 소나무 껍질이 남아 있지 않을 정도였다. 이런 상황에서도 나라에서는 이유를 불문하고 세금을 거둬들였다. 결국 농민들은 삶의 터전인 농토를 버리고 떠돌 수밖에 없었다.

마치 자신의 집이라도 되는 듯 편안한 얼굴로 죽을 먹는 유민들을 보며 김선달은 할 말을 잃었다. 가난은 나라도 구제 못한다고 했는데, 그것을 최유리가 하고 있었다. 유민들을 보며 김선달은 괜히 마음이 무거워졌다.

마당 가득 객(客)들은 넘쳐나는데 이상하게 최유리와 김소월이 보이지 않았다. 김선달은 도대체 어디 갔나 하고 여기저기 살피고 돌아다니다 뒷마당 커다란 가마솥에서 죽을 끓이고 있는 두 모녀를 발견했다. 김소월이 먼저 김선달을 보고는 환하게 웃으며 손을 흔들었다. 김선달 역시 반가워 같이 손을 흔드는데, 이상하게도 김소월이 자신을 보고 있는 것 같지가 않았다. 사실, 김소월은 김선달을 본 것이 아니라 그 바로 뒤에 있던 이경탁을 보고 손을 흔든 거였다. 김소월은 너무 반가워 한달음에 김선달과 이경탁에게로 달려왔다.

"아부지, 잘 다녀오셨어요?"

입으로는 김선달에게 인사했지만, 김소월의 눈은 이경탁을 향했다. 김선달을 사이에 두고 두 사람 사이에 애틋한 눈빛이 오가더니 김소월이 먼저 은근슬쩍 뒷마당으로 향했다. 이경탁은 잠시 김선달의 눈치를 살피더니 김소월을 따라 슬쩍 뒷마당으로 갔다.

최유리는 김선달이 온 것도 모르고 죽 쑤는 데만 정신이 팔려 있었다. 그 모습을 지켜보던 김선달이 툭 하고 최유리를 쳤다.

"어맛, 깜짝이야!"

이마의 땀을 닦으며 가마솥의 죽을 휘휘 젓던 최유리는 깜짝 놀라며 기겁했다.

"돌아오셨소? 미리 기별을 좀 하지."

없는 살림에 또 사람들 돕는다고 할까봐 최유리는 김선달의 얼굴도 못 쳐다본 채 퉁명하게 말했다. 몇 달만의 상봉인데도 부부는 서로 얼굴조차 마주보지 못하고 데면데면했다.

"미안하우만, 한 번 더 청해도 되겠소?"

거적으로 싼 아이를 등에 업은 한 노인이 부들부들 떨리는 손으로 쪽박을 내밀었다. 얼마나 굶었는지 노인은 피골이 상접해 있었다.

"예, 이리 주세요."

김선달의 시선을 피해 딴 곳을 쳐다보던 최유리가 얼른 쪽박을 들어 수북이 죽을 담아 노인에게 건넸다. 노인은 쪽박에 담긴 죽을 보더니 깊이 한숨 쉬며 눈물을 흘렸다.

"감사하오, 감사하오."

"왜 우세요? 편하게 드세요."

"이 아이 에미한테 미안해서 그라우. 내가 며늘아기 젖이라도 나오게 구휼죽을 얻으러 갔다가 배가 고파서 그만 그걸 먹어버렸지 뭐요. 그 바람에 며늘아긴 굶어 죽고. 그때 이렇게 한 번만 더 줬어도……."

"며느님 돌아가신 게 왜 어르신 탓이에요?"

"아니오, 내가 그 죽만 안 먹었으면……. 진작 죽으려 했지만 이 아이까지 죽으면 저승 가서 며늘아기 볼 낯짝이 없어 이렇게 버티고 있소만……. 감사하오, 감사하오. 나무아미타불 관세음보살, 정말 감사하오."

김선달은 노인을 쳐다보다 마음이 아파 최유리에게 시선을 돌렸는데, 뭔가 허전했다. 가만 보니 최유리의 머리에 비녀 대신 나뭇가지가 꽂혀 있었다. 김선달은 이번엔 무의식적으로 최유리의 손가락을 보았다. 아니나 다를까, 가락지도 없었다.

며칠 전 최유리는 가락지를 들고 한참 고민했다. 장신구라고 해봐야 달랑 비녀와 가락지 한 개가 전부였다. 그중 비녀는 벌써 열흘 전에 팔아서 유민들 구휼에 썼고, 이제 가락지 하나 남았는데 사연 있는 것이라 망설여졌다. 그 가락지는 십 년 전 김선달이 평양으로 올 때 사준 것이었다. 혼인할 때 가락지 하나 못해준 것이 미안했는지, 김선달은 평양으로 올 때 최유리에게 처음으로 가락지를 선물했다. 최유리는 그 가락지를 십 년 동안 한 번도 손가락에서 빼놓은 적이 없었다. 최유리는 정말이지 그 가락지만은 손가락에서 빼고 싶지 않았지만, 구휼죽 한 그릇 얻어먹기 위해 머나먼 길을 온 유민들을 외면할 수는 없었다.

김선달의 시선을 느낀 최유리가 선수 치듯 말했다.
"패물이 사람 목숨보다 중요하진 않잖아요."
최유리가 그렇게 말하자, 김선달은 더 이상 할 말이 없었다. 이상하게도 김선달은 최유리의 말에는 반박을 잘 하지 못했다. 첫 만남에서 자신의 밑바닥을 보인 부끄러움 때문인지 김선달은 최유리의 눈을 제대로 볼 수 없었다. 그것은 최유리도 마찬가지였다.
낯선 남정네들 앞에 자신의 젖가슴을 내보이고 상원사로 돌아왔을 때 그냥 죽고 싶었다. 어느 누구에게 말 한마디 못하고 달포 넘게 시름시름 앓기만 했다. 그때 김선달이 찾아와 부부의 연을 맺자고 간청했다. 최유리는 이제 더 이상 부처님의 제자가 될 수 없을 것 같았다. 망설임 끝에 김선달과 한 이불을 덮는 사이가 되었지만, 마음 한구석에는 석연치 않은 것이 있었다. 속죄하기 위해 김선달이 자신을 선택했다는 생각을 최유리는 떨칠 수가 없었다.

이 풍진 세상을 만났으니 너의 희망이 무엇이냐

부귀와 영화를 누렸으면 희망이 족할까

푸른 하늘 밝은 달 아래 곰곰이 생각하니

세상만사가 춘몽 중에 또다시 꿈이로다

최유리와 마주하고 서서 시선 둘 곳을 찾지 못해 서성이던 김선달은 노랫소리가 들려오자 그곳으로 천천히 발걸음을 옮겼다. 유민들 중 누군가가 구성진 노래를 뽑아내고 있었다. 유민들은 잠시나마 고단한 생을 잊고 노래를 들으며 평안을 취했다. 저녁노을이 붉게 물든 마당에 유민의 쓸쓸한 노랫소리가 울려 퍼졌다.

마당 한편 벽에 기대어 앉은 김선달은 유민의 노래를 들으며 눈시울이 붉어졌다. 어느 날 갑자기 삶의 터전을 잃고 조선 팔도를 유랑하는 이들을 보니 마음이 좋지 않았다. 최유리처럼 그들을 적극적으로 구휼할 마음은 없었지만 어쨌든 마음 한구석이 아픈 것은 사실이었다. 그때 김선달의 눈에 아까 죽을 더 달라던 노인이 들어왔다. 그 노인은 쪽박의 죽을 떠서 품에 안은 아이에게 먹이고 있었다. 김선달은 슬며시 일어나 노인에게 갔다.

"어르신, 주무실 데는 계시오?"

"아, 예……. 다복동인가 가면 광부 일자리를 준다니 거기로 가려 합니다."

'다복동이라…….'

언제부터인가 사람들 입에서 다복동이란 말이 오르내렸다. 대기근에 조선 팔도를 떠도는 유민들에게 다복동은 일종의 마지막 피신처 같은 곳으로 인식되는 것 같았다. 하지만 다복동은 거사 준비를 위한 홍경래의 본거지였다. 김선달은 다복동에 대해 유상들이 하던 얘기를 떠올렸다. 거사를 위해 본거지가 필요했던 홍경래는 이희저 아버지의 묫자리를 보아주며 '당대에 귀하게 될 터'라고 꾀어내 그가 사는 가산과 박천 사이에 있는 다복동을 근거지로 삼았다고 했다. 풍수에 대해 공부한 적은 없는 김선달이지만, 다복동은 거사를 준비하기에 최적의 지형적 조건을 갖춘 곳이라는 것을 단박에 알아차렸다.

다복동은 가산과 박천 사이에 낀 일종의 분지 지형이었다. 그렇게 험준하지는 않았지만 울창한 산비탈로 은폐된 아늑한 골짜기였고, 앞에는 대령강(大寧江)이 흐르고 있었다. 골짜기 안은 그다지 넓지 않지만, 안팎 모두 수륙 통행에 편리할 뿐만 아니라 적당히 깊어 숨거나 나타나는 데 모두 편한 곳이었다.

다복동을 근거지로 잡은 홍경래는 본격적으로 거사 준비를 서두르는 것 같았다. 운산 촉대봉에 금광을 열어 노동자들을 한 냥에서 세 냥을 주어 모집하였다. 금광 개발은 불법임에도 운산현감에게 뇌물을 먹인 덕분에 별 문제없이 넘어갔다. 홍경래가 금광 개발을 명분으로 끌어모은 사람들을 군사 훈련 시킨다는 소문이 어디선가 떠돌았다.

김선달은 노인을 보며 잠시 생각에 잠겼다가, 주머니에서 은전 하나를 꺼내 노인의 손에 꼭 쥐어주며 말했다.

"기 몸으로 다복동을 어찌 가려 하십니까? 며칠 여서 더 계십시오."

김선달에게서 은전을 받아든 노인은 북받쳐 오르는 마음에 뭐라 말도 못하고 그저 손을 붙들고 눈물만 흘렸다. 노인이 눈물을 흘리자 김선달은 머쓱해져 고개를 돌리다 최유리와 눈이 마주쳤다. 김선달은 어색한지 변명을 늘어놓았다.

"내 이번 연행이 운이 좋았소. 쌀 몇 섬 더 사서 유랑인들 공양하시오. 길치만 오늘은 내 몇 달 만에 왔으니 저녁은 식구끼리 같이 하십시다."

막상 말하고 나니, 김선달은 쑥스러워서 괜히 주위를 두리번거리며 '소월이는 어딜 간 거야?' 하며 딸을 찾는 척했다.

김소월은 안채 뒷마당에서 오랜만에 만난 이경탁과 회포를 풀고 있었다. 이경탁은 연경에서부터 소중히 간직해 온 오르골을 봇짐에서 꺼냈다. 김소월은 상자의 생김새나 문양이 생소해 신기한 눈으로 바라보았다. 이경탁이 천천히 상자 뚜껑을 여는데, 멘델스존의 결혼행진곡이 들려왔다. 김소월은 음악의 의미는 잘 몰랐지만 너무 예쁘고 신기하게 생긴 상자에서 처음 듣는 음악이 나오자 감격했다.

"이기 오르골이라는 건데, 니 줄라고 사왔……."

말이 채 끝나기도 전에 김소월은 이경탁을 끌어안으며 격한 입맞춤을 하였다. 이경탁은 갑작스런 김소월의 애정공세에 당황했지만, 곧 김소월을 이끌며 두 사람은 한참동안 진한 애정행각을 벌였다. 하늘 끝에 걸렸던 해가 서산 너머로 멀어지고 어느새 김선달의 집 마당에도 땅거미가 내려앉았다.

그날 저녁 김선달의 저녁 밥상 위에는 흰쌀밥에 어복쟁반과 평양 동동주가 놓여 있었다. 오랜만에 먹는 고기인지라 최유리와 김소월은 허겁지겁 맛있게 먹었다. 두 사람이 맛있게 먹는 것을 보니, 오랜만에 가장 노릇을 제대로 한 것 같아 김선달은 흐뭇했다.

"참으로 고기를 좋아하는 관세음보살님일세."

기분이 좋아진 김선달은 평소 안 하는 농담까지 했다.

"술도 좋아하는 관세음보살님이지."

동동주 한 사발을 시원하게 한꺼번에 들이키는 엄마를 보며 김소월은 어이없는 듯 한마디 했다.

김선달은 딸의 말에 껄껄 웃다가 소월의 목에 생긴 이상한 멍 자국을 발견했다. 김선달의 눈이 날카롭게 빛났다.

"근디 이기 뭐니? 너 여기가 왜 이래?"

김소월은 순간 딱 잡아떼며 빠르게 옷깃을 올려 멍 자국을 가렸다.

"모, 몰라요."

음식을 먹는 척 젓가락질을 해보지만 떨리는 마음은 어쩔 수 없던지 목소리가 흔들렸다.

"큼, 그기 좀 기런데…… 어디서 많이 본 듯한데……."

김선달이 집요하게 파고들기 시작하자 김소월은 엄마에게 간절한 눈빛을 보냈다.

차마 딸의 부탁을 외면할 수 없었던지, 최유리가 김소월의 허물을 덮어주려고 화제를 돌리며 이런저런 얘기를 시작했다.

"작년 가뭄이 진짜 심했잖아요. 삼남은 굶어 죽은 사람이 부지기수고. 굶어 죽느니 광산일이라도 하겠다고 평안도로 온 사람들인데 여기까지 오면서 다들 굶고 해서……. 요즘 사람들이 굶어 죽게 생기니까 별일이 다 일어나네요. 글쎄, 어느 마을에서는 밥 한 그릇 때문에 이웃집에 불을 놓질 않나, 한 마을 양민들 모두가 강도로 변하여 수십 명씩 떼 지어 다니며 남의 집을 털지 않나. 사는 게 사는 게 아니에요."

몇 달 연경에 나가 있는 동안 김선달은 잠시 조선의 실정을 잊고 있었다.

"세상에, 유민이 되어 떠돌다보니 자식이 거추장스럽다고, 자식을 나무에 붙들어 매고 도망가는 부모들도 있다고 합니다. 충청도 어디에서는 자식을 잡아먹었다 하여 부모를 잡아 그 이유를 물었더니, '나는 잡아먹지 않았다. 그네들이 기근이 들어 굶어 죽었기에 나는 삶아먹었다.'고 말했답니다. 이게 사람 사는 세상입니까? 그런데 어찌 모른 척해요?"

최유리의 말에 김선달도 맘이 편치 않았다.

"하이구, 참. 내 뭐라 했소? 어서 들기나 하시오. 임자가 남 돕는 거 뭐라 안 할 기요. 부처 섬기던 사람이 대자대비한 걸 뭐라구 하겠소. 난 이제 우리 소월이 시집만 보내믄 되오. 긴데 그 멍이……."

아무래도 마음에 걸리는지 김선달은 영 개운치가 않았다. 김선달이 계속 멍 자국에 대해 말하자 최유리는 남편의 관심을 다른 곳으로 돌리려 애를 썼다.

"참, 내일 날 밝는 대로 오영좌 어른 좀 찾아가요. 당신 안 왔냐구 몇 번씩 왔다 갔어요."

오영좌가 여러 번 왔다 갔다는 말에 혹시 혼사 얘기인가 싶어 김선달은 얼굴이 금세 밝아졌다. 그러다 산채에서 만났던 오하석이 생각나서 얼굴이 다시 어두워졌다.

"아, 기래? 알았소. 근데 니 하석이 요즘 뭐하는지 아니?"

"내가 그걸 어떻게 알아요? 암튼 요즘 통 안 보이던데요."

김선달에게 핀잔을 들은 게 영 못마땅한지 김소월은 뿌루퉁한 얼굴로 대답했다.

【
여
덟
째

마
당
】

"저기…… 김선달 님 찾소?"

천봉석 휘하의 왈패들이 양반 갓을 쓴 두 남자에게 물었다. 아까부터 저잣거리를 어슬렁거리며 김선달의 행방을 묻고 다니는 사내들이었다.

양반들이 대답 대신 고개를 끄덕이자, 왈패들은 자신들을 따라오게 했다. 잠시 후 왈패들은 양반들을 주막에 있는 구석진 방 앞으로 데리고 가더니, 그들에게 안으로 들어가라고 눈짓했다. 잠시 머뭇거리던 양반들이 천천히 방문을 열어보니, 방 안에는 잘 차려 입은 천봉석이 뭔가 얻어 걸릴 게 있나 싶은 얼굴로 넉살 좋은 웃음을 지으며 앉아 있었다.

"절 찾으셨다구? 무슨 일루다가?"

"그쪽이…… 봉이 김선달이오?"

방 안에 천봉석 혼자만 있는 것을 확인한 양반들은 안으로 들어가 자리에 앉으며 물었다.

"하하, 예~. 남쪽엔 남자, 북쪽엔 여자, 기래서 남남북녀. 남쪽엔 다

산, 북쪽엔 봉추, 내가 바루 구 평양의 봉추 김선달 맞습니다. 기게 원래 봉춘데, 무식한 것들이 글자를 잘못 읽구 봉이 봉이 하길래, 기냥 대세에 따라 봉이라구두 합니다. 봉추가 곧 봉이고, 봉이가 곧 봉추가 맞습니다."

김선달임을 확인한 양반들은 서로 고개를 끄덕이더니, 그들 중 한명이 갑자기 단도를 뽑아 천봉석에게 달려들었다. 전혀 예상치 못한 공격이었다. 하지만 순발력이 좋은 천봉석은 재빠르게 칼을 들고 달려드는 양반의 팔을 잡으며 저지했다. 이번에는 남아 있던 양반이 단도를 뽑아들며 달려들었다.

"뭐야? 뭐야, 니눔들!"

완력이라면 누구에게도 뒤지지 않는 천봉석이지만 칼을 들고 덤비는 두 명의 사내를 상대하기에는 힘이 부쳤다. 양손에 양반들의 팔을 하나씩 잡고 버티던 천봉석은 점점 힘이 빠지기 시작했다. 결국 천봉석은 양반들의 팔을 붙잡은 채 그대로 쓰러지며 뒤엉키고 말았다. 순간 양반들의 팔에 새겨진 문신을 보고 천봉석은 기겁했다. 그 문신은 악명 높은 몽골인 용병부대의 문신이었다.

'그렇다면 저자들은 바투의 부하가 아닌가?' 천봉석은 한양 저잣거리에서 마주쳤던 바투가 떠올라 등골이 오싹했다. 김선달과 동행했던 한양 나들이에서 바투와 마주쳤던 천봉석은 혀가 잘려 동굴처럼 시커먼 그의 입속을 쉽게 잊을 수 없었다. 김선달이 조덕영을 처벌하기 위해 동분서주하는 틈을 타서 천봉석은 몰래 바투의 정체를 알아보았다. 과거에 함께 어울렸던 왈패들을 총동원했는데, 그들은 하나같이 바투의 악행을 성토했다.

바투는 한양 저잣거리에서 악명 높은 살수(殺手)였다. 몇 십 년간 계속된 청나라와의 전쟁에서 패한 몽골족들은 더 이상 고향으로 돌아갈 수 없자 초원을 떠돌거나 청나라에 잡혀가거나 비적이 되었다. 종족의 정체성을 잃어버린 그들은 점점 포악해졌다. 바투 역시 그런 몽골족 출신의 악명 높은 비적이었다.

잔인무도한 짓을 서슴지 않던 바투는 결국 '혀를 뽑히는' 징벌을 받고 죽을 날만 기다리게 되었다. 그러던 어느 날 바투는 다른 비적들과 힘을 합쳐 도망쳤고, 그들과 함께 초원을 떠돌다 노예상에게 팔려 조선까지 오게 되었다. 힘 하나는 장사였던 바투는 몽골에서 같이 탈출한 비적들과 함께 부상조직(보부상)에 들어가 활동했다.

바투가 일하는 부상조직은 지방의 시장을 돌아다니면서 사람들에게 물건을 판매하는 행상인(行商人) 집단이었다. 하지만 이들은 '부상청(負商廳)'이라고 하는 단체를 만들어 활동하며 정치적으로 자신들의 입지를 굳혀가고 있었다.

사실 부상청은 부상배가 조선 건국에 봉공진충(奉公盡忠)한 대가로 국가의 보호 아래 육성되었던 단체였지만, 유사시에는 국가에 동원되어 국가가 요구하는 일정한 정치적 역할을 수행하기도 하였다. 어찌 되었든 이들은 국가의 비호를 받으며 막강한 세력으로 성장했으며, 쉽게 건드릴 수 없는 조직이었다. 바투는 부상조직에서 일하며 그들이 시키는 일이면 그게 무엇이든 물불을 가리지 않았다.

잠시 딴생각을 하는 사이, 바투의 부하들이 날카로운 칼날로 맹렬히 공격해오자 천봉석은 여기저기 칼날에 스치며 상처를 입었다. 그때, 안에서 들려오는 소리가 심상치 않음을 알아차린 천봉석의 부하들이 방으로 뛰어 들어왔다. 그리고 천봉석의 부하들과 바투의 부하들이 한바탕 격전을 치르는 사이, 천봉석은 서둘러 밖으로 빠져나왔다.

　그 시각 김선달은 근심 하나 없는 행복한 얼굴로 집 밖을 나섰다. 몇 번이나 오영좌가 자신을 찾아왔었다는 말에, 오하석의 집을 찾아 이제 슬슬 혼인 애기를 꺼내볼 생각이었다. 대문을 나와 몇 발자국을 옮기기도 전에 멀리서 오영좌가 걸어오는 것이 보였다. '역시 인연이구나'하고 생각하며 김선달은 반갑게 달려가 오영좌에게 아는 채했다.
　"오자마자 찾아뵀어야 하는데, 이렇게 또 절 찾으시게 하네요. 죄송합니다. 지금 인사드릴 겸 이리 찾아뵈려던 길이었……."
　김선달의 말이 채 끝나기도 전에 오영좌는 주변을 빠르게 살피더니, 김선달을 한쪽 벽으로 몰아넣고 낮고 빠른 어조로 말했다.
　"잘 듣게! 귀양 갔던 조덕영이 형조판서로 돌아왔네. 기래서 말인데, 박종경에게 자료를 넘긴 사람이 임자라고 입을 모았네. 뭐 그게 사실이 기두 하지 않나? 아무래도 어디 좀 피신해 있으믄 어떨까 싶네. 모쪼록 몸조심하시게. 미안허이."
　말을 마치고 오영좌는 전광석화처럼 휑하니 뒤도 안 보고 가버렸다. 순식간에 일어난 일에 김선달은 잠시 정신 줄을 놓은 채 할 말을 잃고 서 있는데, 갑자기 한 사내가 달려들었다. 천봉석이었다.
　"아이쿠야, 간 떨어진다!"
　버럭 소리를 지르려던 김선달은 천봉석의 찢어진 옷과 상처 난 몸을 보고 뭔가 심상치 않음을 깨달았다.
　"뭐니? 니 상했니?"

넉살 좋던 천봉석의 얼굴은 사라지고 잔뜩 겁에 질린 얼굴을 하고 있었다. 천봉석은 김선달을 집안으로 데리고 들어가 주위를 살피더니 방으로 들어갔다.

"기 보부상 애들이 거둬서 행동대로 쓰는 몽골서 데려온 오랑캐 놈들이 있어요. 누가 보부상들 건드리믄 기게 산적이건 해적이건 일반 사상이건 기냥 가서 다 박살내버리는 애들인데…… 왜 그 한양에서 나랑 부딪혔던 혀 잘린 놈! 하여간 기놈들이 형님을 찾더니 죽이려고 덤빕니다. 내 하마터면 형 대신 죽을 뻔했소. 어쩌다 그런 놈들을 건드렸소?"

"조덕영이다."

조덕영이란 말에 천봉석은 깜짝 놀랐다.

"조덕영이가 복직됐다는구나. 내래 보부상이랑 무슨 등질 일이 있겠니? 조덕영 그자가 시켰겠지."

"아니, 어떻게 벌써…….."

"그러게 말이다. 조덕영 그자가 조선의 '조조'라는 말이 맞긴 맞구나."

"형님 집 찾는 건 시간 문제요."

천봉석은 걱정이 되는지 슬쩍 방문을 열어 주변을 살폈다. 집 마당에는 최유리가 거둔 유랑민 수십 명이 마당을 가득 메우고 있었다.

"뭐 일단 사람들이 많아서 맘은 놓이지만. 마누라 오지랖이 이럴 땐 좋구나."

김선달이 헛헛한 웃음을 지으며 말했다.

"형님, 우짜실라우?"

"밀 우짜노? 힘없는 백성이……. 야, 봉석아."

김선달은 오랜만에 천봉석의 이름을 불러보았다. 한때 객기 어린 마음으로 천봉석과 한양바닥을 누비고 다닐 때는 두려운 것이 하나도 없던 김선달이었다. 하지만 이제는······.

"이별주나 한 잔 하자."

"예?"

"조선 팔도 다 돌아댕기는 보부상들이 쓰는 애들이라믄 조선에선 더 이상 못 산다는 거 아니겠니? 니한테 맡긴 돈 말이다. 술 받아 올 때 기 것도 좀 가져와라. 짐은 가볍게 싸야 되겠지."

"형님도 참. 진짜 떠나시려고? 이쩌다 우리 형님이 이리도······. 아이고."

뒷말은 굳이 안 해도 김선달은 짐작할 수 있었다. 천봉석은 벼슬길에 오르지는 못했지만, 패기 하나는 끝내주던 김선달을 생각하니 마음이 아렸다. 그 시절 김선달은 찬란하게 빛이 나던 사람이었다. 어느 대단한 고관대작이 와도 조금도 주눅 들지 않을 만큼 빛이 나던 김선달을 천봉석은 무던히도 좋아했었다. 십 년 사이 참 많이도 변했다고 새삼 느꼈는지 서로를 바라보는 두 사람의 눈빛이 쓸쓸했다.

"흐흠, 술은 아무래도 다음에 해야겠다. 짐도 싸야 히고   ."

김선달은 천봉석에게서 눈을 거두며 밖으로 나가버렸다. 천봉석은 먹먹한 눈빛으로 김선달의 뒷모습을 바라보았다.

다음날 새벽 김선달은 나귀 등에 짐을 바리바리 싣고, 싫다는 최유리와 김소월을 재촉하여 집을 나섰다. 영문도 모르고 따라나선 두 모녀는 삐죽거리며 아무 말도 않고 걷기만 했다. 한참을 걸어 평양을 벗어나자 김선달은 그제야 안도의 한숨을 쉬었다.

"이 길이 무슨 길인 줄 아니? 임진왜란 때 선조 임금이 평양을 버리고 도망갈 때 지나던 길이다. 선조 임금은 왜놈이 무서워 도망갔는데, 우리는 뭐가 무서워 이리 도망가는지……."

평양성이 함락되기도 전에 선조는 세자 광해에게 모든 것을 맡기고 여차하면 요동으로 도망칠 요량으로 국경마을인 의주로 몽진(蒙塵)했다. 붙잡는 백성들의 울부짖음을 뒤로하고 그렇게 길을 떠났다. 백성을 버리고 떠나는 임금이 이 길을 지나며 무슨 생각을 했을지 김선달은 갑자기 궁금해졌다. 그러다 신세 파악도 못하고 또 쓸데없는 생각을 하는 자신이 한심해져 피식 웃음이 새어 나왔다. 선조가 무슨 생각을 했든 무슨 상관이란 말인가? 어차피 도망가는 이유야 다 똑같은 것인데. 선조나 지금의 자신이나, 무서우니 도망가는 것이다.

하지만 필부(匹夫)의 마음과 똑같은 임금이라니……. 필부도 자식을 위해서는 목숨을 아까워하지 않는 법이거늘. 자신도 모르게 씁쓸한 한숨이 나왔다.

"근데 왜 갑자기 영변으로 갑니까?"

최유리는 도무지 납득이 안 됐다. 도대체 무슨 일을 저질렀기에 새벽 댓바람부터 짐도 제대로 싸지 못한 채 영변으로 도망가야 하는지 이해할 수가 없었다.

"영변 약산이 봄이 되면 진달래꽃으로 뒤덮여 볼만하잖아. 그리고 호랑이가 자주 출몰해서 사람들이 잘 안 오거든."

"뭐야, 그럼 우리 호랑이밥 되러 가는 거야?"

김소월이 부어터진 얼굴로 한마디 했다.

평양에 뭐 중요한 거라도 두고 왔는지 김소월은 어쩔 줄 모르는 표정으로 자꾸 뒤만 돌아보며 발걸음을 쉬이 떼지 못했다.

"공자님 말씀이 틀린 게 없구나. 가정이맹어호라. 못된 정치가 호랑이보다 더 무서운 거라고 하더니."

최유리는 아까부터 뜬구름 잡는 소리만 하는 김선달이 못마땅했다. 김선달이 닦달을 해서 쫓아 나섰지만 모든 게 마음이 안 들었다.

"근데 대체, 갑자기, 왜 이러는 건지 말 좀 해보세요. 내가 그 불쌍한 사람들 거뒀다고 이러시는 겁니까? 어제는 몇 섬 더해서 먹이라더니 대체 왜 그래요?"

최유리는 가던 걸음을 딱 멈추고 김선달에게 따져 물었다.

더 이상 숨길 수가 없다는 생각이 들어, 김선달은 걸음을 멈추고 씁쓸한 표정으로 푸념하듯 모든 걸 털어놓았다.

"사실은 전에 평안감사 조덕영이라고 있었지? 기자를 탐관오리라고 꼰지른 게 날세. 긴데 기자가 얼마 전에 형조판사로 복귀를 했는데, 복귀하자마자 나를 죽이라 했나봐. 뭐, 나는 일 없는데, 임제나 소월이한테 해가 갈까봐 걱정돼서……."

최유리의 얼굴이 점점 심각해지더니 받건음을 멈추고 휙 돌아섰다.

"어서 따라오지 못하고 뭘 그리 칭얼대니? 빨리 가자."

최유리는 고개를 돌려 저만치 떨어져 찡얼대며 쫓아오는 김소월에게 소리쳤다.

"영변엔 잠깐 소월이 데리고 쉰다 생각하고 있으시오. 내 청나라로 이민 갈 준비해 놓고 얼른 돌아올게."

"청나라요?"

"여서 무슨 영활 보겠다고 남은 려생 숨어 살겠소? 청을 가보니 거긴 돈만 있으문 재미지고 살기두 편하겠던데. 내 이제 임자랑 소월이 고생 안 시키고 재미지게 살게 해줄라고."

최유리는 더 이상 김선달에게 뭐라 하지 않고 묵묵히 길을 걸었다. 어느덧 노을이 지는 진달래꽃 흐드러지게 핀 시골길을 세 사람은 처량하게 걸었다.

"원래 몽골 비적들인데 청군에게 패하구 노예루 팔려온 놈들이라구 들었소. 두목이 바투라는 잔데 잔악하기가⋯⋯."

"됐네. 안 좋은 얘긴 거기까지."

김선달은 잠시 영변에 처자를 남겨둔 채 도움을 요청하러 의주에 사는 임상옥을 찾았다가 여기서 또 몽골 비적이니 바투니 하는 말을 듣게 되었다. 이제 그 이름만 들어도 김선달은 신물이 날 만큼 지긋지긋했다.

"기래서 말인데, 부모형제 고향산천까지 다 버리고 온 비적들이 나를 노린다면 조선에서는 살아갈 방도가 없을 것 같다."

"기래서⋯⋯?"

"내 기래서 청국 가서 살라고! 이것 좀 천은으로 바꿔달라우."

김선달은 임상옥에게 받았던 어음을 도로 내밀며 말했다.

"청국이오?"

"대은(大隱)은 어시은(於市隱)이라고, 제대로 숨을라믄 사람 많은 곳에 숨는 기다. 청국에 가보니 사람 정말 많더라."

"형님, 그럼 청국에서 내 일 도우며 사십시오. 책문이랑 봉천 쪽에 내 지인이 있으니 도움이 안 되겠소? 내일 책문에 갈 일이 있는데 아예 같이 가십시다. 거기엔 조선인 마을도 크게 있구 살기 괜찮을 겝니다."

"책문이라……."

다음날 김선달은 임상옥을 따라 책문으로 갔다. 책문은 가자문(架子門) 또는 변문(邊門)이라 불리는 곳이었다. 압록강 건너 만주의 구련성(九連城)과 봉황성(鳳凰城) 사이에 있고 압록강에서는 백이십 리 정도 떨어져 있는 곳이었다.

병자호란 이후 청과 조선의 교류가 활발해지면서 두 나라의 사신들이 왕래하는 기회가 많아졌다. 그러다 보니 사신들이 오갈 때 책문을 거치 게 되었고, 자연스레 이곳에서 공무역이 이루어졌다. 동시에 책문에서는 밀무역도 활발하게 이루어졌는데, 상인들이 마부로 변장하여 은과 인삼 을 가지고 강을 건너가 책문에서 밀무역을 하였고, 임상옥도 그런 상인 들 중 하나였다.

책문 목책 안으로 들어선 김선달은 이국적인 풍경에 흠뻑 빠져들었다. 바둑판처럼 쭉쭉 뻗은 길 위에 사람과 짐을 실은 수레가 뻔질나게 드나 들고 있었다. 길 양옆으로는 사무처마가 높다랗고 지붕은 띠로 이엉을 했으며 벽돌로 쌓은 집들이 즐비했다. 김선달은 조선에서 잘 볼 수 없는 수레나 벽돌집이 신기한 듯 계속 쳐다보며 객관으로 향했다. 연행길에 한번 와보기는 했지만 그때는 만주에서 호되게 당한지라 제대로 구경할 정신이 없었다. 객관에 여장을 풀고 김선달은 서둘러 조선인 마을이 있 는 봉천으로 향했다.

봉천에 도착한 김선달은 그곳에 형성된 조선인 마을을 보고 깊은 인상 을 받았다. 벽돌로 지어진 이국적인 집들은 조선풍과 중국풍이 묘하게 섞여 있었다. 중국 땅에 있는 조선인 마을이 신기한 듯 이곳저곳을 기웃거리며 돌아다니던 김선달은 저만치에 그래도 조선의 집과 비슷한 분위기의 집 한 채를 발견했다. 마침 팔려고 내놓은 집이라 김선달은 주인과 곧 흥정에 들어갔다.

"선금이오. 달포 후에 식구들을 데리고 와 잔금을 드리겠소. 긴데, 여기 봉천에 이렇게 조선인이 많이 사는 줄은 몰랐소. 다들 어찌 온 게요?"

"병자년 전쟁 때 끌려왔던 사람들을 조선에서 다시 받아주지 않아서, 할 수 없이 여기 산 거지요, 뭐."

"예나 지금이나……."

나라가 보호는 못해줄망정 자력(自力)으로 살아 돌아온 백성들을 다시 이국땅으로 내치다니. 김선달은 가슴이 답답해 긴 한숨을 내쉬었다.

"긴데, 여기 집을 팔고 어디로 가십니까?"

"저어기 토문강 동쪽으로 가면 간도라구, 누르하치 고향 땅이 나옵니다. 청나라가 생긴 후 신성한 조상 땅이라고 비워 두게 했는데, 지금은 조선 사람들이 하나둘 넘어가 살면서 아예 조선 사람들 땅이 됐답니다. 거기 가서 개간하고 살다보면 진짜 조선에서 사는 거 같지 않겠습니까? 관리도 없고 백성들끼리 정말 오순도순 재미지게 살면 되는 기지요."

"간도라……. 게다가 관리가 없다니……."

칠흑 같은 어두운 밤이지만 환하게 불을 밝힌 다복동은 대낮 같았다. 며칠째 다복동은 밤새 불이 꺼지지 않고 있었다. 무슨 일인지 무장한 남자들이 여기저기 뛰어다니고 금방이라도 뭔가가 일어날 것 같은 긴장감이 다복동을 감싸고 있었다. 그때 김창시가 다급히 다복동 본채로 뛰어들면서 소리쳤다.

"큰일 났습니다! 거사 계획이 발각된 것 같습니다!"

거사를 며칠 앞두고 회의를 하던 사람들은 발각되었다는 소리에 크게 동요했다.

"어찌 하문 좋습니까?"

김창시가 다급하게 물었다. 홍경래의 눈빛이 심하게 흔들렸다. 한마디 말도 없이 홍경래는 한참을 꿈적도 않고 돌처럼 굳어 있었다. 본채 안에는 깊은 정적이 흘렀다. 누구 하나 입을 여는 사람이 없었다. 그리고 무겁게 침묵하던 홍경래가 비장한 말투로 입을 열었다.

"십 년을 준비한 거사요. 여기서 헛되이 끝낼 수는 없소. 오늘 바로 전 군……."

홍경래는 잠시 말을 잇지 못했다. 자신이 내뱉을 마지막 말이 어떤 결과를 가져올지 무서웠지만 그는 혼신의 힘을 다해 두려움을 떨쳐내며 단호하게 말을 이었다.

"출정이오!"

방 안에 있던 모든 사람들이 술렁거리며 일제히 홍경래를 쳐다보았다.

홍경래가 처음 계획한 출정 날짜는 사흘 전이었다. 섣달 보름에 평양 대동관에 불을 지르고 혼잡한 틈을 타 내응세력의 호응을 얻어 밤중에 평양성을 차지한다는 게 홍경래의 첫 번째 계획이었다. 그런데 겨울이라 대동관 밑에 묻은 화약의 화선과 약통이 눈 녹은 물에 젖어 다음날 오후에야 불이 붙는 바람에 이 계획은 실패로 돌아갔다.

드러내지는 않았지만 심사숙고해서 정한 첫 번째 출정 날짜가 틀어지자 홍경래는 왠지 모를 불길함을 느꼈다. 홍경래는 사람들이 동요하기 전에 서둘러 섣달 스무날을 봉기 일로 다시 잡았다. 그런데 이 날이 그만 밖으로 새어 나갔다.

'두 번이나…….'

이제 더 이상 미룰 수 없었다. 결국 홍경래는 두 번째 계획했던 날짜보다 이틀 앞서 전면적 봉기를 단행했다. 홍경래는 다복동을 중심으로 남진과 북진 두 조로 나누어 군대를 출정시켰다. 군대를 이끌고 다복동을 떠나며 홍경래는 만감이 교차했다. 십여 년을 준비한 거사였지만 막상 출정하려고 하니 심장이 요동치는 것을 느꼈다. 하지만 이제는 앞으로 나아가는 길밖에 없었다. 홍경래는 말고삐를 단단히 부여잡으며 비장한 얼굴로 앞으로 나아갔다.

이렇게 시작된 홍경래의 난은 거병한 지 열흘 만에 별다른 관군의 저항도 받지 않고 가산·곽산·정주·선천·철산 등 청천강 이북 십여 개 지역을 점령하였다. 점령한 고을이 점점 늘어나면서 금방이라도 평안도가 조선에서 분리될 것 같은 분위기가 형성되었다.

한편 평안도를 그저 세도정권의 경제적 기반 정도로 생각하는 조정 대신들은 사태의 심각성을 별로 느끼지 못하고 있었다. 난이 발발하고 사흘이 지나서야 조정에 보고가 되었고 엿새가 지나서야 대책이라는 것이 세워졌다. 허구한 날 하삼도에서 벌어지는 농민봉기면 모를까, 평양에서 봉기라니. 조정 대신들은 청천강 이북의 땅이 홍경래에게 넘어간 뒤에야 부랴부랴 비변사 회의를 열었다.

그 시각 조덕영은 새로운 첩인 안합과 운우지정(雲雨之情)을 나누느라 정신이 없었다. 이제는 늙어버린 곽합과는 달리 안합은 어리고 예뻐서 조덕영의 맘에 아주 쏙 들었다. 안합 품에서 시간가는 줄 모르고 즐기고 있는데, 밖에서 청지기의 다급한 목소리가 들렸다.

"대감마님, 급히 입궐하시라는 명이 왔습니다!"

"이 밤에 무슨 입궐을? 어디 난리라도 났다더냐?"

한참 재미를 보던 조덕영은 짜증이 확 밀려왔다.

"평안도에서 난리가 났답니다. 홍경래라는 자가 평안도를 다 접수하고 한양까지 쳐내려온다고 지금 난리도 아닙니다. 어찌…… 저희도 피난 준비를 할까요?"

'난리? 설마 그자가?' 조덕영의 머리를 스치는 생각이 있었다.

"의관을 준비해라."

조덕영의 머릿속은 어느새 복잡하게 돌아가고 있었다. 청지기가 의관을 가져오자 다급히 차려입고는 입궐을 해 바로 비변사로 향했다. 늦은 시간임에도 비변사에는 이미 조정 대신들이 모두 와 있었다. 조덕영은 대신들과 눈인사를 하며 자신의 자리에 가서 앉았다.

조덕영은 현실에 맞지도 않는 이야기를 마치 대단한 대책이라도 되는 양 떠드는 조정 대신들을 보니 한심하기 그지없었다. 더는 못 듣겠던지 조덕영은 대신들의 말을 자르며 열변을 토했다.

"내 비록 모함을 당해 평안감사 자리에서 잠시 내쳐졌으나 내 일을 소홀히 한 적은 없소이다. 내가 모르게 준비를 했다면 지금 저 난리의 소동은 분명히 과장된 게 있습니다. 자고로 서토(西土)의 자들은 고려왕조를 연민하여 우리가 믿고 못 쓰는 자들이 아닙니까? 반란의 기세는 분명히 허장성세 과장됐을 터이니 예봉(銳鋒)만 꺾어 그 날카로움만 없애면 반드시 무너질 겁니다."

"장계에 따르면 벌써 도적의 손에 넘어간 고을이 십여 곳이 넘소. 어찌 그리 적을 얕보시오?"

김조순이 너무 자신만만해 하는 조덕영에게 한마디 했다.

"얕보는 게 아니라 사실을 아뢰는 겁니다. 평안감사였던 저보다 거길 잘 아는 이가 여기 있습니까? 제가 틀리면 군령으로 다스림을 받겠습니다. 예봉만 꺾고 혹세무민 되어 부화뇌동하는 서도민들에게 공포심만 심어주면 적들은 반드시 무너질 것입니다. 제가 그 모함만 안 당했어도 나라의 근심이 없을 터인데. 송구하옵니다. 제 부덕이 나라에 큰 해가 되었사옵니다."

진심으로 용서를 구하는 것처럼 들리지만, 자신의 과거를 덮는 참으로 묘한 말이었다.

조덕영의 말을 듣고 있던 박종경의 얼굴이 묘하게 일그러졌다. 평안감사 자리에서 잠시 내쳐진 것은 뭐며, 모함을 당했다는 것은 무엇이란 말인가? 말 한마디 한마디에 뼈가 있었다. 기가 막힌 박종경이 조덕영에게 한마디 하려고 자세를 고쳐 앉자, 이를 눈치 챈 김조순이 재빠르게 그의 말을 막았다.

"조대감 말도 어느 정도 일리가 있소만, 연이은 흉년으로 민심이 뒤숭숭한데 이러다 조선 팔도가 민란에 휩싸이기라도 한다면 어찌한단 말이오? 홍경래 그자를 잡을 방도가 없겠소?"

박종경은 말을 하려다 못마땅한 표정을 지으며 입을 다물었다. 평소 조덕영과 박종경이 티격태격하는 걸 구경하는 것을 즐겨온 김조순이지만, 오늘은 그럴 마음의 여유가 없었다. 한편 할 말을 다한 조덕영은 자리를 지키고 앉아 있기는 했지만 대신들의 말을 건성으로 들으며 뭔가 새로운 구상을 하고 있었다. 결론이 나지 않을 장시간의 대책회의가 끝나자 조덕영은 서둘러 집으로 돌아가 조길상을 불렀다.

"부르셨습니까?"

"내가 재기할 기회가 왔다."

"예?"

"지금 서북지방에서 난 난리는 허장성세가 있다. 이는 있는 놈들이 돕지 않고선 안 될 일인데, 거기에 있는 놈들이 뻔하지 않느냐? 죄다 장사치뿐이다. 그놈들이 향임 벼슬까지 받아 처먹고 앞뒤에서 호응한 것이 십중팔구다. 그리고 거기 유상, 만상 놈들이랑 송상이 같은 배에 탄 것은 알 사람은 다 아는 것."

조덕영은 잠시 숨 고르기를 하더니, 몸을 조길상 쪽으로 당기며 말을 이었다.

"여태까지 밑진 걸 다 복구할 절호의 기회니 도중에는 병가를 내고 너는 내가 시키는 대로만 해라. 이리 가까이 오너라."

조덕영은 은밀하게 조길상에게 뭔가를 지시했다. 이야기를 듣는 조길상의 눈이 점점 커졌다.

조선에서 난리가 난 것을 알 리 없는 김선달은 책문에 있는 여각에서 임상옥을 기다리고 있었다. 아무리 조선인 마을에 산다 해도 기본적인 청나라 말 몇 마디쯤은 알아야 할 것 같아, 얼마 전부터 김선달은 생활중국어 책인 『노걸대』를 꺼내 들고 공부하고 있었다. 저번 연행 때 혹시 필요할까 싶어 역관인 이경탁에게 받아 두었던 것인데, 이렇게 쓰일 줄은 생각도 못했다.

"취이팔로마. 식사하시었소? 니쉬퍄오량. 당신 예쁘구먼."

그때 문이 벌컥 열리며 임상옥이 다급히 들어왔다. 임상옥은 들어오자마자 목이 타는지 탁자 위의 차를 벌컥벌컥 마셨다.

"셤머런?"

『노걸대』 공부하는 재미에 빠진 김선달은 무슨 일인지 청나라 말로 물어보았다.

"평안도에서 난리가 났답니다."

"난리? 무신 난리?"

"평서대원수 홍경래라는 자가 난을 일으켰습네다."

'홍경래'란 소리에 김선달은 한숨이 절로 나오며 담배 생각이 간절했다. 주머니에서 곰방대를 꺼내 엽연초를 넣던 김선달은 불현듯 뭔가가 떠오르는지 담배를 두고 벌떡 일어나 짐을 싸기 시작했다.

"난 들어가야겠네."

"어딜 말입니까? 국경이 막혔습니다."

가족이 난리 통에 있는데 김선달 혼자 여기에 있을 수는 없었다.

"같이 들어가시죠."

임상옥이 의주에서 군사를 모아야 한다며 따라나서려고 했다.

"장사치가 군사라니?"

사실 이 년 전 홍경래가 임상옥을 찾아왔는데, 홍경래에게 가담할 뜻은 없었지만 만일의 사태에 대비해 임상옥은 오만 냥을 내놓았다. 따지고 보면 반란에 자금을 댄 셈이었다.

"들어가서 홍경래에게 의주는 내가 접수했으니 군대를 보낼 것 없다고 서신을 보내 의주에 안 들어오게 하구 실패하믄 그 군사를 의병으로 출병시켜야지요."

"홍경래가 이기문 의주를 접수한 방장이 되고, 실패하면 조정의 의병이 되겠다?"

"역시 형님은……. 형님 생각엔 앞으루 어찌 될 것 같습니까? 제가 알기론 홍경래 그자가 십 년을 준비한 난입니다. 홍경래가 성공할까요?"

"글쎄……."

임상옥을 가만히 쳐다보며 잠시 생각에 잠겼던 김선달은 단호하게 말했다.

"자네를 보니…… 홍경래는 결코 이길 수 없을 것 같네."

김선달은 산채에서 만났던 홍경래의 얼굴이 떠올랐다. 김선달은 씁쓸한 미소를 지으면서도 가슴 한구석이 시렸다.

재산과 지식과 경륜이 있는 뛰어난 백성계층을 포이교아라 했던가? 참 좋은 말이지만 조선에서는 아직이라고 생각했다. 그러다 문득 이곳 평안도라면 가능할 것도 같았다. 성리학을 기준으로 보면 평안도는 분명 조선에서 가장 변방이지만, 청나라에서 보았던 신문물을 기준으로 보면 평안도는 분명 조선에서 가장 앞선 곳이었다. 양란(兩難) 이후 실사구시(實事求是)니 이용후생(利用厚生)이니 경세치용(經世致用)을 주장하는 젊은 학자들이 나타났다. 이들은 이론에 파묻혀 죽어 있는 조선의 성리학을 비판하며 새로운 학문 풍토, 바로 '실학(失學)'을 주장했다. 이들은 북학파나 서학파라 지칭하며 자신들의 진보성을 조선사회에 적용하고자 했다. 이런 진보적인 관점에서 생각해본다면, 평안도는 바깥세계로 이어지는 관문이었다. 상공업과 청나라와의 무역을 통한 막대한 부를 축적하고 있었고, 과거합격자가 한양 다음으로 많은 만큼 지식이 뛰어난 백성들도 많았다. 조선에서 포이교아라는 새로운 계층이 생긴다면 그건 아마 서북지방에서 시작될 것이라는 생각이 김선달의 머릿속을 스쳤다.

'하지만 아직은……'

김선달은 임상옥을 보며 슬며시 고개를 가로저었다.

며칠 후 임상옥은 어렵사리 배 한 척을 구했다. 국경이 모두 막힌 상황에서 조선으로 들어갈 수 있는 유일한 방법은 서해를 통해 청천강으로 들어가는 것이었다. 어둠을 틈타 김선달과 임상옥을 태운 배가 안개가 자욱한 강가에 조용히 닿았다. 소리 없이 배에서 내린 두 사람은 손짓으로 짧게 인사하고, 재빨리 반대방향으로 향하였다. 그들에게는 일분일초가 중요한 상황이었다. 홍경래가 일으킨 '난'은 김선달과 임상옥에게는 생사를 가르는 일이었다. 반면 조덕영은 이번 '거사'가 재기의 기회라고 확신했다.

조덕영은 이번 난의 배후에 송상, 유상, 만상 등 거상들이 있음을 믿어 의심치 않았다. 아무리 재력이 있어도 조선이란 나라는 모든 것을 사대부와 차별을 두었다. 외투 하나 걸치는 데도 신분에 따라 도포와 누루마기로 나누었고, 머리에 쓰는 갓의 크기로 양반과 상민의 차별을 두었다. 상인들이 아무리 돈을 벌어도, 자식들을 아무리 공부시켜도 결코 양반이 하는 모든 것을 할 수 있는 나라가 아니었다. 그래서 그들은 다른 세상을 갈망했고, 그것은 홍경래의 뜻과도 일치했다. 하지만 이들은 장사치들이었다. 자신들에게 이익이 되지 않는다 싶으면 언제든지 돌아설 수 있는 자들이었다.

'그러고 보면 홍경래라는 자는 얼마나 순진한가. 장사치들과 혁명을 꿈꾸다니.'

조덕영은 자신에게 재기의 기회를 준 홍경래에게 고마운 생각까지 들었다.

'이미 청천강 이북에서 난이 진행 중이니 유상, 만상은 건들기 힘들 터이고, 그럼 지금 건들 수 있는 자들은 송상들인데…….'

조덕영은 바로 형조판서라는 직책을 이용하여 군졸들을 이끌고 송방의 본산에 들이닥쳤다. 송상들이 대처할 사이도 없이 군졸들이 사람들을 때리고, 문이란 문은 다 부수고 물건이란 물건은 다 패대기쳤다. 갑작스런 습격에 송상들은 기겁하여 얼굴이 하얗게 질렸다.

"대체 무슨 일이시옵니까?"

송상의 대행수가 용기를 내어 물었다.

그제야 조덕영은 대청마루에 의자를 좌정하며 송상들을 모두 마당에 무릎 꿇게 했다.

"니놈들이 서도의 역도들과 내통했음을 실토한 놈이 있거늘, 어디서 오리발을 내미느냐? 너희도 고신을 당해봐야 불겠느냐? 여봐라! 그놈을 끌고 오너라!"

조덕영은 송상 대행수와 도영위에게 호통을 친 뒤 군졸들에게 명령했다. 군졸들은 반죽음된 사내를 끌고 와 송상의 대행수와 도영위 앞에 던지듯 내려놓았다.

"아니! 여보게, 서행수! 서행수, 정신 차리게!"

피칠갑을 한 서행수를 본 대행수는 얼굴이 사색이 되었다. 옆에 있던 도영위는 지금의 상황이 너무 기막힌지라 조덕영에게 따져 물었다.

"대감마님, 우리 서행수가 뭐라 말했는지는 모르나, 그것은 고신에 의한 것일 뿐 결코 우리가 역도들과 연관된 일은 없사옵니다. 증좌가 있사옵니까?"

"증좌? 증좌는 니놈들 입을 통해 곧 나오게 될 것이다. 다 끌고 가라!"

'저자들이 아직도 정신을 못 차리고…….' 끌려가는 두 사람을 보며 조덕영은 코웃음을 쳤다.

군졸들에게 끌려간 대행수와 도영위는 끔찍한 고신을 한차례 받은 후 만신창이가 된 몸으로 감옥에 갇혔다.

"어르신, 저는 시전 도중에서 일하는 길상이라 하옵니다. 같은 장사치로 어르신들의 고초에 안타까워 이리 찾아뵈었습니다."

그날 밤 조길상은 정신을 반쯤 잃고 바닥에 쓰러져 있는 대행수와 도영위를 찾았다.

"저희 같은 장사치가 혁명이고 난리에 무슨 협조를 하겠습니까? 그딴 거 다 장사에는 해가 되는 것들 아니겠습니까? 설령 돈을 주었다 해도 장사하는 데 안전을 도모하고자 한 것이 아니겠습니까? 어르신."

쓰러져 있던 송상 도영위와 대행수는 그제야 천천히 고개를 들고 일어나 조길상을 쳐다보았다. 조선 최고의 상인들인 송상 도영위와 대행수는 곧 조길상의 말뜻을 알아차렸다.

다음날 송상 도영위와 대행수는 어음을 들고 조길상을 찾았고, 길상은 그들에게서 받은 어음을 들고 다급히 조덕영이 머물고 있는 개경관아로 갔다. 그런데 어음을 받아든 조덕영의 얼굴이 심상치 않더니, 급기야 어음을 던져버리며 소리를 질렀다.

"이 무엇이냐? 천하의 송방이 겨우 오만 냥? 장난하느냐?"

"보아하니 인삼 사는데 돈이 거의 다 나가고 융통할 수 있는 돈은 그게 다가 맞습니다. 대신……."

조덕영의 역정을 내기 전에 조길상은 얼른 말을 이었다.

"홍삼 이천 근을 받기로 하였습니다. 청에 가 팔면 은자로 이십만 냥 이상 받을 수 있사옵니다. 조선 동전으로 계산하면 물경 팔십만 냥이 넘습니다."

그제야 조덕영은 빙그레 웃음을 지으며 던졌던 어음을 다시 냉큼 주웠다.

"그럼 합하면 팔십오만. 홈…… 그래, 풀어주어라."

조덕영이 한결 부드러운 목소리로 지시하자, 조길상은 알겠다는 표시로 인사하고 방을 나섰다. 그때 쐐기를 박는 듯한 조덕영의 목소리가 들려왔다.

"은혜를 받았으니 때마다 인사하는 걸 잊지 말라 전하고."

한편 김선달은 밤새 정신없이 말을 타고 달렸다. 지나는 마을마다 모두 폐허가 되어 있었다. 불타버린 마을들은 참혹하기 그지없었고 곳곳에 시체가 널려 있었다. 인적 하나 없이 텅 비어 있는 마을들은 사람이 살았던 것이 믿기지 않을 만큼 을씨년스러웠다. 적막감이 감도는 가운데 가끔씩 들려오는 까마귀 울음소리가 김선달의 신경을 자극했다. 김선달은 금방이라도 쓰러질 것처럼 온몸이 떨렸지만 최유리와 김소월을 생각하며 겨우겨우 말을 달렸다. 김선달은 해가 떠오를 때쯤 영변에 있는 최유리와 김소월의 임시 거처에 도착했다. 그런데 집이 있던 자리에 아무것도 남아 있지 않았다. 모든 게 불타버린 채 쓰러져 가는 기둥만이 남아 있었다. 김선달은 맥이 탁 풀리며 그 자리에 주저앉고 말았다. 심장이 바위처럼 딱딱하게 굳어 숨을 쉴 수가 없었다. 김선달은 정신 나간 사람처럼 그렇게 한참을 멍하니 앉아 가쁜 숨을 몰아쉬며 꺽꺽거렸다. 그러다 겨우 정신을 수습한 김선달은 마지막 남은 힘을 모아 폐허가 돼버린 집터를 둘러보았다. 아내와 딸의 흔적은 아무 곳에도 남아 있지 않았다. 김선달은 픽 하고 다시 주저앉았다. 그때 김선달의 눈에 타고 남은 벽 한쪽 모퉁이에 삐져나온 사람의 발이 들어왔다. 순간, 두려움이 왈칵 밀려왔다. 설마 아내나 딸이 시신이라면……? 김선달은 떨리는 가슴을 부여잡고 그쪽으로 달려갔다. 혹시나 하는 마음에 가까이 다가가니, 타고 남은 벽에 넝마를 뒤집어쓴 사내가 시체처럼 기대어 있었다. 김선달은 가까이 다가가 사내가 뒤집어쓰고 있는 넝마를 천천히 벗겼다. 김선달의 손이 파르르 떨렸다.

"네래 경탁이 아니니? 아이구, 경탁아!"

넝마를 뒤집어쓴 사내는 놀랍게도 이경탁이었다.

이경탁을 소리쳐 부르며 몸을 만져보는데, 온기도 없고 얕은 신음소리만 났다. 김선달은 기겁하여 일어나라고 뺨을 몇 대 때렸지만 이경탁은 꿈쩍도 안 했다. 하는 수 없이 김선달은 이경탁을 눕히고 입에 공기를 불어넣어 인공호흡을 시도하려고 했다. 김선달의 입을 가져가 공기를 불어넣으려는 순간 이경탁이 눈을 번쩍 떴다. 두 사람은 눈이 마주치자 동시에 서로 놀라며 소리를 질렀다.

"아니, 이 난리에 대체 어딜 갔다 오신 겁니까?"

정신을 차린 이경탁의 목소리엔 불만이 가득했다.

"소월이는? 내 마누라는 못 봤니?"

김선달은 다급히 최유리와 김소월의 안부를 물었다.

"이 부근은 다 찾아봤습니다. 시체까지 몽땅 돌아눕혀 찾아봤는데 없습니다."

"기럼 생사두 모른단 말이니?"

"아무래도 정주성에 갇혔나봅니다."

"정주성? 정주성에 왜?"

다리에 힘이 풀려 휘청하는 김선달을 이경탁이 얼른 부축했다.

"스승님, 괜찮으십니까?"

"기래, 괜찮다. 긴데 왜 정주성엘 들어갔단 말이니?"

"기게…… 관군하구 토벌군이 미쳤습니다. 난에 가담했건 안 했건 구분 없이 사람들을 마구 죽였습니다. 기래서 근처 사람들 모두 홍경래군을 따라 정주성으로 도망쳤다 들었습니다."

홍경래가 거사를 준비할 때 그 중심세력은 상인들과 잔반세력들이었다. 그러나 그들은 거사가 홍경래에게 불리하게 돌아가자 등을 돌렸다. 반면 백성들은 그 반대였다. 관군은 수복한 모든 지역에서 살인, 방화, 약탈을 자행했으며 무고한 백성의 목을 베어 전과를 올렸다고 보고하기도 했다. 이런 무분별하고 무차별적인 관군의 진압은 결국 선량한 백성들마저 모두들 반란군 쪽으로 돌아서게 하였다. 사람들은 밤을 틈타 너나없이 정주성으로 도망쳤다.

"그럼 정주성은 일 없니?"

"홍경래의 반란군은 백성들에게 해를 끼치지는 않구, 또 정주성에 있다가 도망치는 사람들도 잡지 않는다구 합니다. 기래서 일단 목숨이라도 부지하려고 몽땅 다 정주성으로 들어간 겁니다."

김선달은 정주성의 얘기를 듣자마자 벌떡 일어나서 밖으로 뛰쳐나갔다.

"같이 가십시오."

이경탁은 낫을 들고 김선달을 쫓았다. 김선달은 낫을 들고 쫓아오는 이경탁을 의아한 듯 쳐다보았다.

"여기서 살아남으려문 의병인 척해야 됩니다. 스승님도 적당한 거 뭐 하나 잡으십시오."

이경탁은 김선달에게 근처에 버려진 괭이를 손에 쥐어주고는 앞장서서 정주성을 향했다. 김선달은 자신의 손에 들린 나무괭이가 영 어색했지만, 그것을 따질 상황도 아니었다. 괭이와 낫을 하나씩 들고 김선달과 이경탁은 정주성으로 향했다.

김선달과 이경탁은 멀리 정주성의 북장대가 보이는 야산 기슭의 바위 밑에 몸을 웅크린 채 앉아 토벌군이 포위하고 있는 정주성을 그저 막막하게 바라보았다. 정주성은 관군들에게 몇 겹으로 포위되어 있었다. 주변 야산에도 관군들이 쫙 깔려 있었다. 김선달은 뭘 어찌 해야 할지 난감하기만 했다. 그러다 김선달은 문득 생각난 듯 이경탁을 물끄러미 바라보았다.

"경탁아, 정말 고맙다. 영변까지 와준 것두 놀라운데 여기까지 같이 와주고, 일케 나와 내 식솔들을 챙겨주니 내 몸 둘 바를 모르겠다. 고맙다, 경탁아."

"허…… 하늘같은 스승님의 가족들이신데 인두겁을 쓰고 어찌 모른 척하겠습니까? 더구나 연경에서 같이 지낸 정이 얼마입니까?"

"고맙구나, 고마워. 긴데 영변으로 내 옮긴 건 어케 알았니? 아는 사람이라군, 흠……."

김선달이 가족들을 데리고 영변으로 떠나버린 며칠 후, 이경탁은 김소월을 몰래 찾아갔다가 모두 떠나버린 것을 알고 가슴이 철렁했었다. 다시는 소월을 만날 수 없다는 생각에 망연자실해 있는데, 유민 하나가 소월이 남긴 편지라며 이경탁에게 건넸다. 편지를 읽고 이경탁은 영변으로 달려갔지만, 이미 김소월은 정주성으로 들어간 뒤였다.

"여기 계십시오. 아무래도 성 쪽으로 좀 가까이 가봐야겠습니다. 여기선 뵈지도 않구……. 여기 꼼짝 말고 계십시오."

이경탁은 금방이라도 김선달의 예리한 추리에 자신과 김소월의 관계가 탄로날까봐 얼른 자리를 피했다. 혼자 남은 김선달은 상념에 잠겨 긴 한숨을 내쉬었다.

갑자기 담배가 생각이 나서 주머니를 뒤졌지만, 곰방대가 없었다. 아쉬운 마음에 김선달은 다시 긴 한숨을 내쉬었다.

그때, 멀리서 '서라!' 하는 소리와 함께 관군 십여 명이 사내 대여섯을 쫓는 것이 김선달의 눈에 들어왔다. 김선달은 후다닥 나무 뒤로 몸을 숨기고 관군들과 사내들의 추격전을 지켜보았다. 사내들은 부상이 심한지 얼마 못 가 관군들에게 포위되었다. 포위를 당했어도 사내들은 끝까지 저항하며 관군들과 싸웠다.

칼과 칼이 부딪치고 삼지창과 언월도가 춤을 췄다. 숫자는 관군이 배로 많지만 죽기로 싸우는 사내들을 당해내질 못했다. 어느새 관군 일곱이 죽고 관군 넷은 도망갔다. 물론 여섯 사내들 중에서도 셋이 죽고 둘은 부상을 심하게 당했다. 남은 한 남자도 상처가 작지 않았다.

그 상황을 몰래 지켜보던 김선달의 눈이 점점 커졌다. 초췌한 모습이긴 하지만 부상을 심하게 당한 사내 중 한 명은 분명 오하석이었다. 김선달은 너무 놀라 엉겁결에 소리를 질렀다. 사내 셋 중에서 그나마 걸을 수 있는 사내가 김선달을 발견하곤 달려와 칼을 겨누었다. 홍경래를 알아본 김선달은 깜짝 놀라며 아는 체를 했다.

"호, 홍장군 아니시오?"

경계심을 보이던 홍경래가 기억 속에서 김선달을 끄집어냈다.

"봉추 선생?"

누워 있던 오하석이 '봉추 선생'이란 소리에 간신히 몸을 일으켜 김선달을 보곤 깜짝 놀랐다.

"스, 스승님!"

고개를 돌려 오하석을 본 순간, 김선달은 가슴이 쿵 하고 내려앉았다. 결국 우려했던 결과가 눈앞에 현실로 나타난 거였다.

"하석아, 어떻게 된 거냐?"

김선달은 뛰어가서 하석을 살폈다. 온몸이 만신창이였다. 칼과 창에 찔린 곳이 한두 군데가 아니었고, 어깨에는 부러진 화살이 박혀 있어 피가 치솟고 있었다.

김선달은 할 말을 잊은 채 오하석의 상처를 덜덜 떨리는 손으로 어루만졌다.

"밖에 내응군과 연통하러 나왔다가 저놈들에게 막혀 그만……."

망연자실해 앉아 있는 김선달에게 홍경래가 회한이 가득한 목소리로 울분을 토해 냈다. 김선달은 홍경래가 원망스러워 아무 대답을 하지 않았다.

"너 혹시 소월이하고 내 마누라쟁이 못 봤니?"

이 상황에 소월과 유리의 근황을 묻는 게 김선달은 미안했지만, 어쩔 수 없었다.

"쿨럭, 사모님과 따님도 관군을 피해 정주성으로 피난 왔다가 갇히셨습니다."

"아…… 살아 있었구나."

최유리와 김소월의 생사를 일단 확인하자, 김선달은 조금 안심이 되었다.

"성내에서도 사모님은 당신 몸은 안 챙기시구 사람들을 보살피고 계십니다."

"그렇겠지, 그 사람이야……."

김선달은 긴 한숨을 내쉬었다.

"내 임자의 말을 들었어야 했소. 혁명이란 백성이 움직여야 하는 것이지, 돈 있구 힘 있는 자들만 움직인다구 되는 게 아니었는데……."

적막하기 그지없는 산속에 회한 가득한 홍경래의 목소리가 울려 퍼졌다.

"이제 와서 기걸 깨달아야 뭔 소용이 있겠소!"

김선달이 버럭 소리를 질렀다. 김선달은 홍경래를 비난할 마음은 없었지만, 그냥 이 상황이 화가 나고 슬퍼 견딜 수가 없었다. 그제야 오하석 옆에 누워 있던 남자가 김선달 쪽으로 고개를 돌렸다. 얼굴에 피칠갑이 되어 있어 처음에는 알아보기 힘들었지만 틀림없는 김창시였다. 그 역시 화살과 창에 맞은 상처가 깊어 말도 제대로 못하고 눈만 간신히 껌뻑이며 아는 체를 하는데, 그 눈에 회한이 가득했다.

"장군께선 아낙과 아이들은 내보내려고 하셨습니다. 기런데 놈들이 같이 있던 자들은 모두 난에 동조했다며 노비로 만든다 하여……."

오하석이 김선달을 붙들고 간신히 말했다.

"흡……."

김선달은 가슴이 저린 듯 낮은 탄식을 내쉬었다. 그때였다. 관군들이 우르르 몰려오는 소리가 저 아래에서 들려왔다.

"저기다! 저기에 있다!"

관군들이 몰려오는 소리에 홍경래는 다급히 오하석과 김창시를 양팔에 끼고 도망치려 했다. 하지만 몸조차 가눌 수 없는 두 사람을 데리고 가는 것은 무리였다. 무력한 자신을 원망하며 홍경래는 깊은 한숨을 쉬었다.

"전 안 되겠습니다. 저는 여기 있겠습니다."

오하석이 홍경래의 손을 가만히 놓으며 말했다. 홍경래는 먹먹한 얼굴로 오하석을 바라만 보다 결국 김선달을 보며 간절히 부탁했다.

"면목이 없소. 하석 동지를 부탁하오, 선생."

김창시를 둘러업은 홍경래는 관군들과 반대방향으로 달렸다. 김선달은 잠시 홍경래가 사라진 방향을 바라보다가 오하석에게 업히라는 뜻으로 등을 내밀었다.

"일단 피하자."

하지만 오하석은 업히는 대신 김선달의 손을 쥐고 쓸쓸하게 웃었다.

"스승님, 전 안 되겠습니다."

어느새 관군들과 합세한 의병들까지 만만치 않은 군사들이 그들을 향해 달려오고 있었다. 하지만 오하석은 전혀 도망칠 의지를 보이지 않았다. 김선달은 속이 타들어갔다. 김선달은 강제로 둘러업으려고 안간힘을 썼지만 오하석은 꿈쩍도 안 했다. 대신에 오하석은 김선달의 손을 잡은 채 자신의 몸에 칼을 박아 넣었다. 순간 김선달의 손을 통해 날카로운 칼날이 오하석의 몸속으로 쑥 들어갔다. 칼날이 몸속으로 박히는 느낌을 그대로 느낀 김선달은 소스라치게 놀랐다. 김선달은 얼굴이 하얗게 질린 채 온몸이 얼음처럼 굳어버렸다. 모든 생각이 멈춰버린 듯 김선달은 움직일 수도, 숨을 쉴 수도 없었다. 오하석은 자신의 몸에 박힌 칼을 잡은 김선달의 손을 꼭 붙잡으며 간절하게 부탁했다.

"스승님…… 저 억울하구 불쌍한 백성들 좀 살펴주세요……."

마지막 한마디를 내뱉은 오하석은 그대로 김선달에게 쓰러졌다. 곧이어 관군들과 의병들이 달려와 주위를 에워쌌다. 아직도 김선달은 오하석을 찌른 칼을 쥔 채 굳어 있었다. 관군들 눈에 비친 그 모습은 마치 김선달이 오하석을 죽인 것처럼 보였다.

"스, 스승님? 스승님 맞지요?"

관군들 뒤를 쫓아온 의병들 중 한 명이 김선달을 아는 체했다. 강정구였다. 그 옆에 구중희도 놀란 눈으로 서 있었다.

"스승? 이분이 저 반란군 새끼를 죽였다야."

관군 하나가 확인하듯 강정구에게 말했다. 그제야 김선달은 정신이 들며 오하석의 배에 꽂혀 있던 칼에서 손을 뗐다.

"정말입네까? 긴데 이거 하석이 아닙니까?"

구중희는 도저히 믿을 수 없다는 얼굴로 김선달을 빤히 쳐다보았다. 김선달은 얼굴이 화끈거려 시선 둘 곳을 찾지 못했다. 슬픔과 안타까움과 분노가 섞여 속이 뒤집힐 것 같았다. 김선달의 속도 모르고 구중회와 강정구는 자기들 스승님이라며 관군과 의병들에게 설레발을 치느라 정신이 없었다. 뿌리 깊은 의병이니, 충의지절 어쩌구 하며, 어디서 들어본 말은 죄다 갖다 붙였다.

김선달은 그저 한숨만 나왔다. 빨리 여기를 벗어나고 싶었지만, 보는 눈이 있어 이러지도 저러지도 못한 채 김선달은 의병의 무리에 섞이게 되었다.

여기저기 흩어져 바닥에 쭈그리고 앉은 채 휴식을 취하는 의병들의 무리 속에 김선달은 구중희, 강정구와 함께 있었다. 그들 앞으로 여남은 명의 의병들이 뛰어갔다. 그 모습을 보더니 입을 삐죽거리며 구중희가 말했다.

"하여간 뛰어다니는 것들은 전부 반란에 가담했다가 의병인 척하는 배신자들이 도둑이 제발 저려 저러는 겁니다. 큼, 우리도 그렇긴 하지만……."

"홍경래가 봉기 일으키고 반란군이 승승장구할 땐 정말이지 세상이 바뀌는구나, 최소한 평안도가 독립이라도 하는 줄 알았습니다. 긴데 쌈 한 판 지고는……."

강정구의 말을 자르며 구중희가 말을 이어갔다.

"불리해진다 싶으니까, 야! 흩어진다구 길케 빨리 흩어집니까? 꼼짝없이 죽었구나 했습니다. 긴데 가만 보니까 이래 봬두 내 좌수입니다. 정구는 창감이구. 우린 바로 의병에 들었습니다. 첨에 난리 나자 홍경래군이라고 으스대던 장사치니 량반네들이 몽땅 거기 의병대에 떡하니 안 있습니까? 하마터면 줄 잘못 서가지구 진짜 죽을 뻔했습니다."

제자들의 얘기를 차마 더 이상은 못 듣겠어서 김선달은 '똥 좀 싸고 오겠다'며 풀숲으로 들어갔다.

수풀 속으로 들어간 김선달은 쭈그려 앉아 똥을 누는 양 연극했다. 그러다가 피 묻은 자신의 손을 보자 왈칵 울음이 터졌다. 밀려오는 답답함, 서러움, 가족에 대한 걱정, 오하석에 대한 미안함이 범벅이 되어 얼굴이 점점 일그러지고 안으로 삼키는 것 같은 신음이 터져 나왔다. 그 소리를 멀리서 듣던 강정구가 한 마디 했다.

"며칠 못 싸셨나 보다. 우리도 기냥 가자."

강정구와 구중희가 관군들을 따라 떠나고 의병들도 멀어지자, 김선달은 눈물을 훔치며 수풀에서 나와 오하석의 시신이 있는 곳으로 달려갔다. 김선달은 한참을 굳은 얼굴로 오하석의 시신을 내려다보았다.

'저 억울하구 불쌍한 백성들 좀 살펴주세요.'

오하석의 마지막 말이 김선달의 귓가에 맴돌았다.

얼마 전 만주벌판에서 박정찬은 자신에게 '뒷일을 부탁한다'며 관리들과 도망쳤었다. 죽어가면서 백성을 부탁하는 제자와, 도망치며 뒷일을 부탁하는 관리라……. 김선달의 머릿속이 뒤엉킨 실타래처럼 복잡했다.

동시에 김선달은 자신의 마음속에서 꿈틀대는 뭔가의 존재를 희미하게 느꼈지만, 서둘러 가슴 저 깊은 곳으로 밀어내며 외면했다. 오하석을 죽인 게 자신이 아니라고 말할 용기조차 없는 김선달은 그런 자신이 한없이 초라하고 부끄럽게 여겨졌다.

한편 한바탕 난리를 피해 숨어 있던 이경탁이 김선달 옆으로 다가왔다. 이경탁은 오하석의 시신을 보고 깊은 한숨을 내쉬었다. 두 사람은 눈물을 삼키며 아무 말 없이 오하석의 시신을 매장했다.

'의(義)'가 아닌 '이(利)'를 좇은 봉기였기에, 순식간에 모이고 낱알같이 흩어졌다.

김선달은 그저 가슴 한구석이 저려왔다.

생각했던 것보다 '난'은 쉬이 끝나지 않았다. 비록 처음 난을 지지했던 세력들은 급속도로 홍경래에게서 등을 돌렸지만, 진압 과정에서 조정은 관서 백성들의 심기를 건드렸고, 더 이상 잃을 게 없는, 아무것도 가진 게 없는 백성들은 끈질기게 버티었다. 상황이 이렇다 보니, 제일 속이 타들어가는 사람은 평안감사 이만수였다.

그저 돈이나 벌어볼 요량으로 엄청난 뇌물을 먹이고 얻어낸 자리였다. 그런데 부임한 지 얼마 되지 않아 그만 홍경래가 난을 일으켰고, 무사태평한 성품을 지닌 이만수였지만 아주 죽을 지경이었다. 조정에서는 하루가 멀다 하고 난의 진압 상황을 묻고, 정주성은 절대 무너지지 않을 것처럼 버티고 있고. 생각 끝에 이만수는 조선의 '조조'라 불리는 조덕영을 찾았다. 조덕영이 평안감사를 지내기도 했지만, 이런 일에는 뭔가 묘수가 있을 것 같았다.

"아니, 이런 시기에 어떻게 여길……. 일단 앉으십시오, 대감."

"이 사람아, 내 전에 자네 귀양지 바꿔준 거 아나?"

조덕영을 만나자 이만수는 마치 구세주라도 만난 듯 손까지 잡으며 아주 다정한 어조로 물었다.

"아이고, 그러믄요. 다 형님 덕분에 이리 된 게 아니겠습니까?"

조덕영은 능청스럽게 이만수의 비위를 맞추었다.

"여보게, 내 이제야 자네 심정을 알겠어. 돈 좀 벌어볼라구 그 돈 써서 간신히 평안감사가 됐더니, 하이고, 이게 웬 난린가?"

이만수의 하소연에 조덕영은 그저 빙그레 웃기만 했다.

"여보게, 나 좀 도와주게. 조정은 만날 빨리 치라 성환데, 이 서도놈들 왜 이리 질긴가? 내 어찌해야 할지 몰라 자넬 찾았네."

"제 팔자가 제일 기구한 줄 알았더니 형님 팔자도 참. 방법이 없는 것은 아니오나……."

조덕영은 말꼬리를 흐리며 일부러 뜸을 들였다. 얼른 눈치를 챈 이만수가 잽싸게 품속에서 어음을 꺼내어 조덕영에게 내밀었다.

"자네가 옛날에 귀양지 바꿔달라고 준 어음일세."

조덕영은 그제야 입가에 미소가 살짝 번지며 못 이긴 척 받았다.

"형님도 참, 우리 사이에……."

"이쪽은 평안감사 이만수 대감이시고, 이쪽은 한양 시전 도중의 도영위이신가."

비쩍 마른 체격에 예민한 인상의 신주영은 공손하게 고개 숙여 이만수에게 인사했다.

"지금 조정에선 민심을 걱정하면서 하루 속히 반란군을 토벌하라고 난립니다. 그런데 정주성에서 몇 달 째 대치중이지요."

"그래서 내가 조선의 조조라는 우리 조대감님께 도움을 요청한 게 아닙니까?"

신주영은 저잣거리에서 장사로 환갑을 넘긴 자였다. 신주영은 이미 입이 맞춰진 듯한 어조로 자기에게 들으라는 듯 대화하는 두 사람을 보며, 분명 꿍꿍이가 있을 거라고 확신했다.

"난을 신속하게 진압 못하는 이유가 뭔 줄 아십니까? 일 년에 쌀 서 말값, 베 한 필을 못 구해 군대 끌려온 이들이 목숨 내놓고 역적질하는 놈들을 무슨 수로 당하겠습니까? 그래서 제가 이대감님께 말씀드렸지요. 만주에서 용병을 들이고, 청나라에서 화약을 수입해 성벽을 무너뜨리시라고."

"그런데 난리 중에 민고도 바닥나고, 조정에 이제 와서 돈을 더 달라고 손 내밀기도 그렇고."

이만수가 아주 대놓고 죽는 소리를 했다. 한참을 주거니 받거니, 나라 걱정은 다 하는 듯 이만수와 조덕영은 떠들어댔다. 신주영은 엷은 미소만 지을 뿐 다른 반응은 보이지 않았다.

"그래서 자넬 부른 것이네. 자네 시전 도중에서 은자 육만 냥 정도 군비를 빌려줄 수 있지 않을까 해서."

조덕영은 드디어 신주영을 자신들의 대화 속으로 끼워 넣었다. 결국 돈 얘기를 하려고 이리 빙빙 돌려서 말한 것이었다.

'육만 냥이라니, 이자들이…….'

신주영은 심히 기분이 상했지만 조덕영이 눈치 채지 못하도록 최대한 표정 관리를 했다.

"허허, 저희도 그리 큰돈을 융통하기는 어렵습니다."

"그냥 빌려달라는 게 아니네. 내 들어보니, 청나라 봉천에 노예시장이 있는데 그 값이 두당 은자 열다섯 냥은 된다 들었네. 조정에선 본때를 보인다고 초토화 작전을 지시했는데 관서것들이 아무리 미웁고 예의가 없는 놈들이라지만 마구 죽여서야 되겠는가? 여기 이대감께서 자네에게 포로 일만 정도 넘기면 어떤가? 그 불쌍한 것들은 살아서 좋고 자네는 돈 벌어 좋고 이대감님은 난을 평정해 좋고. 다들 좋은 거 아니야?"

"내 포로는 자네에게 다 넘김세."

이만수는 신주영이 자신을 쳐다보자 얼른 맞받아치며 말했다. 신주영 입장에서는 난처하기 그지없는 제안인 게 분명하지만 거절할 수 없었다.

"알겠습니다. 나랏일 하시는 데 저희 같은 장사치가 할 일이 있다면 해야지요."

노회한 장사꾼답게 신주영은 계산도 빨랐다.

"근데 조대감께옵선 이런 신묘한 수를 짜주셨는데 쇤네가 어찌 인사를 해야 될지요?"

자신이 이 제안을 거절한다면 상황이 어떻게 될지 뻔했다. 신주영은 머릿속이 복잡했지만 사실, 답은 이미 나와 있었다. 장사란 때론 본전만 챙기는 것이 훗날 최대의 이익을 가져오기도 하는 것임을 신주영을 너무도 잘 알고 있었다.

말귀를 빨리 알아듣는 신주영이 아주 마음에 드는지 조덕영은 흡족한 표정을 지었다.

"길상이 들어오너라."

방문 앞에서 대기 중이던 조길상이 들어와 다소곳하게 앉았다.

"포로를 청상인에게 넘기는 일을 누구가 해야 할 텐데, 어떤기? 쉐릭 얼자이긴 하나 날 닮아 머리가 영특하다네. 어찌…… 자네 도중 일은 잘하든가?"

그제야 신주영은 모든 걸 알아채고는 미간을 살짝 찌푸렸지만, 다시 밝게 웃으며 고개를 끄덕였다. 세 사람은 서로의 이익을 조금씩 챙기고 '난' 종결 이후의 반란군들 처리까지 협상을 마치고 돌아갔다.

"그래, 대행수가 된 기분이 어떠하냐?"

조덕영은 둘만 남게 되자 조길상에게 물었다.

"모든 것이 대감마님의 은공입니다."

"깡패들은 주먹 센 놈이 제일 센 거고 장사치는 가장 큰 이익을 내는 놈이 가장 센 놈이 된다. 내가 대행수 자리에 앉혀 주었으니, 이제 니 힘으로 시전 도중을 손아귀에 넣어야지."

"노력하겠습니다."

"노력으론 안 된다. 반드시 그리돼야 해. 시전 도중이 세도가문들의 돈줄이다. 니가 도중을 장악하고 그 돈줄을 쥐어야 다른 세도가의 돈줄을 끊고 우리 가문이 조정을 장악할 수 있는 게야. 무슨 얘긴지 알겠느냐?"

"예, 반드시 그리되도록 하겠습니다."

"따지고 보면 길상이 니가 장남 아니냐? 니가 우리 가문을 책임져야 하느니라. 이 일만 잘 끝나면 우리 그간 못 나눈 부자지정(父子之情)을 누리며 살아보자꾸나."

부자지정(父子之情)이란 말에 조길상은 눈물을 보이며 감동했다.

"참, 전에 얘기한 그 김선달이란 놈은 어찌 되었느냐?"

"그게 아직……. 어찌된 일인지 행방이 묘연합니다. 아무래도 난리 중에……."

조길상은 한양 최고의 살수(殺手) 조직인 바투의 무리에게 일을 맡긴 만큼 금방 처리할 거라 믿었다. 근데 어찌된 일인지 평양을 이 잡듯 뒤져도 김선달은 물론 그의 가족들의 코빼기도 안 보인다는 것이었다. 평양의 모든 소문을 들을 수 있다는 착복관에서도 김선달의 소문은 들을 수가 없었다.

"허허! 이놈아, 그렇게 사소한 일 하나 똑바로 처리 못하면서 어떻게 도중을 손아귀에 쥐겠느냐? 일 하나하나에 책임감을 가지고 만전을 다 해야지!"

"예, 죄송합니다."

좀전에 부자지정(父子之情)을 운운하던 아버지라고는 믿기지 않을 만큼 조덕영은 싸늘했다.

"다음에는 내가 묻지 않도록 해라. 가서 일 봐라."

억울하고 분한 듯 입술을 지그시 깨물며 밖으로 나온 조길상은 바로 역관을 대동하고 부상조직의 본거지로 가서 바투를 다그쳤다.

"내가 낮은 직급이라, 돈은 받았으니 아래애들 보내 체면치레나 하자 했던 것이냐? 너는 대행수의 명을 똑바로 전하라. 직접 김선달을 처리하기 전까지는 한양 땅을 밟을 생각도 마라!"

역관이 바투에게 몽골어로 길상의 말을 전하자, 바투는 고개를 숙이며 알겠다고 끄덕였다. 이제 행수에서 대행수의 명으로 바뀐 것이었다. 바투도 대행수가 무얼 의미하는지 정도는 알았다.

정주성에서 관군과 대치한 지가 벌써 넉 달이 다 되었다. 관군의 포위가 장기화되자 농민군의 상황은 점점 나빠졌다. 정주성 내 농민군 병사들에게 쌀 한 되 지급하던 것을 반 되로 줄이고 그것도 여의치 않으면 녹두가루로 대체하였다. 뿐만 아니라 정주성 내 모든 소, 돼지, 닭, 개 등 가축은 물론 군마까지 잡아먹는 지경에 이르렀다. 이러한 참담한 상황 속에서도 정주성 내의 질서는 흐트러지지 않았다. 하지만 외부의 지원 없이 정주성에 고립된 시간이 너무 길어지다 보니 식량과 무기는 바닥을 드러냈다. 그렇다고 이제 와서 항복할 수도 없었다.

사실 정주성에 들어오면서 홍경래에게는 나름의 계획이 있었다. 계획대로라면 박종일이란 자가 서울에서 난을 일으키고, 동시에 북쪽의 각 고을로부터 원병이 와야 했다. 만약 이것이 뜻대로 안 되면 마지막 희망인 호병(胡兵)이 있었다. 그런데 호병, 즉 만주족 병사의 연락을 맡은 자가 김사용의 궤멸 소식을 듣고 관군 쪽에 가담하면서 이 또한 무산되었다. 이제 홍경래는 더 이상 물러설 곳이 없었다. 십여 년을 치밀하게 준비한 거사였는데 처음부터 조금씩 일그러지더니 이 지경이 되었다. 무엇보다 정주성으로 들어오는 결정적인 실수를 했다. 홍경래는 정주성으로 들어온 자신을 책망했다. 홍경래는 고심 끝에 싸울 수 없는 노약자들 중 일부를 내보냈다. 이제 그에게 남은 것은 결사항전뿐이었다.

한편 정주성 안에는 진압군의 만행을 피해 들어왔다가 진짜 반란군이 된 사람이 태반이었다. 오랜 대치 상황과 굶주림에 몸조차 움직일 힘도 남아 있지 않은 사람들은 정주성 여기저기에 널브러져 숨만 쉬고 있었다. 굶어 죽거나 관군에 죽거나 이제 죽을 날을 받아 놓은 사람들이었다. 최유리나 김소월 역시 얼굴에 핏기 하나 없이 비쩍 마른 몰골이었다. 이 상황에서도 최유리는 물동이를 안은 채 일일이 물을 나누어주려고 사람들 사이를 헤집고 다녔다. 성안에 풀뿌리조차 남아 있지 않은 상황에서 물로 하루하루를 버티고 있었다.

"고맙습니다. 이제 곧 곡우가 돌아오는데 볍씨는 잘 담그구 있을런지……."

"그러네. 곧 곡우여. 곡우사리 잡아야 하는디……."

"곡우사리? 기거 뭐임매?"

"나 고향이 신안이라는 곳인디, 울 고향에서는 곡우 때 올라오는 조길 꼭 잡는당께. 그기 맛이 일품이여, 해서 곡우사리라 칸다."

"기기는 조기가 올라옴두? 우린 곡우 때 용흥강으로 알이 꽉 찬 숭어가 지천으로 올라옴매."

"숭어? 그 귀한 게 지천이라꼬?"

"길치, 물 반 고기 반이야."

"우리는 곡우 때 부부가 잠을 같이 안 자유."

"건 또 왜 그런다냐?"

여기저기서 삼남지방 모든 사투리가 다 들렸다.

"곡우 때 신음소리 내면 토신님이 질투하셔유. 구러면 한 해 농사 끝장 난다니께유."

"거 소리만 안 내문 되는 거 아이가?"

"그게 되남유. 지가 잘해유."

오랜만에 성안에 있던 백성들이 다 같이 키득거렸다.

태평성대는 아니더라도 그냥 굶어 죽지 않을 정도만 되면 평생 고향을 떠날 일이 없는 백성들이었다. 자신의 의지와 상관없이 전국을 떠돌다 평생 만날 일 없는 낯선 지방 사람들과 절대 올 일 없는 정주성에 모여 있는 이 상황이 기가 막힐 따름이었다. 사람들은 성안에 갇힌 이 절망적인 현실을 잠시나마 잊고 싶어 일부러 과장되게 웃었다.

그 시각, 밖에서는 굴토군(掘土軍)들이 정주성 밑으로 땅굴을 파고 있었다. 공성탑까지 동원했지만 공성에 실패하자 관군은 마지막 방법을 시도했다. 이만수는 조덕영이 알려준 방법대로 땅굴을 파고 그 안에 천팔

백 근의 화약을 묻어 성벽을 통째로 날려버릴 생각이었다.

"어이, 거기 명창! 곡우 맞이 노래나 한 소절 해봐라, 은은하게."

밖에서 벌어지는 위급한 상황을 알 길 없는 유민들은 이 비참한 상황을 노래로라도 위안을 받고 싶었다. 하지만 한참을 기다려도 노랫소리가 들리지 않았다. 그제야 뭔가 이상한 낌새를 눈치 챈 사람들이 명창이 앉아 있는 곳을 쳐다보았다. 봉추당에서 노래하던 명창은 쓰러져 있고, 그 옆에 김소월이 고개를 푹 숙인 채 앉아 있었다. 불길한 예감에 사람들이 천천히 그곳으로 다가가 명창을 본 순간, 흑 하고 자신들도 모르게 신음소리를 내며 그 자리에 주저앉았다.

명창은 눈도 감지 못한 채 원망 가득한 얼굴로 하늘을 쳐다보며 죽어 있었다. 마치 시간이 정지된 것처럼 아무도 소리 내어 말하지 않고 가만히 있었다. 최유리가 깊은 한숨을 쉬더니 명창의 눈을 천천히 감기고는 겁먹어서 훌쩍이는 딸을 안고 달랬다. 김소월의 울음소리는 쉽게 그치지 않았고, 그 울음소리를 들은 유민들은 좌절과 슬픔에 휩싸였다. 그들을 젖은 눈으로 바라보던 최유리가 달래듯 마른 목소리로 노래를 불렀다.

　　　이 풍진 세상을 만났으니 너의 희망이 무엇이냐
　　　부귀와 영화를 누렸으면 희망이 족할까
　　　푸른 하늘 밝은 달 아래 곰곰이 생각하니
　　　세상만사가 춘몽 중에 또다시 꿈이로다

최유리의 선창이 시작되자 어느새 유민들은 각자 자리를 잡고 앉아 노래를 따라 불렀다. 죽은 자를 위한 백성들의 쓸쓸한 노래가 정주성 밖까지 울려 퍼졌다.

정주성 야산에서 매일 밤 야영을 하는 김선달의 귀에도 노랫소리가 들려왔다. 자신의 마당에서 들었던 익숙한 노랫소리에 김선달은 가슴이 아렸다.

그 시각 정주성 밖에서는 한 무리의 비적단이 정주성을 바라보며 비릿한 웃음을 짓고 있었다. 그때였다. 콰쾅 하는 엄청난 폭발 소리와 함께 지진이라도 난 듯 땅이 심하게 흔들렸다. 순간, 정주성 안에서 들리던 노랫소리는 물론 모든 소리가 일제히 멈췄다.

그리고 다시 콰쾅! 갑작스럽고 거대한 폭음과 함께 화약 연기와 흙먼지가 성안을 가득 채웠다. 천팔백 근이나 되는 화약은 몇 달을 굳건히 버티던 성벽을 무너뜨렸고, 성벽이 무너지자 밖에서 대기 중이던 비적단들이 일제히 성안으로 들어갔다.

성이 무너지는 것을 멀리서 지켜보던 김선달은 당장이라도 안으로 들어가려 했지만, 이경탁이 말렸다. 어차피 저 난리에 들어가봐야 별 뾰족한 수가 없었다. 김선달은 멀리서 밤새 유린당하는 정주성을 그저 바라볼 수밖에 없었다.

그리고 사월 열아흐렛 날, 드디어 정주성은 함락되었다. 홍경래는 마지막까지 정주성과 함께하며 못다 이룬 새로운 세상에 대한 처절한 아쉬움을 남긴 채 비통하게 죽었다. 홍경래는 총탄에 맞는 순간 불현듯 김선달의 말이 떠올랐다.

'그 법국혁명은 사람이 얼마나 죽었소? 말씀 들으문 기 혁명이란 것도 결국은 '난(亂)'인데, 난을 겪구서두 백성들 살림살이가 나아졌는지는 살펴보셨소? 진정 백성의 나라가 됐다 하오?'

그 말의 의미를 이제야 알겠는지 홍경래는 씁쓸한 미소를 지었다.

'법국에서는 포이교아의 난이 성공하여 백성들의 나라가 되었다는데, 왜 조선에서는 그것이 안 되는 것인가? 왜……'

홍경래는 숨이 끊어지는 순간에도 그 애통한 마음을 지울 수가 없었다.

홍경래가 죽고 나자 비적 떼들과 관군들이 살아남은 자들을 모두 잡아들였다. 그렇게 모인 포로들이 모두 이천구백팔십삼 명이었는데, 종2품 벼슬인 중군 유효원은 이중 여자와 아이를 제외한 장정 천구백십칠 명의 목을 모두 베어버렸다. 정주성 안은 그들이 흘린 피로 뒤덮였고 며칠 동안 정주성 일대에 피비린내가 진동했다. 살아남은 사람들은 가족들의 목이 잘려 나가는 것을 지켜보며 극도의 두려움을 느껴야 했다.

"정주성 부근은 물론이고 곽산, 가산, 영변, 운산, 선천, 하여간 청북에 살아남은 것들은 반란군의 피붙이거나 그 지인들이네. 반란군이나 진배 없어. 그러니 눈에 띄는 족족 싹 다 잡아들이게."

청나라에 팔아넘길 포로들을 직접 잡으러 정주목까지 행차한 이만수 는 오만상을 찌푸린 채 정주목사에게 명령을 내렸다.

이만수의 지시에 정주목사는 기가 막혀 할 말이 없었다. 청북에 살아 남은 자들을 모두 잡아들이라니, 이게 과연 말이 되는 소리인가 싶었지 만 따를 수밖에 없었다.

"아무리 반란군이라도 그렇게 다 죽이면 어떡하자고⋯⋯. 이 무식한 놈들 같으니라고. 이래서 어떻게 머릿수를 채우누?"

이만수는 유효원만 생각하면 화가 치밀어 견딜 수가 없었다. 정주성이 함락되었을 때 반란군의 수는 생각했던 것에 절반도 되지 않았다. 어떻 게 그 수로 넉 달을 버티었는지 의심스러울 정도였다. 그래도 어찌어찌

하여 나머지를 채우면 되겠지 하고 있었는데, 유효원이 그나마 쓸모 있는 남자들의 모가지를 싹 다 베고 말았다. 약조한 육만 냥을 채우려면 포로의 수가 택도 없이 부족했다.

김선달은 정주성 주변 야산에서 천리경으로 성안을 들여다보고 있었다. 김선달은 애가 바짝 타는 얼굴로 한 사람의 포로도 놓치지 않고 샅샅이 천리경으로 훑었다. 그렇게 한참을 훑어보던 김선달이 갑자기 흑흑거리며 울기 시작했다.

"흑흑…… 임자! 소월아!"

김선달이 울면서 소월의 이름을 부르자 이경탁은 가슴이 철렁했다. 이경탁은 얼른 천리경을 뺏어 자신이 직접 김소월을 찾았다. 한참을 뒤지던 이경탁은 김소월을 발견하고 김선달에게 한마디 했다.

"아이고, 간 떨어지게 왜 우십니까? 천만다행입니다."

"고맙긴 한데, 경탁아, 내 마누라랑 내 딸이 살아 있는데 니가 왜 나보다 더 좋아하는 거 같냐?"

"어, 기거야 제가 스승님을 아버님처럼 좋아했잖습니까? 꼭 어머님과 누이가 살아 있는 것 같아서……."

"고맙다, 고맙구나."

"너무 다행이에요. 장모님하고 소월이……."

"장모……? 장모라니?"

'장모'라는 소리에 김선달은 소리를 버럭 질렀다. 이제야 지금까지 이경탁의 행동들이 모두 이해되어, 김선달은 눈에 쌍심지를 켜고 이경탁에게 달려들었다. 분위기가 심상치 않음을 감지한 이경탁이 급히 피하려다 무엇을 보았는지 놀라 뒤로 자빠지며 엉덩방아를 찧었다. 관군 둘이 한 명은 칼을, 한 명은 삼지창을 들이밀며 김선달과 이경탁을 위협하고 있었다.

정주성 야산에서 천리경으로 정주성 안을 기웃거리는 두 사람은 누가 봐도 반란군의 잔당처럼 보였다. 뭐라 변명하기도 전에 관군들은 김선달과 이경탁을 굴비처럼 포승줄에 엮었다.

"의병이라니까 기리네. 여기 허리춤을 뒤시면 내 평양부 별감 호패가 나올 것이오."

이경탁은 포승줄에 묶여 끌려가면서도 계속 투덜댔다.

"임마, 별감이 아니라 현감도 반란군 편에 섰어. 근데 어떻게 여 평안도는 별감이 곶감보다 더 많은 거 같애."

평안도 실정에 대해 정곡을 찌르는 말이었다.

"그래도 죽이진 않으니까 안심들 혀. 이참에 청나라 구경하고 좋지, 뭐."

옆에 있던 또 다른 관군이 위로한답시고 한마디 거들었다.

"기게 무슨 소리요?"

김선달이 깜짝 놀라서 물었다.

"반란군하고 반란군 동조자를 다 청국에 노예로 판다네."

"뭐요? 아니, 병자년 호란도 아닌데 제 나라 백성을……."

"안 죽이는 게 어디야?"

김선달은 어이가 없어 뭔가 말을 하려다 입을 다물었다.

"여보게들, 고향에 돌아가고 싶지 않나?"

포승줄에 묶여 정주성으로 끌려가던 김선달은 퍼뜩 무슨 생각이 났는지 관군들에게 슬쩍 물었다.

"고향을 가고 싶다고 가나? 이 사람은 십오 년째 제대를 못했고, 나는 십일 년째 복무 중이야. 다들 군포 내고 빠지니 우리 같은 가난뱅이 중에 가난뱅이나 이리 끌려와 썩는 게지, 퉤."

"내가 면포 백 필씩 주겠네."

순간 관군들이 눈이 휘둥그레져서 김선달을 쳐다보았다.

"나 의병장이라니까? 자네들 공을 높이 사서 내 백 필씩 줌세. 이제 믿겠나?"

김선달은 관군들을 어르고 달래서 일단 주막으로 데리고 가, 은자에 탁주와 보리밥, 닭백숙으로 융숭하게 대접했다. 어떻게든 관군들에게서 정보를 얻어내야 했다. 아내와 딸이 잘못하면 청나라에 노예로 끌려갈 판이라 김선달은 아까운 게 없었다.

"거 청나라에 팔 노예수가 부족하다니 어떡합니까? 어르신, 의병이라도 조심하십시오. 지금 만 명 머릿수 채운다고 닥치는 대로 잡아들이니까."

방금 전까지도 반말을 하던 관군들이 어느새 김선달에게 존대를 하며 말했다. 전쟁도 아닌데 자기 나라 백성 만 명을 팔아넘기다니, 김선달은 어이가 없었다.

몇 달 간 반란군 상대하느라 제대로 먹지 못한 관군들은 한 상 가득 차려진 음식들을 허겁지겁 먹었다. 실컷 먹고 났더니 배가 부른지 관군들은 눕다시피 하며 자기들끼리 떠들어대기 시작했다. 김선달은 정주성 안의 상황을 하나라도 더 알아내려고 집중해서 관군들의 말을 엿들었다.

"새 관찰사는 나을까 모르겠네."

"지금보다야 낫것지."

"거기서 거기것지. 그 만수에서 만석이 된 거두만."

"평안감사가 바뀌었소?"

은근슬쩍 김선달은 관군들의 이야기에 끼어들었다.

"예, 그 만수에서 만석이로 바뀌었수다."

"이 사람이! 큰일 나려고 말을 함부로 해! 이만수 관찰사가 파직되고 정만석이라고, 그 뭐더라 병조참판하던 양반이 새로 왔구먼유."

정만석이라면 조덕영을 한방에 귀양 보냈던 그 사람이었다. 김선달은 얼굴에 화색이 돌더니, 벌떡 일어나서 정주목 관아로 서둘러 발걸음을 옮겼다.

정만석은 조정에서 청렴결백하고 올곧기로 소문난 자였다. 이런 그의 성품은 홍경래의 난 이후 흐트러진 관서지역의 민심을 다스리고 어루만지기에 제격이었다. 순조는 서둘러서 이만수를 파직시키고 정만석을 평양감영으로 보냈다. 평안감사로 임명된 정만석은 일단 평양감영이 아니라 정주로 향했다. 아무래도 그곳의 민심이 가장 흉흉할 터이고, 홍경래 난의 뒷마무리도 해야 했기 때문이었다.

보필하는 사람 하나 없이 홀로 정주관아로 들어선 정만석은 깜짝 놀랐다. 관아 마당에 잔치상을 벌여 놓은 채 아전들과 기생들이 모두 서서 평안감사를 기다리고 있었다. 정만석은 기가 찬 얼굴로 마당에 들어서며 소리를 질렀다.

"생각 좀 하게, 생각 좀! 이 난리에 부임 환영회를 한다는 게 말이 되는 가? 어처구니없는 사람들 같으니라고!"

정만석의 부임연회를 준비한 아전들은 차마 고개를 들지 못했고, 기생들과 악공들은 서둘러서 짐을 챙겼다. 그때 문밖에서 시끄러운 소리가 들려왔다.

"무슨 일이냐?"

정만석이 미간을 잔뜩 찌푸리며 말했다.

"웬 자가 관찰사 나리를 안다면서 반드시 만나야 한다고 야료를 피우고 있습니다."

직급이 낮은 군관인 비장이 뛰어 들어와서 정만석에게 고했다.

'평양에 나를 아는 사람이 있다고?' 의아해하며 문 쪽을 쳐다본 정만석은 김선달을 알아보고 제지하는 군졸들에게 들여보내라고 명했다.

"이백 명이라. 반란 평정에 수고가 많으셨습니다."

조길상이 돈 주머니를 곽산현감 앞으로 쑥 내밀었다. 말은 그렇게 했지만 조길상은 사실 속이 쓰렸다. 돈을 주며 포로들을 모으러 다녀야 하는 상황이라니…….

곽산현감은 돈 주머니를 받으며 흐뭇한 미소를 지었다. 그때 밖에서 인기척이 나더니 아전의 목소리가 들렸다.

"저기…… 속히 나오셔야 할 것 같습니다."

"무슨 일인데 그러는가?"

"지금 동헌에 평안감사께서……."

'평안감사'라는 말에 곽산현감과 조길상은 불길한 예감이 들었다. 이야심한 시각에 평안감사가 무슨 일로 곽산까지 행차했단 말인가.

곽산현감이 허겁지겁 동헌으로 달려와보니, 이미 자리를 잡은 정만석이 포로를 심사한 공초를 넘겨보고 있었다. 얼른 그 앞으로 달려가 곽산현감은 머리를 조아렸다.

"반란군의 이웃에 살았다는 이유, 반란군의 군포를 대신 내준 적이 있다는 이유, 이런 것이 어떻게 유죄며, 반란에 가담한 이유가 될 수 있느냐?"

정만석은 노기 어린 목소리로 곽산현감을 다그쳤다. 곽산현감은 한마디도 못하고 어쩔 줄 몰라 했다.

"내가 직접 포로 심사를 처음부터 다시 하겠다."

동헌 벽에 기대어 정만석의 말을 엿듣고 있던 조길상은 얼굴빛이 어두워지며 급히 도중에서 파견된 상공원들이 모여 있는 객줏집으로 향했다.

"대행수, 이제 어쩔 작정이오?"

객줏집에 모인 한양에서 온 상공원 하나가 조길상에게 물었다.

"정만석이 하는 모양으로 봐선 만 명은커녕 오천도 힘들 것 같은데."

"오천이 뭐요? 저렇게 나오면 우리가 불편해서 어찌 일을 도모하오?"

상공원들은 제각각 자신들의 불만을 토로했다. 하지만 누가 뭐라 해도 지금 가장 난감한 사람은 조길상이었다. 조덕영이 어렵게 마련해준 대행수 자리였다. 아무리 아들이지만 일이 잘못되면 조덕영은 언제든 모른 척할 수 있는 사람이었다.

"일단 평안감사의 연통이 안 닿은 만주로 옮깁시다."

조길상은 정주성에서 사로잡은 천여 명과 주변 고을에서 모아온 사람

들을 합해 삼천 명 가까이 되는 포로들을 일단 조선에서 빼돌릴 생각이
었다.

"그러다 걸리면······."

"우리에겐 전임 평안감사 인장이 찍힌 문서가 있습니다. 우리는 문서
대로 할 뿐이오."

지금 상황에서는 별 뾰족한 수가 없는지라 상공원들은 일단 알겠다고
했지만, 영 마음이 편치 않았다.

그날 밤 조길상은 정만석의 손이 미치지 않은 정주성에 있던 포로들을
옮겼다. 정만석이 곽산으로 급히 오는 바람에 정주성의 포로들은 그대로
남아 있던 터였다.

김선달과 이경탁은 정주 객줏집에 한 이부자리를 덮고 누워 앞으로의
일을 걱정하고 있었다. 정만석이 포로를 재심사한다니 한시름 놓기는 했
지만, 그래도 완전히 마음을 놓을 수는 없는 상황이었다.

"기런데 참 황당하고 답답하지 않습니까? 정만석 대감은 이곳 정주에
있었는데, 왜 여기부터 포로 심사를 안 하고 곽산부터 시작했는지 모르
겠습니다."

이경탁은 도무지 이해할 수 없다는 듯 말했다.

"정주엔 여자와 아이들만 있으니 포로 가치가 떨어지고, 또 자기가 있
는 곳엔 도중 사람들이 쉽게 접근하지 못할 거라 판단했을 것이다. 조금
만 기다리믄 여기로 와서 다시 심사를 해주겠지. 어디 한번 기다려 보자."

조급한 마음에 이경탁은 계속 불만을 드러냈다. 정만석을 믿기는 하지
만 김선달도 답답하고 초조하기는 마찬가지였다.

"큰일 났습니다! 간밤에 포로들을 모두 이동시켰다 합니다!"

벌컥 방문을 열며 이경탁이 짚신도 벗지 않고 달려들어 김선달을 깨웠다.

"이동? 재심사한다고 정만석 관찰사가 데려간 거니?"

어젯밤을 뜬눈으로 새우고 겨우 새벽녘에야 눈을 붙인 김선달은 잠에서 덜 깨 늘어지게 하품을 하며 물었다.

"아닙니다! 만주로 끌고 갔답니다! 어서 일어나십시오!"

이경탁의 날벼락 같은 소리에 김선달은 벌떡 일어나며 다급하게 물었다.

"기게 무슨 소리니?"

"정만석 대감은 포로 심사하러 곽산으로 갔는데, 그 틈을 타서 조길상 그자가 밤새 포로들을 모두 옮겼다고 합니다."

이경탁의 말을 듣던 김선달은 반쯤 정신 나간 얼굴로 뛰쳐나갔다.

"스승님! 같이 가십시오!"

이경탁도 서둘러 김선달의 뒤를 쫓았다. 김선달과 이경탁은 다급히 정주성으로 들어갔다. 을씨년스럽기 그지없는 정주성은 아직도 피비린내가 진동했다. 그런데 어제까지만 해도 포로들을 가두어 두느라 경계가 삼엄했던 정주성은 텅 비어 있었고 포로들을 지키던 비적단들의 모습도 보이지 않았다. 김선달은 다리에 힘이 풀리며 주저앉았다.

어젯밤 조길상은 군졸들을 매수해 빼돌린 포로들을 모두 정주성 밖으로 데리고 나왔다. 영문도 모른 채 포로들은 조길상이 고용한 비적단에게 끌려갔다. 남자 포로들은 모두 죽고 노약자와 여자들만 남아 있는 상황이라 포로 이동이 쉽지가 않아 조길상의 속은 타들어갔다. 정만석의 눈을 피해 모은 포로들이라 낮에는 이동조차 할 수 없었고, 밤에만 움직일 수 있었다.

우여곡절 끝에 조길상은 겨우 포로들과 압록강변에 도착했다. 이제 압록강만 넘으면 설사 정만석에게 들통이 난다 해도 별 문제는 없었다. 야심한 밤을 틈타 조길상은 배를 이용해 포로들을 모두 압록강 너머로 이동시킨 후 서둘러 진대인의 막사가 있는 구련성까지 끌고 갔다. 구련성에 도착해서야 조길상은 한시름 놓았다.

진대인은 연경에서 만주까지 오는 내내 심기가 불편했다. 작년에 진대인은 홍삼 때문에 김선달에게 된통 당해 엄청난 손해를 봤다. 진대인은 지금도 작년 일을 생각하면 속이 뒤집힐 것 같았다. 올해는 어떻게든 작년에 손해 본 것 이상을 만회할 생각이었다. 그런데 생각지도 못한 '홍경래의 난'이 일어나는 바람에 홍삼은 구경도 못할 것 같아 걱정이었다. 그렇게 노심초사하고 있었는데, 조길상에게서 홍삼을 구해주겠다는 연통이 왔다. 단, 청나라로 들어갈 수 없으니, 가지러 올 것을 요구했다. 진대인은 패씸했지만 조길상의 요구를 들어줄 수밖에 없었다.

"홍삼은?"

거래를 위해 막사를 찾아온 조길상에게 앉으라는 말도 없이 진대인은 아주 딱딱한 어조로 물었다.

"그것은 다음에 가져올 것입니다. 상황이 급박해 이번은 포로만⋯⋯."

진대인의 태도에 조금 주눅이 든 조길상이 변명하듯 말했다.

"조선에 난리가 나서 홍삼이 못 온다기에 내가 여기까지 왔는데 빈손으로 와? 만 명을 데리고 온다던 노예 수도 한참 모자라는데다가 어린애에 부녀자들 아닌가. 이봐, 내가 호구로 보이나?"

진대인의 말소리에 노기가 서려 있었다.

"무슨 말씀을! 아니십니다."

어쩔 줄 몰라 안절부절못하는 조길상에게 진대인은 참는다는 듯 한숨을 쉬더니 손가락을 하나씩 접으며 단호한 어조로 세 가지를 요구했다.

"하나! 홍삼은 달포 안으로 와야 하네. 둘! 홍삼 가격은 근당 은자 오십 냥씩 쳐주겠네. 더 달라고 헛소리하면 앞으로 우리 청상인들하고 거래할 생각 말게. 셋! 밖에 노예들은 두당 열 냥씩 치겠네."

"아니, 약조하신 금액이 두당 열다섯 냥이신데! 더구나 홍삼 가격은 근당 백 냥은⋯⋯."

아무리 자신이 잘못했다고는 하나, 말도 안 되는 거래에 조길상은 기가 막혔다.

"지금 그 입으로 약조라 했나? 그 잘난 홍삼 받으러 감히 나를 여기까지 오게 하지 않았나? 더 할 말 있나?"

진대인의 위세 앞에 조길상은 차마 입을 뗄 수가 없었다. 그저 난감하고 막막할 뿐이었다.

느린 포로 이동 속도 덕분에 김선달과 이경탁은 곧 조길상을 따라잡아 구련성에 도착했다. 비적 복장을 구해 입은 두 사람은 포로들 주변을 걸으며 최유리와 김소월을 찾았다. 고된 행군에 지친 처참한 몰골의 사람들을 보며 김선달은 눈시울이 뜨거워졌다. 나라 잘못 만난 죄 때문에 이 고생을 하는 백성들을 보니 그저 기가 찰 따름이었다.

"스승님!"

이경탁의 부름에 김선달이 뒤를 돌아보니, 이경탁이 저 멀리 어딘가를 가리키고 있었다. 순간, 김선달의 입에서 헉 하는 탄식이 새어나왔다. 바로 최유리와 김소월이었다. 김선달은 최유리에게 눈을 고정한 채 성큼성큼 그녀에게 다가갔다. 최유리는 비적 복장을 한 남자가 자신에게 걸어오자 화들짝 놀라며 딸의 손을 잡더니 얼른 다른 곳으로 피하여 도망갔다. 이곳까지 오는 내내 비적들은 기회만 있으면 포로로 잡힌 여자들을 겁탈하려고 하였다. 그럴 때마다 조길상이 '자신의 재산에 털끝 하나라도 건드리면 가만히 안 둔다'고 엄포를 떨어서 겨우 봉변은 면했지만, 비적들은 기회가 있을 때마다 여자들을 건드렸다. 이런 속사정을 알 수 없는 김선달은 최유리가 몸을 피하자 서운해 그러는 줄 알았다.

김선달은 "임자! 임자!" 하며 최유리를 쫓아갔다. 순간 '임자'라는 소리 듣고 최유리가 걸음을 멈추었다. 최유리는 천천히 고개를 돌리고는 귀신이라도 본 듯 소스라치게 놀라며 그 자리에서 얼어붙었다.

"미안타, 나 때문에……. 조금만 기다리라. 내 값을 치르고 임자랑 소월이 풀어줄 거니까 진짜 미안타…… 정말 미안타."

몇 달 만에 꼬챙이처럼 비쩍 말라버린 최유리의 모습을 보고 김선달은 눈물을 흘리며 미안하다는 말을 반복했다. 최유리 역시 두 눈 가득 눈물이 차서 아무 말도 못하다가, 겨우 울음을 삼키며 말했다.

"나 좀 봐요. 저 좀 보세요."

최유리가 김선달의 얼굴에 자신의 얼굴을 바짝 갖다 대며 절박한 목소리로 말했다.

"여기 있는 사람들, 다 무고한 사람들이에요. 이 사람들을 최대한 구해주세요."

생각지도 못한 최유리의 말에 김선달은 잠시 자신의 귀를 의심했다.

'사람들을 구해주라니…….'

김선달은 뒤돌아 처참한 몰골의 삼천 백성들을 보았다. 근처에 있던 사람들이 너나할 것 없이 김선달을 바라보며, 크게 소리도 내지 못한 채 사정했다.

"저 좀 살려주세요. 살려주십시오……."

백성들이 웅성거리며 무슨 구세주라도 본 듯 김선달을 에워쌌고, 간절한 눈빛으로 그를 바라보았다. 잔뜩 겁을 먹은 채 너무나 애절하게 자신을 바라보는 그 눈빛들에 김선달은 숨이 멎을 것 같았다. 동시에 얼마 전부터 느끼는 '뭔가'가 가슴 저 밑에서부터 목구멍을 타고 올라오는 것이 느껴졌다. 김선달은 애써 그것을 외면하며 아래로 쓸어내리려고 안간힘을 썼다. 그런데…… 불현듯 오하석이 죽어 가면서 자신에게 남긴 말이 다시 떠올랐다.

'저 억울하구 불쌍한 백성들 좀 살펴주세요.'

김선달은 천천히 다시 한 번 삼천 백성들을 바라보다 문득 깨달았다. 이제야 자신의 마음속에 용솟음치던 뭔가의 정체를 뚜렷이 알 수 있었다. 김선달은 이제 더 이상 백성들의 눈빛을 외면할 자신이 없었다.

김선달은 잠시 눈을 감고 심호흡을 했다. 그리고 다짐하듯 최유리에게 말했다.

"알았소. 임자 말대루 여기 있는 사람들을 최대한 구하겠소. 조금만 기다리시오."

"여보, 나는 아니 구해줘도 됩니다. 여 어린 것들만이라도 꼭 좀 구해주시오."

최유리는 김선달에게 한 번 더 다짐을 받았다. 김선달은 잠시 아무 말 없이 최유리의 눈을 쳐다보았다. 지금까지 한 번도 이렇게 똑바로 최유리의 눈을 바라본 적이 없었다.

"너무 늦게 말하는 것 같아 미안하오만, 나 마지못해 임자 데리고 산 거 아니야. 이 풍진 세상에서 내게 온전히 같이하고 싶었던 사람은 유일하게 임자뿐이었네. 임자가 날 버려도 난 임자 못 떠나네."

김선달은 이십여 년 마음속에 담아두기만 했던 말을 드디어 풀어 놓았다. 진심이 담긴 김선달의 말에 최유리는 이제야 마음속에 응어리졌던 게 풀리는 것 같았다. 하지만 마음만 그럴 뿐 최유리는 어떠한 행동도 할 수가 없었다. 김선달 역시 최유리를 안아주고 싶었지만, 너무나 긴 세월 어색하게 살았던지라 쉽사리 몸이 움직이지 않았다.

두 사람은 그저 말없이 서로를 바라보며 서 있었다. 그런데 옆에서 이상한 소리가 들렸다. 몇 달 만에 만난 김소월과 이경탁이 부모 앞인 것도 잊고 진한 애정행각을 벌이고 있었다. 김선달은 이경탁의 귀를 잡아당겨 김소월과 떼어놓았다. 김선달은 아프다며 난리를 치는 이경탁을 끌고 진대인이 있는 막사 쪽으로 당당하게 걸어갔다.

"평안~하십니까? 사람 좀 사려구 일케 왔습니다."

협상이란 먼저 승기(勝氣)를 잡는 사람이 유리한 법이라, 김선달은 진대인의 막사 안으로 들어서며 일부러 다소 격앙된 목소리로 외쳤다. 그런데 먼저 막사 안으로 들어섰던 이경탁이 바짝 굳은 채 한마디도 통역하지 못하고 우두커니 서 있기만 했다. 김선달은 이경탁의 행동이 이상해서, 얼른 탁자에 앉아 있는 청나라 상인을 쳐다보았다.

'왜 하필 진대인이란 말인가!'

김선달의 얼굴에 낭패의 빛이 비쳤다. 탁자에 앉아 장부 일을 보던 진대인은 뭔가 이상한 낌새를 채고 천천히 안경을 벗으며 고개를 들었다. 순간, 그의 입가에 묘한 웃음이 번졌다.

"아는 얼굴이구만."

진대인은 아주 재미있다는 표정으로 김선달을 보고 빙그레 웃으며 말했다.

"오랜만에 뵙습니다. 그간 평안하셨는지요."

눈치 빠른 이경탁이 고개 숙여 최대한 부드러운 목소리로 인사하며 김선달을 툭 쳤다. 그제야 김선달도 민망한 얼굴로 아는 체를 했다.

"저번 일도 있고 내 은자 만 냥 드릴 터이니 포로들 다 넘기라 전해라."

김선달에게 만 냥은 정말 큰돈이었고, 노예의 시세를 알지 못하는 터라 나름 후하게 부른 금액이었다. 이경탁은 단어 하나 빠뜨리지 않고 통역하는데, 진대인이 다 듣고는 하하하 크게 웃더니 고개를 절레절레 흔들었다.

"이십육만 냥."

이경탁이 놀라서 얼굴이 딱딱하게 굳었다.

"왜?"

뭔가 심상치 않음을 깨달은 김선달이 물었다.

"이십육만 냥이랍니다."

"뭐? 이십육만? 잘못 들은 거 아니니?"

혹시나 하는 마음으로 이경탁이 진대인에게 되물어봤지만, 진대인의 표정만 보고도 김선달은 알 것 같았다.

"미친 거 아니냐구 물어봐."

진대인의 황당한 요구에 잠시 정신이 나가 김선달의 말을 그대로 옮기려다, 이경탁은 정신을 차리고 부드러운 미소를 지으며 되물었다.

"뭔가 계산이 잘못된 것 같습니다."

"아니, 계산은 아주 정확해. 연경에서 손해 본 게 이십만 냥, 포로 두당 이십 냥, 은자 이십육만 냥이야! 한 푼도 못 깎아!"

장사판에서 수십 년간 단련된 진대인이었다. 거래하려는 자의 얼굴만 보아도 상황이 어떤지 감이 왔다.

"연경에선 정말 죄송했습니다. 그럼 두 명만 사겠다고 하십니다."

눈치 빠른 이경탁이 이 거래에 김선달을 빼고 다시 거래를 시도했다.

"둘? 둘이면 이십만 사십 냥인가?"

'이십만 사십 냥'이란 소리에 이경탁의 얼굴은 실망감이 역력했다. 진대인이 오늘 아주 날을 잡은 듯했다.

"대체 둘이 뭐라는 거냐?"

"연경에서 홍삼으루 손해 본 것까지 토해 놓으랍니다. 기래서 저 사람들 다 사는 건 이십육만 냥이구 장모님이랑 소월이만 사는 것도 이십만 사십 냥이랍니다."

"누가 니 장모……."

지금 이 상황에 그것을 따질 겨를이 없는지라 김선달은 일단 입을 다물며 진대인을 노려보았다.

"그렇게 원수 보듯 노려볼 거 없다. 장사꾼이 이문 없이 손해 본 것만 지금 얘기하고 있다. 이문 붙여서 얘기할까?"

재빠르게 이경탁이 통역을 하자, 김선달은 결심한 듯 비장하게 진대인에게 말했다.

"하오지얼러! 이십육만 냥에 여기 백성 전부 다 사겠다고 해라."

이경탁은 너무 놀라 입을 다물지 못하고 멀뚱히 김선달만 쳐다보았다.

김선달은 이미 자신의 패를 진대인에게 들켰다고 판단했다. 작년과는 정반대의 상황인 것은 진대인이나 김선달, 둘 다 너무도 잘 알고 있었다.

"말 똑바로 전해라. 내 이십육만 냥 가지고 올 테니 저 사람들 어디 팔지 말고 여기서 꼼짝 말고 기다리라 해라. 내가 다시 사간다고."

말을 끝낸 김선달은 뒤도 안 돌아보고 나갔다. 이경탁은 말을 전할지 말지 잠시 고민하다, 결국은 진대인에게 전달하고 김선달을 따라 막사 밖으로 나갔다. 그 뒤로 진대인의 껄껄거리는 웃음소리가 들려왔다.

막사 밖으로 나온 김선달은 빠른 걸음으로 삼천 백성들을 가로질러갔다. 그들과 눈을 마주칠 자신이 없었다.

"기러지 말구 손이 닳더라도 진대인한테 싹싹 빌어서 장모님이랑 소월이만이라두 구해내야지요. 이러시면 어케 합니까?"

김선달의 뒤를 바짝 쫓으며 이경탁이 계속 투덜거렸다. 이경탁이 그러거나 말거나 김선달은 못 들은 척 앞으로 뚜벅뚜벅 걸었다.

"저는 안 갑니다. 절대 다시 소월이랑 안 헤어집니다."

이경탁은 아예 멈춰섰다. 김선달은 그제야 걸음을 멈추고 뒤돌아서 한참동안 이경탁을 뚫어지게 쳐다보더니 한마디 했다.

"네래 우리 소월이가 참말로 길케 좋니?"

"예! 소월이만 구할 수 있으면, 내래 뭔 짓이라도 할 겁니다."

김선달도 이경탁의 말처럼 최유리와 김소월만 사고 싶었다.

'구세주도 아니고 나라도 버린 백성들에게 내가 뭘 해줄 수 있겠는가?'

하지만 자신들을 구해주겠다는 말을 듣고 희망에 부풀어 있을 삼천 백성들의 얼굴을 떠올리자 김선달은 차마 그럴 수가 없었다. 또한 오하석의 얼굴이 눈앞에서 아른거렸다.

김선달은 결심한 듯 이경탁에게 말했다.

"임상옥한테 가자. 조선에 그만한 돈을 가진 사람은 임상옥뿐이다."

조덕영은 마구간에서 최근에 사들인 말을 열심히 손질하고 있었다. 귀양생활 시절 조덕영은 일을 도모할 때 기동력이 얼마나 중요한지 절실히 깨달았다. 그래서 귀양에서 돌아오자마자 조덕영은 거금을 주고 조선 팔도를 뒤져 천리마를 사들였다. 조덕영이 손질하고 있는 말이 바로 그 천리마(千里馬)였다.

"정만석 감사가 포로를 마구 풀어줘서 숫자를 못 채웠습니다. 도중에서 전비로 은자 육만 냥을 댔는데, 진대인한테 포로 값으로 은자 삼만 냥밖에 받질 못했습니다. 이러다가는 대행수 자리도 위태로울 것 같습니다. 이번에 홍삼을 넘기고 받은 돈 중 삼만 냥은……."

조길상은 울상을 지으며 조덕영에게 너무나 간절히 부탁했다.

"거래하다가 손해 보는 거야 상가지상사(商家之常事) 아니냐? 도중과 청나라 상인의 문제니 내 알 바 아니다. 괜히 머리만 쓰고 거간비 한 푼 못 받고, 쯧! 암튼 그딴 건 중요한 문제가 아니다. 네게 긴히 시킬 일이 있다."

아들인 조길상은 죽을상인데 정작 이 일을 시킨 조덕영은 너무나 태연하게 말했다. 조길상은 이번엔 또 무슨 소리를 하려나 초긴장한 얼굴로 조덕영을 바라보았다.

"홍경래가 말이야…… 서북 것들 중에 돈 좀 있는 놈들은 전부 건드렸는데, 의주의 임상옥이가 멀쩡한 게 영 수상하단 말이야. 아무리 생각해도 임상옥이를 그냥 뒀을 리가 없는데 말이다. 임상옥만 잡으면 박종경 대감의 돈줄을 끊는 것이다. 무슨 말인지 알겠느냐? 너는 미리 의주로 가서 놈의 오른팔을 잡아라."

조길상은 무슨 말인지 이해가 안 된다는 표정으로 조덕영을 바라보았다.

"임상옥의 오른팔을 잡아다가 의주목사 조희운에게 넘겨라. 이럴 때 우리 가문 사람이 의주목에 있으니 얼마나 좋으냐? 조희운에게 그놈과 이 편지를 주면 알아서 해줄 것이다. 너는 그걸 가지고 저번 송상 놈들에게 했듯이 하면 된다."

"임상옥이 박종경 대감에게 연통해서 반격하면 어쩌시렵니까?"

"임상옥은 분명히 주었다. 어쩌면 그 오른팔 놈이 사실을 자백할지도 모른다. 그놈의 자백만 있어도 임상옥 그놈은 제발 저려 재산을 토해낼 것이야. 흠, 이런 중요한 때에 조정에 등청해야 하는 것이 안타깝구나. 어서 가거라."

'홍경래의 난'은 조덕영에게는 하늘이 주신 선물과도 같았다. 난리 중에 송상들에게서 한몫 단단히 챙기더니, 이번에는 조선 최고의 갑부라는 소문이 난 임상옥까지 건들려고 했다.

이런 일은 다른 사람이 알기 전에 은밀하고 빠르게 처리해야 된다면서, 조덕영은 자신이 손질하던 천리마를 조길상에게 직접 내주며 의주로 보냈다.

　조길상은 이번 일을 잘 성사시키면 조덕영이 자신의 삼만 냥을 처리해 주지 않을까 하는 헛된 희망을 품고 온 힘을 다해 의주로 달려갔다. 의주에 도착하자 조길상은 곧 관아로 가서 집안 어르신인 조희운을 만나 조덕영이 써준 서찰과 함께 자초지종을 설명했다. 편지를 읽은 조희운은 당장 임상옥의 오른팔을 잡이들여 주리를 틀어 고신을 가했다. 얼마 견디지 못하고 임상옥의 오른팔은 모든 걸 자백했다. 조길상은 감영 한쪽 벽에 기대어 서서 그 모습을 지켜보고 있었는데, 표정이 몹시도 초조해 보였다. 조길상은 비록 몸은 여기 있으나 마음은 채우지 못한 도중의 돈 삼만 냥에 가 있었다.

　오른팔에게 받아낸 자백을 갖고 조길상은 임상옥의 집을 찾아갔다. 임상옥의 집 앞에 말을 멈춘 조길상은 엄청나게 높은 솟을대문을 보고 입이 쩍 벌어졌다. 조선은 모든 게 신분에 의해 결정되는 신분사회라, 궁궐과 사대부와 상민에 따라 집의 간(間) 수와 장식이 달랐다. 하지만 임상옥의 집은 그 모든 것을 무시하는 듯했다. 대문만 보고도 살짝 기가 눌린 조길상은 차마 집안으로 쉬이 들어가기가 그랬는지 잠시 문 앞에 서서 심호흡을 했다.

　"이리 오너라."

　솟을대문 앞에서 잠시 머뭇거리던 조길상은 일부러 기가 죽지 않으려는 듯 문을 세게 두드렸다. 안에서 '뉘시오?' 하는 청지기의 목소리가 들렸다. 조길상은 제법 위엄 있는 목소리로 '형조판서의 명'으로 왔다며 어서 문을 열라고 재촉했다. 청지기가 다급히 문을 열자, 조길상은 안으로 들어서며 임상옥을 찾았다.

"형조판서의 명으로 왔다더니, 한양 시전 도중 신임 대행수 아니신가?"

청지기의 안내를 받으며 방으로 들어서는 조길상을 보고 임상옥은 깜짝 놀랐다.

"맞소만, 오늘은 형조판서의 명으로 왔소이다."

조덕영이 자신의 아들을 보낸 걸 보면 뭔가 심상치 않은 일을 전하러 온 것이 틀림없었다. 아니나 다를까, 조길상은 자리에 앉자마자 피가 묻은 수결이 찍힌 자필 문서 하나를 임상옥 앞에 내놓았다. 임상옥은 한눈에 글씨의 주인이 누구인지 알아보았다. 그러고 보니, 엊그제 심부름을 보낸 자신의 심복이 보이지 않았다. 임상옥은 모른 척 문서를 경상 위에 펼쳐 놓고 천천히 보는데, 문서에는 임상옥이 홍경래에게 오만 냥을 주었고 그 심부름을 자신이 직접 했다는 내용이 적혀 있었다.

'어찌 조덕영 이자가 이런 일을⋯⋯.'

임상옥은 온몸이 떨렸지만 태연한 척 말했다.

"이게 뭐요?"

임상옥은 떨리는 목소리로 짐짓 모른 척 조길상에게 물었다.

"보신 그대로요."

조덕영은 역시 '조선의 조조'였다. 홍경래의 난 당시 임상옥은 반란자금 오만 냥을 댄 것을 숨기려고 의병까지 일으켜 반란군을 물리치는데 앞장섰다. 이 때문에 난이 끝나고 수많은 상인들이 피해를 보는데도 임상옥은 안전할 수 있었다. 그런데 오히려 조덕영은 그것을 이상하게 여긴 거였다.

임상옥은 마지막 방법을 쓸 요량으로 재빠르게 문서를 찢어 조길상에게 뿌리고 사랑방 문갑 서랍에서 호신용 권총을 꺼내어 조길상에게 겨누었다. 조길상의 눈빛이 살짝 흔들렸다. 이럴 때를 대비하여 조덕영은 조길상이 출발하기 전 앞으로 벌어질 수 있는 모든 상황에 대해 대처할 방법을 알려줬다.

'혹시 임상옥이 너에게 위해를 가하려 한다면 그건 진짜로 돈을 줘서 당황해서 그러는 것이다. 그때는 겁먹지 말고 이 말을 하면 너도 안전하고 임상옥도 그대로 할 것이야.'

조길상은 조덕영이 가르쳐준 방법을 상기하며 그대로 실행에 옮겼다.

"임대인, 앉으십시오. 상황 파악을 해보십시오. 형조관리가 안 오고 제가 왔음은 대인을 살리려 온 게 아니겠습니까?"

총구를 조길상에게 겨눈 임상옥의 눈이 심하게 흔들렸다. 조길상은 승기가 자신의 편으로 넘어왔음을 직감하며 조덕영의 말을 떠올렸다.

'임상옥 그놈 잡아봤자 좋을 건 조정뿐이다. 조정에 알리문 임상옥 재산을 나라가 갖게 되지 않느냐? 거래하자 해라. 임상옥도 좋고 우리도 좋으니. 임상옥 그자야 돈 버는 재주가 있으니 돈은 다시 벌라구 해. 목숨은 한번 잃으면 끝이고 게다가 놈의 식솔들 모두가 지옥에 던져지는 셈인데, 지두 살고 나두 사는 거 아니냐?'

눈치 빠른 임상옥은 자신이 조덕영의 덫에 걸려든 것을 깨달았다. 다급한 마음에 앞뒤 생각 못하고 괜히 총을 꺼내 속내와 정황만 들켜버린 셈이었다.

"기래서 거래 조건이 뭐요?"

이미 진 싸움이었다. 하지만 임상옥은 마지막까지 총을 거두지 않았다. 조길상은 빙긋 웃으며 조덕영의 뜻을 임상옥에게 전했다.

"전 재산을 넘기시오. 돈이야 언제든 다시 벌면 되지만 목숨이야 어디 그러합니까? 이 정도 자금을 대셨으면 임대인뿐 아니라 임대인 식솔들까지 모두 다칩니다. 또한 박종경 대감보다는 저희를 도우는 편이 어떠실지. 저희 대감마님이 받은 만큼 확실히 뒤를 봐줄 거라 하셨습니다. 우리 서로 상생하는 길을 찾음이 어떠하겠습니까?"

'전 재산이라……' 어려서부터 시장 바닥에서 장사로 잔뼈가 굵은 임상옥이었다. 계산에 있어서는 누구에게도 뒤지지 않았다. 임상옥은 조길상에게 겨눈 총을 천천히 내리며 계산을 시작했다.

김선달과 이경탁은 부벽루에 올라 강바람을 맞으며 서 있었다. 김선달은 침착하지만 복잡한 얼굴로 유유히 흘러가는 대동강을 뚫어질듯 바라보았다. 반면 이경탁은 똥마려운 강아지처럼 불안하게 부벽루를 왔다 갔다 하며 가만히 있지를 못했다. 솔직히 이경탁은 태평하게 강물만 쳐다보고 있는 김선달을 이해할 수 없었다.

"이제 어쩌실 겁니까? 말씀 좀 해보세요, 진짜. 답답해 죽겠네!"

좌불안석인 이경탁에게 눈길조차 주지 않은 채 김선달은 계속 대동강 물만 쳐다보았다.

"제가 가서 소월이하고 장모님만이라도 구해보겠습니다. 여, 계십시오."

사실 며칠 전 김선달은 돈을 빌리려고 임상옥을 찾아갔는데, 임상옥은 무슨 일인지 이불을 깔고 앓아누워 있었다. 김선달은 아픈 사람 붙들고 돈 얘기하는 게 좀 그랬지만 만주벌판에 두고 온 최유리와 김소월을 생각하면 앞뒤 가릴 상황이 아니었다.

"돈 좀 꿔줄 수 있니? 좀 많다. 은자로 이십오만 냥."

'어이구.' 임상옥은 일어나다 말고 다시 누워버렸다.

"형님, 제 병이 뭔지 아십니까?"

"미안하다. 많이 아파 보이는데 돈 얘기부터 꺼내서……."

갑자기 다시 울화통이 터지는지 이부자리를 박차고 벌떡 일어난 임상옥은 방방 뛰며 소리를 질렀다.

"화병입니다, 화병! 내 조덕영하구 그 아들놈한테 전 재산을 다 털렸수다!"

"그게 뭔 소리고?"

임상옥은 버럭 소리를 지르더니 힘이 다시 쭉 빠지는지 자리에 누워버렸다. 임상옥은 자리에 누운 채 기어들어가는 목소리로 그간의 사정을 김선달에게 털어 놓았다. 그렇다면 난리가 난 지금 조선에서 돈을 융통할 수 있는 사람은 딱 한 사람이었다.

"야, 경탁아."

김선달이 나지막하게 이경탁을 불렀다. 이미 김선달에게 단단히 삐친 이경탁은 대답하지 않았다.

"가자, 돈 구하러."

돈 구하러 간다는 소리에 이경탁의 얼굴에 화색이 돌았다.

"예? 어디로요?"

"지금 조선 천지에 돈 가진 놈은 조덕영 밖에 없지 않니? 기놈 돈으로 사야지. 산수가 안 그러니?"

도무지 알 수 없는 말을 내뱉고 김선달이 빠른 걸음으로 부벽루를 내려가자, 이경탁은 궁금함에 마음이 급해졌다.

"스승님! 장인어른!"

조덕영은 대문간에 서서 조길상을 목이 빠져라 기다리고 있었다. 조길상이 일을 잘 처리했다면, 임상옥이 전 재산은 아니더라도 절반 이상은 내놓았을 터였다. 조덕영은 조길상이 얼마나 받아왔는지 궁금해서 견딜 수가 없었다. 좌불안석인 채로 초조하게 대문 앞을 서성이는데 멀리서 말을 타고 달려오는 조길상의 모습이 보였다. 조덕영은 체면이고 뭐고 다 내팽개치고 조길상에게 득달같이 달려갔다. 자신을 그렇게 반기는 모습을 처음 본 조길상은 깜짝 놀라 말에서 내려 조덕영에게 인사했다.

"어찌 되었느냐?"

조길상은 임상옥에게 받은 어음을 쑥 내밀었다. 조덕영은 임상옥의 어음을 냉큼 받으며 생각만 해도 좋은지 얼굴에 함박웃음이 번졌다.

"길상아."

"예, 대감님."

"어디 한번 아버지라고 불러보아라."

"예? 아…… 아버님."

난생 처음 아버지라 부르니 조길상은 한없이 가슴이 뭉클해지면서도, 한편으로는 왠지 불안한 마음이 들었다.

"그래, 아들아! 내 너를 키운 보람이 있구나, 허허허. 얼른 안으로 들어가자. 고생했다, 고생했어!"

조덕영은 아들의 어깨를 토닥이며 얼른 사랑방으로 데리고 들어갔다.

"그래, 임상옥 이놈이 전 재산을 다 내놓았을 리는 없고……."

자리에 앉자마자 떨리는 손으로 겉봉을 열고 어음을 확인한 조덕영은 도저히 믿어지지 않는다는 표정으로 조길상에게 말했다.

"지금 여기 뭐라고 써진 게냐? 십만이라고 쓴 게 맞느냐?"

조길상은 의기양양한 표정을 지으며 자랑스럽게 대답했다.

"그렇사옵니다, 아버님. 자그마치 은자 십만 냥, 동전으론 사십만 냥이 옵니다."

조덕영은 어이가 없었다.

"이런 바보천치 같은 놈을 봤나! 임상옥의 재산은 대충 계산해도 최소 은자 오십만 냥, 아니 백만 냥도 될 터인데, 고작 은자 십만 냥을 받아왔 느냐?"

조길상은 당황스러웠다. 분명 임상옥은 이게 전 재산이라며 얼마나 죽는 소리를 했는지 모른다. 머리는 조덕영이가 한 수 위인지 모르지만 산수는 임상옥이 빨랐다.

"이런 명청이 같은 놈! 임상옥이 어떤 놈인지 조사도 안 하고 그냥 갔 더냐? 세상에 다시 안 올 기회를 놓치다니! 너만 잘했으면 박종경의 돈 줄을 끊고 우리 가문이 훨훨 날 기회였단 말이다!"

"그게…… 그럼 다시 가서 더 받아오겠습니다, 아버님."

조덕영은 '아버님'이란 말에 버럭 소리를 질렀다.

"대감마님!"

조길상의 얼굴에 서운함이 확 드러났다. 솔직히 임상옥의 총구가 자신을 겨누었을 때 조길상은 이제 죽는구나 싶었다. 조길상은 목숨을 걸고 받아온 돈이었다.

"예? 예…… 대감마님."

"이미 늦었다. 임상옥 그놈이 이런 거 보면 이미 박종경한테 다 연통 넣고 조치를 취했을 게다. 박종경 이놈이 내 목을 치려고 준비하고 있을 텐데……."

조길상은 조덕영 앞에 납작 엎드려 아무 말도 못했다. 문득 조길상은 도중의 일이 떠올랐다. 조덕영이 지시한 일을 해결하느라 잠시 도중의 삼만 냥을 잊고 있었다. 조길상은 상황이 상황인지라, 슬쩍 조덕영에게 도중에서 손해 본 삼만 냥 얘기를 꺼냈다.

"내 너를 대행수 자리에까지 앉혀주었으면 되었지, 도중의 빚까지 갚아 달라?"

조덕영이 얼음처럼 차가운 목소리로 빈정대며 말했다.

"이대로라면 대행수 자리에서 물러나야 할지도 모릅니다."

조길상이 끝까지 조덕영에게 매달렸다. 하지만 조덕영은 더 이상 듣기 싫은지 불쑥 김선달에 대해 물었다.

"그게 아직……."

"이 한심한 놈. 내 두 번 묻게 하지 말라 했지? 니놈이 어찌 이리 무능하단 말이냐. 일단 니 할 일부터 끝내라, 쯧쯧쯧."

꼭 마지막에 할 말이 없으면 조덕영은 김선달을 걸고 넘어졌다. 조길상은 아무리 아버지이지만 조덕영의 냉혹하고 집요함에 치가 떨리는 듯 고개를 절레절레 흔들었다.

아직도 바투의 무리들은 평양에서 김선달을 찾는 데 혈안이 되어 있었다. 그간의 사정을 알 일 없는 그들이 김선달을 못 찾는 것은 너무나 당연했다. 평양에 사는 김선달을 처리하라 했는데, 평양에 김선달이 없으니 처리할 방도가 있을 리 없었다. 하지만 이런 상황을 모른 채 김선달은 다시 평양으로 돌아왔다.

김선달은 평양으로 돌아오자마자 천봉석의 본거지로 찾아갔다. 난리 중에 죽은 줄만 알았던 김선달을 보고 천봉석은 눈물까지 흘리며 반가워했다.

"긴데, 몸을 조심하셔야지, 바투 애들 설치는 피양엔 왜 다시 왔습니까? 그 지독한 놈들이 아직도 형님 찾는다고 난리입니다. 형님을 제거하지 못하면 한양으로 못 돌아간다나."

천봉석은 김선달이 한없이 반가우면서도 한편으로는 걱정이 되었다.

"누구를 좀 작업하려고 왔다."

오랜만에 듣는 '작업'이라는 소리에 천봉석의 눈이 반짝했다. 김선달이 십 년 만에 작업을 한다면 작은 판은 아닐 터, 귀가 솔깃해지는 얘기였다.

"누굴 말입니까?"

"조덕영."

천봉석의 눈이 휘둥그레졌다. 김선달은 낮은 소리로 자신이 계획한 바를 천봉석에게 얘기했다. 김선달의 얘기를 한참 경청하던 천봉석이 기가 막힌다는 표정으로 그를 쳐다보았다.

"형님, 조덕영이가 바보 똥갠 줄 아십니까? 별명이 조좁다, 조조! 그 천하의 조덕영한테 대동강 물을 팔아먹겠다구요?"

"이기 조덕영이 생각이다. 조덕영 기자가 대동강 수세를 받겠다고 고민하는 것 같다고 니가 안 그랬나?"

천봉석이 어떻게 그걸 기억하냐는 듯한 표정을 지었다.

"직접 들은 건 아니구요, 저도 '그 사람'한테 전해들은 거라……."

"모든 일엔 명분이 중요한 기다. 기땐 명분이 없어 못했지만 지금은 애기가 될 기다. 민고는 바닥 났구 장사치고 뭐고 다 작살나서 당분간 돈 가져올 데두 없다. 난리 직후라 백성들도 반발 못한다고 생각할 거구. 다른 놈은 안 속아도 오히려 조덕영처럼 머리가 돌아가는 자가 속을 수 있다. 어케 할래?"

"아이참…… 기럼 성공하면 이 할 줘."

천봉석은 못 이기는 척 김선달의 제안을 받아들였다.

"일 할 주마, 이놈아. 백성 구하자고 하는 일인데."

"일 할 오 푼. 이 형 장사꾼 다 됐어. 눈 하나 깜빡 안 하구 깎네."

"기래, 난리 중에 죽은 장사치가 있기는 하냐?"

"남포에서 조그맣게 객주를 하던 최구중이란 자인데, 불행히도 난리 중에 그와 그의 인척들이 몰살됐답니다. 원래 평안도 사람이 아니구 한양 사람이라 여긴 기렇게 아는 사람도 많이 없구요. 기러구 보니 나도 이름만 들었지 얼굴은 모르는 이요. 내가 모르는 거 보면 얌전한 쫌생이였겠네."

"돌아가신 분한테 말하는 본새하고는. 그리고 무엇보다 착복관의 '그 사람'이 필요할 것 같긴 한데……."

"그 사람은 아무래도 좀……."

천봉석이 약간 꺼리는 눈치라, 김선달은 더 이상 '그 사람'에 관한 말을 하지 않았다.

"알았다. 그쪽은 좀 더 생각해보기로 하구, 이제부터 난 최구중이다. 그리고 판이 큰 만큼 사람들이 더 필요한데……."

김선달은 이번 판에 필요한 사람들을 쭉 떠올렸다. 먼저 유상들이 떠올랐다. 유상들을 떠올리자 김선달은 오영좌가 떠올랐고, 그제야 정주성 근처 야산에 묻고 온 오하석이 떠오르며 가슴이 턱 막혔다. 한참을 망설이던 김선달은 오영좌를 찾아갔다.

다음날 김선달은 오영좌를 데리고 정주성 근처 야산으로 갔다. 오하석의 시신을 본 오영좌는 오열했다. 그곳에 모인 사람들은 소리 내 말하진 않았지만 모두들 가슴속에서 불덩어리가 치솟아 오르는 것을 느꼈다. 관군들의 눈을 피해 조촐한 오하석의 장례가 치러졌다. 비석도 없는 조그마한 봉분 앞에서 오영좌는 한없이 눈물을 흘렸다. 김선달은 그저 먹먹한 얼굴로 오하석의 조그만 봉분을 바라보았다.

한참을 흐느끼던 오영좌는 눈물을 추스르며 김선달에게 감사의 인사를 전했다.

"덕분에 시신이나마 보존하게 됐소. 고마우이."

감사 인사도 받기 민망한 김선달은 아무 말도 못하고 가만히 서 있기만 하다가 조심스럽게 이야기를 꺼냈다.

"우리, 이렇게 당할 수만은 없지 않겠습니까? 갚아줘야지요."

김선달의 말에 아무도 입을 열지는 않았지만 모두들 눈으로는 강렬하게 동의하고 있었다.

홍경래의 난의 여파로 잠시 뜸했던 착복관은 다시 노름하는 사람들로 북적였다. 곽합은 개평을 뜯으며 여러 방을 돌더니, 오영좌와 유상들이 있는 상석방에 들어와 슬쩍 앉았다. 순간 오영좌와 유상들이 눈짓을 서로 주고받았다.

"평양에 휘대인 조카가 들어왔다는 소문이 있던데, 들었나?"

오영좌가 운을 떼자 대번에 곽합이 걸려들었다.

"청국엔 무슨 대인이 길케 많은지. 휘대인이 누구인감?"

"황실에 물건 납품하는 거상 휘대인이라고 있네. 우리가 납품하는 진대인도 그분한테는 일개 납품업자 수준이라네. 아, 빨리 하게."

"나도 의주 쪽에서 소문 들었소. 휘대인 조카가 들어왔다, 뭔가 피양감사랑 련관이 있다…… 아, 진짜 끗발 안 붙네."

유상 하나가 오영좌의 말을 거들며 나섰다.

"어이구, 내가 먹소. 듣자니 중국에서 사신이 오는데 민고가 바닥나서 평안감사가 청했다고 하던데."

주거니 받거니 오영좌와 유상 둘이서 떠들어대고, 뭐 주워 먹을 거 없나 하고 곽합은 집중해서 듣다가 살짝 끼어들었다.

"그런 분이 여 평양에 온다면 묵을 데가……."

"여기랑 기성권번에서 하는 을밀루, 다동관, 셋 중 하나에 안 묵을까?"

유상 하나가 얼른 곽합의 말을 받았다.

"암튼 그자와 연만 잘 만들면 우리 팔자도 피는 게 아니겠나? 신대인보다 휘대인한테 물건을 바루 대문 좋지 않겠나? 자고로 장사치는 귀가 좋아야 돼, 귀! 귀를 활짝 열구 있어야 돈이 들어오는 법일세."

오영좌가 곽합 들으라는 듯 일부러 강조하며 말했다.

"근데 우리 곽합께선 한양 안 가시나? 조대감이 요즘 잘 나간다던데."

"크큭, 한양서 새로운 합부인 들였으니 못 가는 거지."

오영좌와 유상들이 살짝 낚싯줄을 걸어놓고 슬쩍 빠지면서 놀리는 소리를 시작하자, 곽합은 짜증나는 표정을 짓다가 이내 표정 관리를 하며 말했다.

"내가 왜 서방님 안 따라가고 여 있는 줄 알아? 한양이 아무리 난리쳐도 여기 평양이 한양보다 돈이 더 돌아요. 그러니 2년에 한 번씩 평안감사들이 그렇게 해먹어도 버티는 거 아니겠어? 평양이 훨씬 뻥땅에 유리한데 내가 왜 한양엘 가?"

곽합은 공깃돌 집듯 후루룩 개평을 챙기며 유상들의 놀림을 유연하게 맞받아쳤다.

"원래 기생 인생이란 게 개평 인생이지."

말은 그렇게 했지만, 곽합은 속이 쓰린지 얼굴 표정이 그리 좋지는 않았다. 조덕영의 평안감사 시절과 너무나 달라진 자신의 처지를 생각하면 속상한데, 새로운 첩한테 밀린 퇴물 기생 취급까지 받자 울화가 치밀었다. 하지만 최대한 표정을 감추고 생글생글 웃는 표정으로 유상들을 상대했다. 그때, 어린 기생 하나가 들어와 곽합에게 귓속말로 뭔가를 얘기하자, 곽합은 살짝 놀라는 표정을 짓더니 얼른 밖으로 뛰쳐나갔다. 그 뒤에다 대고 유상 하나가 소리쳤다.

　"안 따라간 거네, 안 부르는 거네? 확실히 좀 하자우야!"

　곽합이 나가자 오영좌와 유상들은 지금까지 애써 짓던 밝은 표정들을 지우며 모두들 굳은 얼굴로 아무 말 없이 서로에게 수고했다는 눈짓만을 주고받았다.

　유상들에게 들은 얘기도 있고 해서 곽합은 한달음에 자신의 거처로 달려갔다. 그곳에는 최구중으로 변장한 김선달이 앉아 있었다. 김선달은 남포 쪽에서 조그마하게 객주 겸 여각을 하는 최가라고 자신을 소개한 뒤 착복관을 통째로 빌리고 싶다고 제안했다. 곽합은 처음 보는 얼굴이라 살짝 의심하며 물었다.

　"여각까지 하는 양반이 여기 착복관을 통째로 빌리시겠다니, 무엇을 하시려고? 투전판을 여실 것 같지는 않고. 그리고 여길 통으로 빌릴라문 값이 좀……."

　곽합이 말에 김선달은 은병이 가득 든 궤를 내놓았다.

　"이번에 모시는 손님이 워낙 귀한 분이라 일단 은자 백 냥을 선금으로 드리겠소. 기러고 여기 묵는 것도 비밀로 했으면 합니다만."

"비밀을 지키려면 뭘 알아야 지키는 법입니다. 혹시 휘?"

좀 전에 들은 얘기가 있어 곽합은 슬쩍 낚시를 걸었다. '휘'라는 말에 김선달은 일부러 소스라치게 놀라는 표정을 지어보였다.

"놀라지 마시오. 평양 하늘 아래 제가 모르는 게 있으면 그게 이상한 법입니다. 언제부터 묵으십니까?"

김선달은 혹시 누가 들을까 무섭단 표정으로 최대한 목소리를 낮추며 곽합에게 말했다.

"오늘 밤부터 묵을 겝니다. 기럼 저는 하던 일이 있어서 그만……."

서둘러 김선달이 나가려 하자 곽합이 그의 손목을 잡아 억지로 앉히며 물었다.

"제가 뭘 알아야 비밀을 지킨다니까요? 그 휘는 왜 왔을까요?"

김선달은 잠시 난감한 표정을 짓더니 이내 술술 털어 놓았다.

"허긴, 어차피 곧 온 평양이 알 일이니. 기것이……."

김선달이 곽합에게 귀엣말을 하자 그 말을 듣던 곽합의 눈이 휘둥그레지더니 밖으로 뛰쳐나갔다. 김선달은 묘한 웃음을 지으며 곽합의 뒷모습을 쳐다보았다.

곽합은 '언년아!' 소리쳐 부르며 복도를 달려 버선발로 마당을 건너더니 건너편 건물의 별실로 들어갔다. 별실 문을 여는 순간 곽합은 얼굴을 찌푸렸다. 술병이 방 안 가득 나뒹구는 가운데에 이불을 뒤집어쓴 누군가가 누워 있었다. 그 모습을 보고 곽합은 짜증이 밀려와 이불을 확 걷어내고, 하녀 언년이에게 당장 조길상의 옷을 대령하라고 소리쳤다.

"우리 요정 이름이 왜 착복관인 줄 알아?"

곽합은 아들의 옷고름을 묶으며 물었다.

"옷 입고 놀아서 착복관이야, 고급스럽게."

조길상이 아무 대답도 하지 않자 곽합은 스스로 대답했다.

"대감님은 왜 절 그리 미워하십니까? 대감님을 위해 몸이 부서져라 뛰었건만."

며칠 전 평양에 온 조길상은 방 안에 틀어박혀 술만 비웠다.

곽합은 금쪽같은 아들이 속상해 하자 마음이 아프기는 했지만 그래도 이성적으로 달랬다.

"널 미워하는 건 아니다. 그 양반 머리가 좋잖니. 머리 좋은 놈들 특징이 뭐야? 남이 하는 거 맘에 안 들어 하고, 남 안 믿고, 자기가 당한 거 기억했다가 꼭 갚고! 하여튼 속은 좁아터진데다가 뒤끝도 얼마나 많은지."

"그래도 제게는 아버지요, 어머님껜 지아비십니다. 말씀 삼가십시오."

"지아비는 개뿔. 니 아부지 새 첩 얻었지?"

조길상은 대답하지 않았다.

"이쁘니? 어리니?"

조길상은 이번에도 아무런 말을 하지 않았다.

"이쁘고 어리구나."

곽합은 그럴 줄 알았다는 표정을 짓더니, 갑자기 분위기를 바꾸며 수다스럽게 떠들어댔다.

"그래서 이 어미가 그랬잖아, 남는 건 삥땅이라구. 송상들도 그렇구, 이번 임상옥이도 그렇구, 뜯어낸 돈 삥땅 좀 쳐두라니까 그렇게 말 안 듣고 다 갖다 바치니. 너도 니 애비한테 어떤 도움이 될까를 생각하지 말고, 애비가 너한테 어떤 도움이 되나를 생각하면서 살라니까?"

곽합은 어린애 달래듯 살살 조길상을 가르쳤다. 그때 밖에서 우당탕 넘어지는 소리가 들리더니, 하인 하나가 방문을 벌컥 열며 다급하게 소리를 질렀다.

"강가에 쫌 나가 보시라야. 큰일 났습네다!"

하인을 따라 대동강가에 나온 조길상은 도무지 믿기지 않는 장면을 목격하고 입을 다물지 못했다. 언제 설치되었는지 강가에는 막사가 있었고, 그 앞에서 한 남자가 물지게꾼들에게 돈을 받고 있었다. 또 한쪽에선 가득 찬 돈궤를 좌르르르 자루에 쏟아 옮겨 담는 사람도 보였다. 강가에서 물을 뜬 사람들은 모두 막사 앞에 설치된 돈궤에 돈을 집어넣으며 지나갔다. 짤랑짤랑 돈궤에 엽전 떨어지는 소리가 들렸다. 보면서도 제 눈이 의심스러운 조길상은 천천히 돈궤를 지키고 앉아 있는 사내에게로 갔다.

"혹시 한양 시전 도중 신임 대행수 아니시오?"

최구중으로 변장한 김선달이 먼저 아는 체를 하자, 조길상은 고개를 갸우뚱했다.

"저는 남포에서 조그맣게 객주를 하는 최구중이라구 합니다. 시전 도중 대행수를 모르문 되겠습니까?"

"지금 이게 뭐하시는 겝니까?"

"보다시피 물세를 걷구 있습니다."

'물세를 걷다니?' 조길상은 처음 듣는 말에 그저 황당하다는 표정을 짓다가, 불현듯 뭔가가 떠올랐다. 생각해보니 조덕영이 언젠가 대동강 물세를 걷는 것에 대해 얘기한 적이 있었다.

"물세요? 그걸…… 누가 걷는단 말이오?"

"평안감사 허락 없이 대동강 물세를 걷을 수 있겠습니까? 공짜루 먹던 물 갑자기 돈 내라니까 고단한 백성들만 더 죽어나는 거지요. 저는 기냥 시키는 심부름에, 심부름에 심부름 정도 하는 거지요."

"평안감사가 갑자기 왜 물세를? 또 백성들은 그걸 그냥 낸단 말이오?"

"백성들이야 뭐 까라문 까는 거지 힘 있습니까? 난리가 났었잖습니까? 관군이라문 아주 치가 떨리게 무서워합니다. 평안감사두 뭐 필요한 돈이 있지 않겠습니까? 아, 긴데 이런 거 막 일케 말해두 되나? 나이 들더니 수다만 늘어가지고. 어디 가서 이 늙은이가 떠들더라고 절대루 말하시문 안 됩니다."

"다 같은 동업자끼리 뭘 그런 걱정을 다 하시오? 내 입은 무거우니 걱정 마오."

"동업자? 대행수께 기런 말 들으니 참 듣기 좋습니다, 헤헤."

김선달은 넉살좋은 웃음을 지으며 어떻게든 조길상의 비위를 맞추려 애썼다.

"그런데 내 얼핏 듣기론 이 수세권을 누구한테 판다 하던데……."

조길상의 말에 김선달은 깜짝 놀라는 표정을 지었다.

"아니, 그걸 어찌?"

"염려 마시오. 착복관 주인이 내 모친 되시오."

"아~ 그래서 이케 인물이 훤하시구만. 큼큼."

"그러지 말고 내게 자세히 말을 해보오."

"에헤, 그래도 함부로 얘기하기가……."

김선달은 잠시 머뭇거리더니 주위를 살피며 최대한 목소리를 낮추어 은밀하게 말했다.

"의주에 임가 성을 가진 큰 장사치가 있습니다. 평안감사가 그자에 게……"

"의주의 임상옥에게 말이오?"

"참 대단하오. 어찌 그리 다 아시오? 그 임상옥에게 평안감사가 돈 좀 꿔달라구 엄청 졸랐답니다. 긴데 임대인이 자기도 사정이 있어서 돈이 없다고 딱 잡아떼면서 청나라 거상한테 다릴 놔줬답니다. 긴데 뭐 청나 라 상인은 거저 돈 꿔줍니까? 뭔가 대가가 필요하겠지요?"

"그래서 대동강 수세권을 청나라 휘대인에게 넘겼다?"

"거 다 알면서 왜 물어보시오?"

김선달은 일부러 짜증 내는 연기를 했다. 조길상은 김선달에게 미안하 다는 표정을 지으며 계속 얘기해 보라고 재촉했다.

"그래서 평안감사가 휘대인에게 대동강 수세권을 팔려구 하는데, 아직 판 건 아니구 값을 결정해야 되잖습니까? 그래서 시범적으루 닷새간 물 셀 거둬보는 겁니다. 이게 제가 아는 전붑니다."

조길상이 알겠다는 듯 고개를 끄덕이는데, 누군가 막사의 천막을 벌컥 들추고 나오며 중국어로 마구 뭐라고 말했다.

"돈 자루 기런 데다 막 굴려놨다가 누가 집어가문 니가 책임질 거야? 네 돈 아니라구 막 하지 마. 일할 거믄 제대로 일하자구. 제대로!"

휘대인의 조카로 분장한 이경탁은 그럴 듯하게 중국어로 말했다.

김선달은 조길상에게 눈인사를 하고 쪼르르 막사로 달려가 돈 자루 나 르는 사람을 발로 차며 열심히 일하는 척했다. 모든 상황을 심각하게 지 켜보던 조길상은 천천히 발길을 돌렸다.

"헤에에엑! 애, 이거 진짜 자극적이고 뭐랄까, 막 그렇다! 그 궤짝이
돈으로 꽉 찼다는 거잖아?"

조길상에게서 이야기를 전해들은 곽합은 극도로 흥분한 얼굴로 가만
히 앉아 있지 못하고 방 안을 왔다 갔다 하며 고민하다가 결심한 듯 조길
상을 붙들고 말했다.

"애, 이거 우리 껴야 돼. 생각해봐, 정말정말 엄청난 삥땅을 칠 수 있
잖니. 니가 아부지 설득해서 사자 구래라. 더군다나 이거 원래 니 아부지
두 생각했던 거 아니니? 그때는 해봤자 딴 놈들 좋은 일 시킨다고 안 한
거지, 못한 게 아니야. 정말 우리 이거 껴야 돼. 대동강 물이 마르지 않는
한 삥땅도 맨날 칠 수 있구. 어머, 이게 웬일이니? 나 왜 이렇게 흥분되
지? 너 얼른 한양 다녀와라, 응?"

조길상 역시 구미가 확 당겼다. 무엇보다 도중의 삼만 냥을 갚아야 했
기 때문이었다.

다음날 곽합의 성화에 못 이겨 조길상은 서둘러 한양으로 달려가 현재
평양에서 벌어지는 상황을 조덕영에게 그대로 고했다.

"조선에서 나 말구 그런 생각을 해낸 이가 다름 아닌 정만석이라고?"

조길상에게서 이야기를 전해들은 조덕영은 깜짝 놀랐다.

"청국에는 이와 비슷한 일이 있다 합니다. 정만석 대감은 아마도 그걸
듣고……."

"허허, 내가 대륙에서 태어났더라면. 그래, 휘대인의 조카라 했느냐?"

조덕영은 잠시 생각하더니 조길상에게 이번에도 자신의 아끼는 천리
마를 내어주며 당장 평양으로 돌아가 휘대인을 만나라고 했다. 대문을

나선 조길상은 전속력으로 말을 달려 평양으로 향하였다. 천리마를 타고 달리며 조길상은 조덕영의 말을 되새겼다.

'일단 그 휘대인 조카란 놈을 잘 대접해서 구워삶아 놓아라. 그리고 정만석 배후에 누가 있는지 알아보아라. 정만석 그 고지식한 자가 이런 생각을 할 리가 없다. 그리고 임상옥이 다리를 놨다면 그자 집부터 뒤져봐야 할게다.'

아침부터 평양성 외곽에 있는 공터에 사람들이 미어터졌다. '누군가 돈을 나누어준다'는 소문을 듣고 백성들이 물밀듯이 공터로 몰려들었다. '난(難)'이 진압되고 나서 평양의 살림살이는 극도로 힘들어졌다. 굴뚝에서 연기가 피어오르는 날이 한 달에 며칠이 안 됐다. 이런 상황 속에 돈을 나누어준다니, 이 믿기지 않는 소문의 주인공이 누군지 백성들은 너무나 궁금하고 한편으로는 고맙기도 했다.

"형님, 기런데 이렇게 막 나눠줘도 되는 거요?"

공터에서 김선달의 지시 하에 천봉석과 그의 왈패들이 백성들에게 돈을 나누어주고 있었다. 돈을 받은 백성들은 김선달에게 몇 번이고 감사의 인사를 하며 돌아갔다. 옆에서 임상옥이 그 모습을 지켜보고 있었다. 조덕영을 작업한다는 말에 임상옥은 한달음에 의주에서 평양까지 달려왔다. 임상옥은 조덕영에게 '생돈'을 뜯긴 이후 억울하여 밤잠을 설친 적이 한두 번이 아니었다. 어찌하면 이 억울함을 풀까 고민하던 찰나에 김선달이 조덕영을 '작업'할 거라는 말을 듣고 두말 않고 합세했다.

"어제 나눠준 돈도 겨우 오 할이나 돌아왔나? 내가 볼 때 아무리 좋게 봐도 반 이상 회수가 안 된다고 봐. 기 난리 치르고 나서 여기 평양성 굴뚝 연기 꺼진 지 꽤 됐거덩. 당장 끼니도 없는 사람들인데 이렇게 막 나눠주문 일단 밥 해먹지, 이게…….”

천봉석이 뭔가 불안한 얼굴로 김선달에게 계속 구시렁댔다.

“굴뚝에서 연기가 안 나는 동네가 그게 사람 사는 동네니?”

김선달은 말을 하다 뭔가 깨달은 바가 있어 궤짝 위에 올라가 사람들에게 소리쳤다.

“평양 백성 여러분, 배가 고프시문 이 돈으로 곡식을 사구 땔감을 사서 밥을 해 드시오. 지금 나눠준 돈을 다 대동강으로 가져올 의무두, 필요두 없소이다. 여러분께 부탁드릴 것은 그 밥 한술 뜰 때 만주로 끌려가 추위에 떠는 우리 이웃들을 잊지 말아 달라는 겁니다.”

평양 백성들은 먹먹한 얼굴로 김선달의 얘기를 들었다. 돈을 받아가던 백성들은 김선달의 손을 잡으며 눈으로 무언(無言)의 말을 던지고 갔다. 김선달도 눈으로 무언의 답을 했다. 어린아이 하나가 간절한 눈으로 김선달을 쳐다보며 물었다.

“저…… 오마니가 아픈데 이거 써도 됩니까?”

김선달은 아이가 기특한지 돈을 더 집어주며 머리를 쓰다듬었다.

여기저기서 고맙다는 소리가 들려오자 인사를 받던 김선달은 임상옥을 돌아보며 한마디 했다.

“자네가 준 돈이니 자네한테 고마워할 일인데 인사를 내가 받네.”

임상옥은 괜찮다는 의미로 김선달에게 빙그레 웃어 보였다.

어려서부터 임상옥이 본 세상은 장사판이 전부였다. 이익이 없는 일은 해본 적도, 본 적도 없었다. 지금까지 자신이 알던 것과 전혀 다른 세상을 보는 임상옥의 눈빛이 몹시 복잡하고 혼란스러웠다.

　김선달과 이경탁은 평양성 밖 공터에서 오후 내내 돈을 나눠주고, 저녁이 되어서야 다시 최구중과 휘설중으로 변장하고는 지친 기색으로 터벅터벅 착복관으로 향했다.

　"사기 치는 게 쉬운 게 아니네. 힘들어 죽겠다, 야."

　녹초가 된 김선달이 죽는 소리를 하며 착복관 대문을 힘없이 열었다.

　순간, 곽합과 기생들이 청사초롱을 밝혀 놓고 일렬로 서서 배꼽인사를 했다.

　"어서 오십시오!"

　곽합이 밝게 웃으며 그들을 맞았다.

　"화닝강린(왕림해주서서 환영합니다). 귀한 손님이신데…… 저희가 조그맣게 주안상 좀 봐뒀습니다."

　조길상이 중국어로 이경탁에게 말했다.

　이미 짐작하고 있었던 일이지만 김선달은 당황한 척 연기했다. 곽합이 기생들에게 눈짓을 하자, 이경탁과 김선달에게 우르르 달려들어 그들을 착복관 특실로 데리고 갔다. 평양의 진미로 차려진 술상에 좌우로 기생을 끼고 앉은 이경탁은 오랜만에 진하게 놀아보려는지 아주 작정하고 덤벼들었다. 그 모습을 못마땅한 얼굴로 김선달이 흘깃거렸다.

　슬슬 술이 오른 이경탁은 일부러 중국어로 시끄럽게 떠들어대고, 조길상은 이경탁의 비위를 맞추느라 정신이 없었다.

　"아무래두 내가 저 사람 사위가 될 것 같습니다. 으하하하!"

　이경탁이 김선달을 가리키며 호탕하게 웃었다.

"최객주 집안과 사돈을 맺게 된단 말입니까?"

이경탁의 말을 듣고 조길상은 김선달에게 축하 인사를 했다.

"최객주, 잘 부탁합니다. 큰 경사에 감축 드립니다."

김선달은 무슨 상황인지 몰라 멀뚱하게 이경탁을 쳐다보았다.

"휘대인의 장인어른이 되신다면서요?"

순간, 김선달이 눈을 치켜뜨자 이경탁은 넉살을 떨었다.

"그러고 보니까 아직 허락을 안 받았나? 기 허락을 안 하믄 내 이 자리에서 바로 일어나 청으로 돌아가겠다고 전하시오."

조길상은 그대로 김선달에게 통역했다. 김선달은 '저 죽일 놈이…….' 하는 표정으로 이경탁을 쳐다보면서도 상황이 상황인지라 웃어 넘겼다.

"좋아. 여기서 딸을 내게 준다고 맹세하고, 그 맹세 깨면 손자는 언챙이고 손녀는 곰보가 될 거라고 말하시오."

조길상은 아주 흥미진진한 표정으로 김선달에게 그대로 통역했다.

김선달은 기가 막힌다는 얼굴로 이경탁을 한참 쳐다보았다. 아주 날을 잡은 이경탁은 김선달의 얼굴을 똑바로 쳐다보며 끝까지 으름장을 놓았다. 김선달도 이경탁의 눈을 피하지 않고 노려보았다. 두 사람은 한참을 눈으로 기 싸움을 벌였다.

"안 하면 나 가오!"

아무래도 끝이 안 날 것 같은지 이경탁이 먼저 자리에서 일어나는 척하며 입을 열었다. 어쩔 수 없이 김선달은 입술을 꽉 깨물며 말했다.

"내 딸을 휘대인에게 시집 보내겠소. 이 약조를 깨면 내 손자는 언챙이고 손녀는 곰보요."

김선달의 약조에 이경탁은 뭐가 그리 좋은지 '히힛, 하핫' 웃으며 술을 마구 퍼마셨다.

한편, 착복관 기생들은 대륙의 거상(居常)으로 분장한 이경탁에게 어떻게든 잘 보여서 한몫 잡으려고 너나 할 것 없이 달려들었다. 그중 한 기생이 일부러 이경탁에게 넘어지며 슬쩍 희롱했다.

"어머, 대륙 대인이시라 물건도 아주 그냥 장대하시네!"

좌중이 모두 자지러졌다. 이런 분위기에 익숙하지 않은 김선달은 점점 표정 관리가 안 되어, 결국 밖으로 나가버렸다.

밖으로 나온 김선달은 하릴없이 뒷마당을 서성였다. 오늘따라 유독 밤하늘이 새까맣고 별들이 반짝거렸다. 아름답게 빛나는 밤하늘을 바라보던 김선달은 깊은 한숨을 내쉬고는, 바지춤을 내려 오줌을 누었다. 인기척이 느껴져 뒤를 보니, 언제 나왔는지 이경탁이 서 있었다.

이경탁은 김선달 옆으로 가 자리를 잡고 일을 보았다. 김선달은 옷을 추스르고 가려다 슬쩍 이경탁의 물건을 보며 한마디 했다.

"크기에 비해 오줌발이 영……. 대륙 대인의 장대한 물건은 원래 기런가?"

"아유, 그케 빤히 보시니까 그러지요. 저리 가시라요."

"니가 왔어, 이놈아."

김선달은 주위를 둘러보더니 이경탁의 귀를 잡아당기며 조용히 얘기했다.

"우릴 이리 접대하는 걸로 봐서 조덕영도 이제 안 것 같다. 정신 바짝 차려."

"예."

평소와 달리 이경탁은 진지한 표정으로 대답했다. 그때 천봉석이 다급히 김선달이 있는 곳으로 다가왔다.

"그래, 서신은?"

며칠 전 김선달은 김정희에게 간곡히 부탁해 박종경의 글씨를 모방한 서신 하나를 쓰게 했다. 청나라 연행 길에 김정희의 글씨를 보고 김선달은 적잖이 놀랐다. 아직 나이가 어려서 그렇지 글씨로는 누구 하나 따라갈 수 없을 정도의 명필이었을 뿐만 아니라, 다른 사람의 글씨를 모방하는 데도 탁월한 재주가 있었다. 그것을 눈여겨보았던 김선달은 이번 판에 김정희를 끼워 넣었다. 김정희는 잠시 고민했지만 흔쾌히 김선달의 부탁을 들어주었다.

그렇게 김정희가 쓴 박종경의 위조편지를 임상옥에게 갖다 놓았다. 귀양 보낼 당시 정만석에게 치부책을 보낸 것이 박종경이었다는 사실을 조덕영은 알고 있었다. 그렇다면 조덕영은 정만석 뒤에 박종경이 있을 거라 예상할 것이고, 박종경의 자금줄은 바로 임상옥이었다. 조덕영이 함정에 빠질 거라고 김선달은 확신했다.

며칠 후 임상옥의 사랑방에 누군가 들어와 쑥대밭을 만들어 놓는 일이 일어났다. 임상옥은 하인들에게 버럭 소리 지르며 난리를 쳤지만, 하인들이 나가자 빙그레 웃음을 지었다.

"임상옥의 기별이 왔는데, 가져갔다고 합니다."

김선달은 알겠다는 표정을 지으며 고개를 끄덕였다.

"아, 기러고 이제 착복관 '그 사람' 한테도 알려야 되지 않겠니?"

김선달이 조심스럽게 말을 꺼냈다.

"네에, 그렇기는 한데……."

천봉석은 대답하면서도 조금 망설이는 표정을 지었다.

"그럼 기건 니가 알아서 해라."

김선달은 천봉석이 불편해 하는 것 같아서 더 이상 권하지 않았다.

치밀한 계획 하에 만들어진 위조서신은 임상옥을 거쳐 조덕영에게 들어갔다. 조덕영은 박종경의 서신이 함정인 줄은 꿈에도 모르고, 뭐 하나라도 놓칠까봐 꼼꼼히 읽었다.

> 자네가 바칠 돈이 없다 해도 나는 돈이 필요하네. 정만석
> 그자에게 내 알아듣게 연통 넣어 얘기해 놨으니 휘대인에
> 게 받은 돈의 반은 정만석에게 민고로 쓰게 하고 반은 버
> 가 받아 조정에서 쓰겠네.

"필체도 맞구나. 박종경이 임상옥을 통해서 청나라 휘대인을 소개받았고, 평안감사 정만석을 꼬셔서 대동강 수세권을 휘대인에게 팔아먹으려는 수작이다."

"어찌 하실런지요? 조정에 박종경 대감과 정만석 감사를 탄핵하시런지요?"

조길상이 궁금해서 물었다.

"아니다. 이번 기회를 그렇게 쓸 게 아니야. 잘만 하면 박종경도 잡고 정만석도 날리고, 대대손손 쓸 돈줄도 잡을 수 있겠어. 그 수모를 당하면서도 견디고 또 견딘 보람이 있구나. 수고했다, 길상아……."

조덕영은 이번엔 또 뭘 시키려는 것인지 나지막하고 부드럽게 조길상의 이름을 불렀다. 이제 많이 단련되어, 예전과 달리 조길상은 그리 감격하진 않았다.

"다 시키신 대로 한 것뿐이옵니다."

"그럼 내 시키는 대로 한 번 더 해라. 정만석이 그 휘대인이란 놈한테 수세권을 넘기길 기다린 다음에, 그걸 휘대인한테 다시 사들여야 한다. 무슨 말인지 알겠느냐? 조정에 대동강 수세권이 청인에게 있다고 알려야 하느니라. 그래야 수세권을 조정이 못 건드리고 우리 것이 되는 것이다. 알겠느냐?"

"예, 대감마님."

"이놈이? 대감은 무슨⋯⋯. 아버지라 부르라니까."

"김선달이란 자는 계속 찾고 있습니다요. 분부하신 일이 늦어져 죄송합니다."

조길상은 얼른 선수를 쳐서 김선달 이야기를 먼저 꺼냈다. 보나마나 조덕영이 김선달 얘기를 물을 게 뻔했다.

"죄송은 무슨. 그래그래, 좋구나. 하지만 만사불여튼튼이니 긴장 풀지 말고 의심도 풀지 마라. 알겠느냐?"

조길상은 대답 대신 고개를 숙여 알겠다는 표시를 했다. 조덕영은 아들의 태도가 데면데면한 것이 뭔가 마음에 걸렸다.

평양과 한양에서는 대동강 물을 파는 것에 대한 논의가 정신없이 이루어지고 있는데, 정작 평안감사인 정만석은 이 사실을 전혀 모르고 있었다. 그동안 포로 심사하러 이곳저곳 다니느라 정만석은 정신이 없었다. 이제 어느 정도 마무리되어 정만석은 정주성에 머물며 포로 심사를 한 공초를 정리하고 있었다.

정만석 옆에는 평양 소식을 전하러 온 부하가 공초 정리가 다 끝나기를 다소곳이 서서 기다리고 있었다. 부하를 너무 오래 기다리게 한 것이 미안했던지, 정만석은 공초에 시선을 둔 채 평양 소식을 물었다.

"요즘 평양은 어떤가?"

"사실 요즘 평양에서 기이한 일 두 가지가 동시에 벌어지고 있습니다."

그 말에 정만석이 그제야 공초에서 눈을 떼고 고개를 들었다.

"기이한 일이라니?"

"평안감사께서 청나라 상인에게 대동강 수세권을 판다는 소문이 떠돌았는데, 그즈음 몇 달 만에 마을마다 밥 짓는 연기가 피어오르고 있습니다."

"대동강 수세권이라니?"

"대동강 물을 떠갈 때 돈을 걷는다는 말입니다."

"그게 무슨 말도 안 되는 소리냐? 이렇게 어수선한 시기에 그런 불미스러운 소문이 있으면 절대 안 된다. 가서 소문의 근원을 철저히 파악하여라. 그리고 밥 짓는 연기가 몇 달 만에 피어오른다고?"

"예."

'대동강 수세권에 밥 짓는 연기라······.'

부하를 돌려보내고 정만석은 곰곰이 생각에 빠져 있다가 벌떡 자리에서 일어나서 밖으로 나갔다. 평양을 너무 오래 비워둔 것이 화근인 것 같았다.

"너 당장 가서 솜옷 좀 챙겨오너라."

"예? 오뉴월에 웬 솜옷을 찾으십니까?"

이부자리에 안합을 끼고 누워 만지작거리며 곰곰이 뭔가 생각하던 조덕영은 갑자기 벌떡 일어나더니 안합을 깨웠다.

"쓸데가 있느니, 얼른 가서 솜옷 좀 챙겨라. 내일 아침 조정에 나갈 때 입어야겠다."

조덕영은 안합을 내보내고 자리에서 일어나며 결심한 듯 중얼거렸다.

"내 직접 가봐야지, 그놈한테 맡겨서 될 일이 아니다."

다음날 안합이 챙겨온 솜옷을 입고 조덕영은 서둘러 입궐했다. 오뉴월에 솜옷을 입으니 조덕영의 온몸에서 땀이 비 오듯 흘렀다. 그렇게 땀을 줄줄 흘리며 근정전 기둥에 아픈 듯 가만히 기대어 있자 대신들이 의아해하며 질문했다.

"조대감, 어디 편찮으시오?"

"괘…… 괜찮습니다."

솜옷을 잔뜩 껴입은 조덕영은 땀을 뻘뻘 흘리며 기침을 쏟아냈다. 그 모습이 영 마땅치 않은지 박종경이 다시 물었다.

"괜찮긴, 거 땀이……. 의원은 만나보았소? 어디가 편찮으시답니까?"

조덕영은 다 죽어가는 목소리로 말했다.

"에…… 염병이랍니다."

순간, 대신들이 화들짝 놀라며 일제히 조덕영에게서 멀어졌다.

"이런 염병할……."

누구보다 멀찍이 떨어진 박종경이 짜증난다는 말투로 불쑥 내뱉었다. 대신들은 조덕영에게 얼른 퇴청하라고 한마디씩 쏟아냈다. 혹시나 전염이라도 될까봐 대신들은 노심초사했다.

"괜찮소이다. 컥컥. 정의 업무가 막중하니 어여 일들 봅시다."

조덕영이 기침을 하며 끝까지 자리를 지켰다.

"그러다 행여 전하에게 전염이라도 되면 어쩌려 하시오? 그것이 더한 불충이오. 어여 들어가 치료부터 하시오."

조덕영이 들어갈 기미를 보이지 않자 김조순이 '임금'까지 들먹이며 퇴청을 재촉했다.

"그…… 그럴까요? 전하께옵서 이런 흉측한 병에 걸리시면, 컥컥."

"우리가 전하께는 공의 충정을 얘기할 터이니 어여 들어가시오. 진짜 전하에게 전염되기라도 하면 그런 불충이 또 어딨겠소?"

조덕영은 그럴싸한 연기로 여우 같은 김조순도 속여 넘겼다.

"예, 그럼, 컥컥, 송구하옵니다."

조덕영은 금방이라도 숨이 넘어갈 듯이 콜록거리며, 입직승지에게 병가를 내고는 근정전 회랑을 기우뚱 기우뚱 힘없이 걸어 나갔다. 그렇게 한참을 걷던 조덕영이 근정전과 멀어질수록 점점 발걸음에 힘이 붙더니, 근정전에서 벗어나자 솜옷을 벗어젖히며 뛸 듯이 대궐을 빠져나갔다.

퇴궐을 하고 집으로 돌아온 조덕영은 마구간에 매어 있던 천리마를 타고 전속력으로 평양을 향해 달렸다. 자칫 뜸을 들이다가 박종경이나 다른 사람 귀에 들어가는 날이면 모든 게 끝장이었다. 이런 일은 순식간에 해치워야 아무 탈이 없는 것이었다.

천리마를 타고 한달음에 평양까지 달려 착복관에 도착한 조덕영은 사람들 눈에 띄지 않게 뒷문으로 들어갔다. 기별을 받고 마중 나온 곽합과 조길상은 아랫것들을 멀리한 채 조덕영을 맞았다.

"대감마님, 어찌 여기까지!"

"어허~ 아버지라 부르라니까."

조덕영은 갑자기 또 무슨 바람이 불었는지 조길상에게 살갑게 굴었다. 하지만 여러 번 당했던 터라 조길상은 '아버지'라 부르지 않았다. 이에 눈치 빠른 곽합이 얼른 조덕영의 말을 맞받아쳤다

"웬일이세요? 아버지라 부르라 그러고."

"흐흠, 아들이 아버지를 아버지라 부르는 거야 당연하지 않소. 하여간, 내 조정엔 병가를 내고 왔으니 내가 평양에 있는 게 알려져선 안 된다. 그러니 특히 가까운 아랫것들 입조심 시키고."

조덕영은 손가락을 입술에 대며 조용하라는 표시를 하고는 엉거주춤 오리걸음으로 안으로 들어갔다.

"그거야 걱정 마시고. 그런데 걸음걸이가 왜⋯⋯?"

"주구장창 말을 타고 달렸더니……. 들어가세. 그보다 얘기는 어디까지 진행되었느냐?"

조덕영은 궁금한 마음에 방에 들기도 전에 조길상에게 다그쳐 물었다.

"내일 휘대인을 만나기로 했습니다."

"그래그래, 잘했다! 이런 일은 뒤탈이 생기기 전에 후딱 해치워야 하느니."

다음날 착복관 특실에서 이경탁과 조길상은 은밀한 만남을 가졌다. 조덕영의 지시를 받고 나와 사뭇 진지한 조길상과는 달리 이경탁은 통이 크다는 것을 보여주려는 듯 대동강 수세권 따위에는 관심 없는 것처럼 허세를 부렸다.

"인수 비용은 정하셨습니까?"

조길상이 조심스레 물었다.

"이번에 시범적으루 닷새 동안 조선 동전으로 이천칠, 팔백 냥 정도 했으니까 어림잡아 달포에 일만 육칠천 냥, 일 년이문 얼추 이십만 냥이구, 그럼 우리 청은으론 오만 냥 정도…… 이십 년 징세 계약이니 은자 백만 냥 정도 가져간다는 얘긴데, 그러면 대충 뭐 은자 오십만 냥 정도 던져주면 안 되겠소?"

"만약에 말입니다. 대동강 수세권을 되파실 의향이 있으신지요. 만약에 있으시다면, 숙부께선 그 가격으로 얼마를 생각하시는지……."

조길상이 조심스레 휘대인으로 분장한 이경탁에게 의향을 물었다. 이경탁은 잠시 조길상을 빤히 쳐다보더니, '그럴 줄 알았다'는 표정을 지으며 대답했다.

"우리 숙부께서 한 해 구천만 냥 정도 움직입니다. 한 삼 년 안에 일억 냥 돌파하겠지요? 이깟 몇 십만 냥쯤, 내가 기냥 대동강 수세권을 사지 않기로 결정했구, 잠시 평양에서 유람이나 즐겼데두 숙부께서 전혀 뭐라 하지 않으실 겁니다."

"그렇습니까?"

"선수는 선수를 알아보지요. 십만 냥 얹어 주시오. 그럼 내 넘기지요."

"그럼 내일 수세를 제가 한번 걷어 봐도 되겠습니까?"

"하오지얼러."

이경탁은 별 관심이 없다는 듯이 말하고는 대낮부터 기생을 찾았다. 조길상은 술상과 기생들을 특실 안으로 들여보내고, 자신은 조용히 조덕영이 묵는 방을 찾아 이경탁의 말을 전했다. 조덕영은 속고 있다는 것을 전혀 눈치 채지 못한 채 그저 싱글벙글했다.

원래 조덕영은 의심이 많은 자였다. 그런데 이상하게도 이번 일은 과거에 자신도 생각했던 일이라 그런지 모든 게 그럴듯해 보였다.

다음날, 날이 밝기가 무섭게 변장한 조덕영은 조길상과 곽합을 대동하여 강가에 나왔다. 이른 아침인데도 사람들은 벌써부터 물을 긷고 있었다. 조덕영은 눈짓으로 조길상에게 돈궤가 있는 곳으로 가서 앉으라 하고 자신은 멀찍이 서서 지켜보았다. 물을 긷고 그냥 가려던 평양 백성들은 조길상이 앉자 한번 흘깃 쳐다보더니, 돈궤에 돈을 넣기 시작했다. 신기하게도 누구 하나 거부하지 않고 돈궤에 돈을 넣었다. 멀리서 지켜보던 조덕영의 입가에 미소가 번졌다.

한편, 아침부터 할 일 없이 강변을 어슬렁거리던 구중희와 강정구는 사람들이 돈을 내는 것을 보고 이상해서 백성들에게 어찌된 상황인지 물었다.

"법이 바뀐 거 몰랐소? 평안감사가 수세를 내라 했소이다. 벌써 며칠 됐는데 아직도 모르는 사람이 있나?"

"수세요? 언제부터요? 형님 아셨어요?"

"아니, 금시초문이다. 좌수나리도 모르는 걸 창감인 내가 어케 알간?"

"이럴 때만 나보고 좌수나리래."

그때 그들 앞으로 험상궂은 얼굴의 남자가 불쑥 나타나더니 다짜고짜 김선달을 아는지 물었다. 가만 보니 여기저기서 시커먼 사내들이 평양 백성들에게 김선달의 존재를 묻고 다니고 있었다. 모두들 바투의 부하였다. 바투가 평양에 온 지도 벌써 몇 개월째였다. 바투는 생각할수록 화가 치밀어 올랐다. 평양을 이 잡듯 뒤지고 다녀도 어찌된 일인지 김선달은 코빼기도 보이지 않았다. 이건 분명 난리 중에 어찌 된 게 틀림없는데, 조길상은 자신만 닦달했다. 점점 열이 오른 바투는 조길상의 명령을 떠나 미꾸라지 같은 김선달을 꼭 잡고 싶었다. 그런데 어찌된 것인지 평양 백성이면 김선달을 모를 리 없을 터인데 마치 약속이라도 한 듯 모두들 모르겠다고 잡아뗐다. 이런 사정을 알 일 없는 구중희와 강정구는 오지랖을 떨며 아는 체를 했다.

"우리가 아오. 우리 스승님이오."

두 사람이 대답하자마자 바투의 부하들이 우르르 몰려들더니, 순식간에 두 사람을 어디론가 끌고 가버렸다. 영문도 모른 채 구중희와 강정구는 저항 한번 못하고 속절없이 그들에게 끌려갔다.

한편, 궤짝에는 금세 동전이 가득 찼고, 조길상은 하인에게 가득 찬 궤짝을 옮기고 새 궤짝을 가져오게 했다. 생각보다 훨씬 빨리 궤짝에 동전이 가득 찼다. 평양 백성들은 물을 퍼가며 누구 하나 군소리 없이 궤짝에 돈을 넣었다.

조덕영은 어제 잠깐 의심했었지만, 오늘 눈으로 직접 보니 더더욱 확신이 들었다. 평양 백성의 수가 얼마인데, 저 모든 사람들이 누구 하나 군말 없이 물세를 내고 있으니, 어찌 이게 거짓일 수 있단 말인가?

"며칠 새 애들이 계속 당하고 있습니다."

거적으로 덮인 피투성이 주검 한 구를 앞에 두고 천봉석이 굵은 눈물을 떨어뜨리며 비통하게 말했다. 요 며칠 천봉석의 부하들이 바투의 무리로부터 습격을 당해 다치고 깨지더니, 급기야 오늘은 살해당했다.

"또 그 몽골놈들이니?"

천봉석이 말없이 고개만 끄덕였다.

"미안하다, 나 때문에……."

모든 게 자신 때문인 것 같아 김선달은 천봉석의 얼굴을 쳐다보지도 못한 채 고개를 숙이고 말했다.

"내 이놈들을 그냥! 야, 애들 다 모으라! 내 이놈들한테 복수를 못하면 천가 성을 갈갔소. 형님, 나 말리지 마소. 이제 나 없어도 되잖소. 내 그 놈을 죽여야겠소."

천봉석은 생각할수록 분통이 터져 미칠 것 같았다. 십 년 넘게 동고 동락한 부하의 죽음 앞에서 천봉석은 복수 외에는 아무 생각도 들지 않았다.

"기래, 기렇게 하자! 기런데 기렇게 막무가내루 싸우면 다친다. 나를 미끼루 쓰라."

"예? 형님은 아직 거사가……."

"더 이상 봉석의 동생들이 죽으면, 역시 거사는 성공할 수 없어. 바투를 제거하는 것이 옳은 순서야."

천봉석이 한양에서 십 년을 따라다닌 이유가 바로 김선달의 이런 점 때문이었다. 천봉석은 김선달의 손을 털썩 잡으며 젖은 목소리로 말했다.

"형님! 고맙습니다."

"간지럽게 왜 기러네? 이 손 좀 놔라. 사내자식이 눈물은. 잘 들어보라. 병법 최고의 전술은 매복 기습이고 매복을 하려면 미끼를 잘 써야 되는 법이야."

김선달은 천봉석에게 바투를 제거할 계획을 조곤조곤 설명했다. 천봉석은 무슨 말인지 다 이해할 수는 없었지만, 김선달이 하는 일이라 무조건 고개를 끄덕이며 동의했다.

그 시각, 조길상은 착복관의 안방에 앉아 부지런히 장부를 맞추느라 여념이 없었다.

"애, 애! 뺑땅! 뻥~땅!"

너무나 정직하게 장부를 맞추는 조길상을 답답해 미칠 것 같은 표정으로 쳐다보던 곽합이 온몸을 던져 장부를 막으며 빽 소리 질렀다.

"나중에 다 되고 나서 그때 하십시오. 비키십시오."

"어휴, 쟤는 도대체 누굴 닮은 거야? 지 애비랑은 완전 딴판이니…….
아이참, 기어이 그 애길 해줘야 되나?"

뭔가 얘기하려고 입을 떼던 곽합은 조길상이 자신을 빤히 쳐다보자 입을 다물고 말았다. 조길상은 잠시 조덕영을 떠올리며 '지 애비랑 딴판'이라는 말이 무슨 말인지 이해해보려고 하였다.

"아니다, 괜히 일 그르칠라⋯⋯."

곽합은 입을 다물며 한숨을 쉬더니 아들을 그냥 내버려 두었다. 조길상은 한참을 끙끙대며 장부와 씨름하더니, 동전 하나까지 놓치지 않고 깔끔하게 마무리한 후 조덕영을 찾았다.

"총 오백사십팔 냥 칠십사 전 육 푼이옵니다."

"흠, 좋구나. 아주 잘했다. 근데 그자가 은자 육십만 냥을 불렀다는 거지?"

'이십 년에 은자 백만 냥인데 육십만을 달라⋯⋯.'

조덕영은 잠시 고민에 빠졌다. 은자 육십만 냥이면 조덕영의 거의 전 재산을 긁어모아도 부족한 상황이었다.

'그래, 세금이야 계속 올리면 되는 것. 이십 년에 은자 이백만 냥을 못 채울까?'

조덕영은 결심이 선 듯 조길상에게 대동강 수세권을 사라고 지시했다.

홍경래의 난의 여파가 아직까지 남아 있었지만 그래도 초저녁 평양의 저잣거리는 제법 시끌벅적했다. 많은 평양의 유상들이 다치기는 했어도 청천강 이북에서 일어난 일이라 평양은 피해가 덜해서 다른 고을들보다는 형편이 나은 편이었다. 아직 한줌의 햇살이 남은 초저녁 주막에서 김선달은 혼자 국밥을 먹고 있었다. 김선달은 마치 자신의 존재를 사람들에게 알리려는 듯 일부러 고개를 번쩍 들어 주위를 두리번거리기도 하고 헛기침도 하면서 최대한 눈에 띄려고 노력했다. 마침 누군가를 찾는 듯 저잣거리를 배회하던 구중희와 강정구가 김선달을 발견했다. 두 사람은 봐서는 안 될 사람을 보기라도 한 듯이 소스라치게 놀랐다. 어쩔 줄 모르고 우왕좌왕하던 두 사람은 잠시 서로 마주보고 심호흡을 하더니, 구중희는 어딘가로 달려가고 강정구는 주막으로 들어가 김선달을 아는 체했다.

"스승님…… 아니십니까?"

강정구의 목소리가 미세하게 떨렸다.

"오, 정구야!"

김선달이 강정구를 반갑게 맞았다. 김선달을 잠시 바라보던 강정구가 울먹이는 목소리로 다급하게 말했다.

"스승님! 빨리 도망가세요. 이제 곧 바투란 자가 올 겁니다. 어서 일어서십쇼. 중희 형님은 가족이 인질루 잡혀서리……."

막상 김선달을 주막에 잡아두려고 들어왔지만, 강정구는 스승을 보자 마음이 약해져 모든 것을 털어놓고 말았다.

"걱정 마라, 너나 빨리 피하라."

"그럼 제가 관군을 데려오갔습니다."

얼마나 바투의 무리에게 당했는지 강정구는 얼굴이 새파랗게 질린 채 주막을 뛰쳐나갔다.

김선달은 식사를 마치고 가만히 눈을 감은 채 바투의 무리를 기다렸다.

잠시 후 바투와 그의 수하들 손에 구중희가 주막으로 끌려왔다. 동시에 주막 여기저기서 밥을 먹거나 술을 마시던 손님들이 다들 정색하며 고요해지더니 각자 숨겨둔 무기를 슬그머니 움켜쥐었다. 사실, 주막에 있던 손님들은 모두 천봉석의 부하들이었다.

구중희는 스승의 얼굴은 쳐다보지도 못한 채 김선달을 가리켰다. 동시에 바투와 부하들이 구중희를 놔주었다. 구중희는 미안한 마음에 김선달을 한번 슬쩍 쳐다보더니, 밖으로 뛰쳐나갔다.

김선달은 바투와 그의 부하들이 다가왔지만 미동도 않고 앉아 있었다. 김선달의 코앞에까지 다가온 바투와 그의 부하들이 김선달을 공격하려는데, 천봉석과 그의 왈패들이 바투와 그 부하들 앞을 가로막으며 기습했다. 일대 대격돌이 벌어졌지만, 선제 공격한 천봉석 쪽에 유리하게 돌아갔다.

"이기 평양 바치기 맛이야!"

천봉석 부하 중 한 명이 바투의 부하를 박치기로 냅다 후려갈겼다. 하나둘씩 부하들이 나가떨어지자 열이 받은 바투는 눈이 뒤집혀 천봉석의 부하들을 집어던지기 시작했다.

어찌나 힘이 센지 주먹으로 한번 칠 때마다 천봉석의 부하들은 추풍낙엽처럼 우수수 나가떨어졌고, 마지막으로 천봉석과 김선달 둘만 남았다. 바투는 먼저 천봉석을 공격했다. 완력이면 누구에게도 뒤지지 않는 천봉석이었지만 바투에게는 상대가 되지 않았다. 바투는 천봉석을 번쩍 들어올리더니 집어던졌다.

그리고 마지막으로 김선달을 던져버렸다. 바투의 공격에 속수무책으로 당한 김선달은 바닥에 널브러진 채 정신을 수습하려고 안간힘을 썼다. 하지만 어디가 다쳤는지 몸을 가누기도 힘들었다. 그 틈을 타서 바투가 옆에 있던 절굿공이를 들고 김선달을 후려칠 요량으로 다가왔다. 바투는 빙글빙글 웃으며 김선달을 향해 천천히 걸어왔다. 드디어 김선달을 잡게 된 바투는 최대한 그 기쁨을 만끽하고 싶었다. 바투는 김선달 바로 앞까지 와서 비릿한 웃음을 지으며 절굿공이를 힘껏 들어 올렸다. 김선달은 이제 꼼짝없이 죽었구나 하는 생각에 눈이 절로 감겨졌다. 그때였다.

"꼼짝 마라!"

"저놈들 잡아라!"

어디선가 관군들의 목소리가 들려왔다. 김선달이 깜짝 놀라 눈을 번쩍 뜨니, 눈앞에 강정구와 관군들이 서 있었다. 관군들 소리에 천봉석과 왈패들, 그리고 바투는 어느새 도망치고 없었다. 주막엔 바투 부하들의 주검과 부상자들, 그리고 나가떨어진 김선달만 남아 있었다.

"누가 김선달이냐?"

"이분이 김선달 님이십니다."

강정구는 의기양양하게 김선달을 가리키며 말했다.

"유언비어를 유포한 김사원은 평안감사의 명을 받아라!"

스승을 잡아간다는 소리에 강정구는 깜짝 놀랐다.

관군들은 천봉석과 바투의 패싸움을 말리기 위해 온 것이 아니었다. 이런 황당한 사실에 강정구는 얼굴도 못 들고 난감해 하고, 김선달은 강정구에게 괜찮다는 미소를 지었다. 한편, 주막 뒤에 숨은 바투는 끌려가는 김선달을 보며 이를 갈았다.

김선달은 바투를 잡으려다 엉뚱하게 포승줄에 묶여 선화당에 있는 정만석 앞에 끌려왔다.

"비록 자넬 두 번 봤지만, 난 그래도 자네가 백성을 생각하는 괜찮은 선비라고 생각해왔네. 헌데 내가 중국의 상인에게 대동강 물을 판다는 유언비어를 퍼뜨린 자가 자네라니……. 자네가 아니라 다른 놈이 그랬다면 일단 물고를 내고 물었을 일이야. 대체 그런 해괴한 유언비어를 퍼뜨리는 이유가 뭔가?"

도대체 납득할 수가 없어 정만석은 김선달을 뚫어지게 쳐다보며 말했다. 김선달은 말없이 평안감사를 쳐다보다가 결심한 듯 말했다.

"주변을 물려주시면 말씀 올리겠습니다."

정만석은 잠시 생각하더니 모두에게 물러가라고 손짓했다. 아무도 없는 텅 빈 선화당 마당에 김선달과 정만석 단둘이 남게 되자, 두 사람 사이에 팽팽한 긴장감이 감돌았다. 김선달과 정만석은 서로 쳐다보기만 할 뿐 한참동안 아무 말도 하지 않았다. 긴 침묵의 시간이 지나고, 김선달은 의미심장한 얼굴로 먼저 입을 열었다.

"대감께 하나만 묻겠습니다. 대체 이 나라는 누구의 것입니까? 임금의 것입니까, 사대부의 것입니까, 아니면 외척의 것입니까?"

"그 질문이랑 자네가 퍼뜨린 그 허무맹랑한 유언비어랑 무슨 상관인가?"

"지금 이 나라는 무고한 삼천 명의 백성을 청나라에 노예로 팔아버렸습니다. 비록 이 땅에서 잘 살게 하진 못하더라도, 최소한 남의 땅에서 노예로 살게 하면 안 되는 것 아닙니까? 조선 통치이념인 성리학에서 '민심은 곧 천심이라' 했고, '백성이 곧 하늘이다'라고 했습니다. 이 말은 곧 평안도는 평안도 백성이고, 조선은 조선 백성이란 뜻 아닙니까? 그 팔려 간 삼천 백성은 어느 나라 백성입니까?"

"그거야……."

정만석은 뭔가 말을 하려다 입을 다물었다. 솔직히 뭐라 답할 말이 없는 게 사실이었다. 김선달의 물음은 송곳처럼 날카로웠다. 정만석은 한마디도 못한 채 턱을 괴고 앉아 깊은 생각에 잠겼다. 도대체 삼천 백성과 유언비어가 무슨 상관이 있다는 것인지 정만석은 궁금했지만 김선달에게 묻지는 않았다. 선화당에서는 다시 긴 침묵이 흘렀다. 어느덧 석양이 선화당을 곱게 물들이기 시작했다. 정만석은 장고(長考) 끝에 묘한 웃음을 살짝 짓더니 김선달을 하옥할 것을 명하였다. 정만석은 잡혀가는 김선달을 지켜보며 자신의 심복에게 뭔가를 지시했다.

이경탁은 김선달이 하옥되었다는 소식을 들고 어찌할 바를 몰랐다. 생각보다 일의 진행이 빨라 이제 곧 김소월을 만날 수 있을 거라는 희망에 부풀어 있던 이경탁은 하늘이 노래지는 것 같았다. 이제 뭘 어떻게 해야 하는지 도무지 감이 잡히지 않았다. 게다가 좀 전에 정만석의 부하가 천봉석까지 데리고 가버렸다. 자칫 김선달이 잡혀갔다는 소문이라도 돌게 되면 모든 게 탄로 나는 것은 시간문제였다. 이경탁은 이러지도 저러지도 못한 채 안절부절못하다가 김선달을 만나는 게 순서라는 생각이 들었다.

그날 밤 착복관을 몰래 빠져나온 이성딕은 군졸들을 매수하여 감영 감옥으로 김선달을 만나러 갔다. 김선달은 한나절 만에 몹시도 피폐해 보였다. 김선달은 이경탁을 보자 잠시 주위를 살피더니 낮은 소리로 말했다.

"아무래두 나는 여기서 못 나갈 것 같다."

"기런 말 마세요. 봉석이 형님도 잡혀갔어요. 스승님 없음 다 끝장입니다."

"봉석이까지? 기런 생각 마라. 관아에선 소문이 난 것만 알지, 우리가 밀 하려는지 구체적으로는 모른다. 이제 내는 없어도 된다. 나머진 다 니 손에 달렸어, 알겠니?"

"스승님 없음 안 됩니다. 저 혼자 뭘 어케 합니까?"

그 시각, 바투는 감영의 감옥으로 몰래 잠입해 김선달을 찾는데 혈안이 되어 있었다. 감옥 안이라 도망갈 구석도 없었다. 어쩌면 김선달이 감옥에 갇힌 게 잘된 일이었다. 입구를 지키고 있던 군졸 둘을 제거하고 그들의 옷으로 변장한 바투는 단검을 들고 김선달을 찾아 감옥 안을 이 잡듯이 뒤졌다.

"정신 차리라. 여기서 네가 흔들리면 다 끝나는 기야. 니 우리 소월이만 구할 수 있으문 어떤 짓이든 다 하겠다구 기러지 않았어? 우리 소월이, 내 마누라, 기러구 억울하게 잡혀간 삼천 백성…… 다 너한테 달린 기야!"

김선달은 간곡한 얼굴로 이경탁에게 부탁했다.

"안 됩니다. 스승님 없이는 자신 없습니다."

"이 간나 새끼야, 너 반드시 해내라. 네래 만약에 소월이 못 구하고 딴데 장가라도 가믄 니 딸은 곰보고 니 아들은 언챙이다. 맹세해, 이놈아."

김선달은 이경탁이 했던 얘기를 그대로 갖다 붙이며 협박했다. 이경탁은 그저 난감하기만 하여 이러지도 저러지도 못하는데, 군졸 하나가 그들 근처로 쓱 다가왔다. 김선달과 이경탁은 비밀이 새어 나갈까 봐 입을 다물며 긴장했다. 그런데 군졸이 옥문 앞까지 오더니, 태연하게 열쇠로 옥문을 열었다. 그 모습에 김선달과 이경탁은 황당하고 놀라운 표정을 지었다.

"내가 형님 때문에 평안감사를 다 만나구……."

'형님'이란 소리에 김선달과 이경탁은 '누구지?' 하며 군졸을 쳐다보는데, 너무 놀라 그만 입을 다물지 못했다. 어떻게 들어왔는지 군졸로 변한 천봉석이 두 사람을 보고 씩 웃었다.

"평안감사를 만났다구?"

"평안감사 허락두 없이 대동강 물을 어케 팝니까?"

"기럼, 평안감사가 허락했단 말입니까?"

설마 하는 표정으로 김선달과 이경탁이 동시에 천봉석을 바라보았다.

"니가 평안감사문 기걸 허락하겠니? 아, 빨리. 시간 없어."

무슨 말인지 도통 알아들을 수는 없었지만, 일단 몸을 피하는 게 상책이라 김선달과 이경탁은 서둘러 밖으로 나갔다. 평양감영을 빠져나오던 김선달은 잠시 선화당 쪽을 바라보았다. 김선달의 입가에 알 수 없는 미소가 번졌다.

동시에 감옥 안을 이리저리 헤매던 바투가 김선달이 있던 감옥 안으로 들어왔다. 김선달이 있어야 할 곳이 텅 비어 있자, 얼굴이 확 구겨지며 두 손을 꽉 움켜쥐고 부르르 떨었다. 바투 입장에서는 참으로 미꾸라지 같은 놈이었다.

천봉석의 도움으로 감옥을 빠져나온 김선달은 서둘러서 일을 다시 진행했다. 이미 관에서 어느 정도 알고 있다면 소문이 퍼질 대로 퍼졌다는 것이고, 그렇다면 들통나는 것은 시간문제였다. 김선달의 예상은 적중했다. 대동강 수세권에 관한 소문은 평양을 넘어 한양에까지 퍼졌고, 도상의 도영위 신주영의 귀에까지 들어갔다.

"요새 평안감사가 청국 휘대인에게 대동강 수세권을 판다는 소문이 있습니다."

신임대행수가 조심스럽게 말을 꺼냈다.

"말도 안 되는 소리."

"실제로 수세를 거두고 있답니다. 그리고 이번 일을 도맡아 하는 자가 있는데, 그게 남포의 최객주라고 합니다."

"최구중? 그자는 우리 도중에 물건을 납품하는 중도아 아닌가?"

"맞습니다. 그린데 기묘하게도, 지난 난리에 죽은 최구중의 시체를 봤다는 사람이 있습니다. 자기가 직접 묻어주었다고."

"그건 또 무슨 해괴한 얘긴가?"

신주영은 잠시 고민에 빠졌다. 그러더니 뭔가 결심한 듯 자리에서 일어나며 말했다.

"어디 한 번 죽은 최구중을 만나러 평양유람이나 가볼까?"

신주영의 입가에 묘한 웃음이 맴돌았다. 어디선가 돈 냄새가 진동하는 게 느껴졌다.

"인수계약하셨다고 들었습니다. 잘되셨습니까?"

조길상은 휘대인이 인수계약서를 체결했다는 소식을 전해 듣고는 다급히 이경탁의 방으로 달려갔다. 이경탁은 오늘도 기생을 옆에 끼고 술을 마시고 있었다. 조길상이 눈짓을 하자 기생이 밖으로 나가고, 그 자리에 조길상이 앉았다. 이경탁은 별거 아니라는 듯 첩책 두 개를 찾아 조길상에게 툭 건네주었다.

"제가 눈이 침침해서 좀 밝은 데서 보고 드려도 될런지요?"

조길상은 인수계약서 내용과 진위여부를 확인하려고 핑계를 댔다.

"여기도 밝은데. 뭐 그러시오."

조길상의 의도를 짐작하면서도 일부러 맞받아쳤다.

"이걸 참조로 저희가 산다는 새 계약서를 써야 하지 않겠습니까?"

"뭐 기러든지. 가격 에누리는 없소이다."

이경탁은 끝까지 배짱을 튕기며 말했다. 조길상은 이경탁에게 가볍게 목례하고는 첩책 두 개를 들고 조덕영의 방으로 향했다. 목이 빠져라 기다리던 곽합과 조덕영은 조길상이 들어오자 서둘러 그를 자리에 앉히며 물었다.

"뭐라고 써 있니?"

"'평안감사는 대동강 수세 징수권을 이십 년간 청국의 휘설중 대인에게 부여하고 휘설중 대인은 평양감영에 은자 이십오만 냥을 준다'고 써 있습니다."

"은자 오십만 냥이라더니?"

곽합이 이상하다는 듯 물었다.

"나머지 은자 이십오만 냥은 박종경 대감한테 주기로 한 별도 계약서가 또 있습니다."

조길상은 계약서가 쓰인 나머지 첩책 하나를 조덕영에게 건넸다.

"평안감사 직인이 맞구나. 좀 흐릿하게 찍히긴 했는데 인장도 맞다."

평안감사를 지냈던 조덕영이 감사 직인이 찍힌 인장을 모를 리가 없었다. 그래서 김선달은 평안감사 인장을 위조하는 데 각별히 신경 썼다. 평양감영에서 문서를 빼온 뒤 평양을 다 뒤져 최고의 도장장이에게 감사 직인을 위조하도록 시켰다.

"정만석 이자가 고귀한 척은 다 하더니 그놈도 별수 없구나. 박종경이 생각보다 세게 나오는구나. 모르고 당했다간 박종경 그놈에게 우리가 다 잡아먹힐 뻔했다. 수고했다, 길상아!"

"다 아버님 복덕이옵니다."

조길상은 은근슬쩍 '아버지'라고 불러 보았다. 조덕영이 뭐라 하지는 않았다.

"그래, 그자는 준비가 됐느냐?"

"예, 내일 도착할 것입니다."

"그래, 그럼 그것도 해결됐고. 한양에서 연락이 왔느냐? 얼마나 마련됐다고 하냐?"

"그게…… 삼십만 냥이 될까 말까 하답니다."

"허허, 어쩐다! 그 조카란 놈이 육십만 냥을 부르지 않았더냐?"

조덕영은 잠시 고민에 빠졌다. 삼십만 냥이면 큰돈이었다. 갑자기 그 돈을 융통하는 게 쉬운 일은 아니었다. 조덕영은 무언가 생각이 났는지 얼굴이 밝아졌다.

"그 송상에게서 받은 홍삼 이천 근이 있지 않느냐? 듣자 하니 임상옥 그자는 근당 은자 이백 냥을 받았다 들었다. 그렇게 따지면 은자 사십만 냥 아니냐? 그것도 내일 도착하느냐?"

"예, 그것도 가져오곤 있사오나 그건 진대인이 근당 오십 냥씩 쳐주겠다고……."

조길상은 조덕영이 또 무슨 생각을 하는지 덜컥 겁이 났다. 진대인과의 약조를 어기면 자신은 정말 모두 게 끝이었다. 그런데 조덕영은 조길상의 약조 따위는 안중에도 없었다. 홍삼을 한 근에 이백 냥으로 계산해서 부족한 부분을 메울 요량이었다.

"그래도 진대인과 약조를……."

조길상은 일이 잘못되면 골탕 먹는 것은 항상 자신이라 난감했다.

"어허, 됐다 하지 않았느냐? 너는 휘대인과 약속이나 잡아라."

매번 자신만 곤란한 처지에 놓이게 되니, 조길상은 울컥했지만 꾹 참았다.

"예, 알겠습니다. 그런데 아버님을 누구라고 소개해야 할지요?"

"누구라…… 그래! 한양서 온 물주라고…… 도중의 도영위…… 신주영이라 소개해라."

조덕영은 그렇게 대동강 수세권 인수를 위한 만반의 준비를 마쳤다. 조덕영은 가슴이 설레 오늘밤은 쉽게 잠이 들지 못할 것만 같았다. 평생 마르지 않을 '돈줄'을 갖게 된다는 생각에 조덕영은 흥분하지 않을 수 없었다.

김선달도 마찬가지였다. 내일 행여 오차라도 생겨 일이 그르치게 된다면 다시는 최유리와 김소월을 볼 수 없을 게 분명했다. 이런저런 생각에 김선달은 뜬눈으로 밤을 지새웠다.

다음날 김선달은 변장을 마치고 천봉석의 본거지를 나섰다. 김선달은 준비한 나귀에 올라타 천봉석과 그의 부하들의 호위를 받으며 착복관을 향하여 출발했다. 누구 하나 소리 내어 말하는 사람이 없었다. 평소와는 달리 비장한 분위기가 감돌았다.

한편, 바투는 멀리서 독이 잔뜩 오른 표정으로 김선달 일행이 떠나는 모습을 지켜보고 있었다. 조용히 김선달 일행을 지켜보던 바투는 그들이 떠나자 몰래 그 뒤를 밟았다.

그 시각 착복관 후문에는 마부가 끄는 수레 한 대가 도착했다. 밤새 얼마나 달렸는지 말이나 마부나 모두 기진맥진해 금방이라도 쓰러질 것만 같았다. 잠시 후 착복관에서 조길상과 하인들이 나오더니 수레에 실린 물건들을 안으로 부지런히 옮겼다. 무슨 물건인지는 몰라도 한참을 옮기더니, 마지막으로 커다랗고 무거운 궤짝을 간신히 들어 안으로 들여놓았다. 조길상은 주위를 한번 쓱 둘러보더니, 착복관 안으로 들어갔다.

그 물건들은 조덕영의 집 창고에서 가져온 홍삼과 은궤였다. 조길상은 그 물건들을 모두 착복관 안으로 갖고 들어가, 은궤는 특실의 조덕영 앞을 자리 밑에 깔아 놓고, 홍삼은 휘대인과 협상하는 특실의 건넛방에 갖다 놓았다. 특실의 건넛방에는 조길상의 지휘 아래 어느새 홍삼이 가득 쌓였다.

조길상은 옷매무새를 단정히 하더니, 휘대인이 있는 착복관 특실로 향했다. 착복관 특실에는 조덕영이 먼지 와 있었다. 조길상이 들어오자 조덕영은 이경탁의 왼편에 앉으라고 눈짓했다. 이경탁은 조덕영과 조길상을 양옆에 두고 상석에 앉았다. 서로 간단한 인사가 오간 뒤, 도중의 도영위 신주영으로 분한 조덕영이 계약서를 펴 보이며 입을 열었다.

"우리와 인수계약을 체결한 후에도 대외적으로는 청나라 황실과 거래하시는 휘대인께서 대동강 수세권을 계속 갖고 계신 걸로 해준다는 약조를 추가했습니다."

이경탁은 조길상의 통역을 듣더니, 알겠다는 표시를 했다.

"그리고 가격이 말입니나요. 은제 육십만 냥은 너무 비쌉니다. 은자 오십오만 냥! 평양 유람 한 번 하시고 은자 오만 냥을 벌어 가시는 거외다."

조덕영이 은근슬쩍 가격을 흥정하려 들었다.

이경탁은 무슨 소린가 하는 표정을 짓더니, 조길상의 통역을 듣고는 눈을 부릅뜨고 조덕영을 바라보다가 '하하하' 웃었다. 조덕영은 이경탁이 웃자, 좋은 의미라 여기며 같이 '하하하' 웃었다. 조덕영과 같이 한참을 웃던 이경탁은 갑자기 웃음을 멈추더니, 정색하며 말했다.

"이 거래는 없던 걸로 하겠소."

짧은 한마디를 내뱉고는 이경탁은 바로 자리에서 일어나 버렸다.

"지 삼촌 삥땅 쳐 먹는 주제에."

조덕영은 조선말로 비아냥거리더니, 일어나서 깔고 앉아 있던 은궤의 뚜껑을 열었다.

"천은 삼십만 냥이외다. 통역해라."

"나머진?"

조길상이 통역하자, 이경탁은 짧게 물었다.

조덕영이 눈짓하자 조길상이 건넛방 문을 열었다. 바닥부터 천장까지 방 안 가득 홍삼 이천 근이 쌓여 있었다.

"홍삼 이천 근이외다."

"뭐, 홍삼 이천 근? 이보시오, 장난하오? 근당 백 냥 받으면 겨우 이십 만 냥! 나보고 잘해야 본전치기 오십만 냥 거래를 하란 얘기요? 됐소, 이 거래는 없던 걸로 하겠소. 치우시오."

이경탁은 전혀 예상치도 못한 상황에 당황했지만, 특유의 순발력으로 맞받아치며 머릿속으로 계산하기 시작했다. 일단 홍삼을 빼놓고도 삼십 만 냥이니 최유리와 김소월은 구할 수 있었다. '아니다. 천봉석에게 일 할 오 푼을 주기로 했지.' 김선달이 없는 상황에서 어찌해야 할지 이경탁의 머리가 복잡해지기 시작했다.

"일 년 전에 임상옥이 근당 은자 이백 냥에 팔았다 들었소. 그 얘긴 청 에선 근당 삼사백 냥은 너끈히 받는다는 얘기 아니겠소?"

조덕영이 이경탁을 빤히 쳐다보며 말했다.

"저 물건은 진대인께……."

조길상은 조덕영이 진대인에게 넘길 홍삼까지 손을 대려 하자 속이 타서 한마디 했다.

"휘대인! 여기 난리 중에 청으로 넘어간 지 꽤 됐으니 청국 내에선 근당 삼백 냥은 확실히 넘어 있을게요. 근당 삼백 냥이면 홍삼 값만 육십만 냥! 휘대인은 사십만 냥을 남기는 것이오. 조선의 임상옥이가 근당 이백 냥을 받은 것을 천하의 휘대인이 삼백도 못 받는다. 그게 말이 됩니까? 천하의 휘대인이 조선의 임상옥만 못하단 말이오?"

조덕영은 살살 상인의 자존심까지 긴드리며 이경탁을 자극했다.

이경탁은 아무 말 없이 조덕영을 빤히 쳐다봤고, 조덕영도 이에 뒤질세라 이경탁을 눈 하나 깜짝 안 하고 바라봤다. 두 사람 사이에서 조길상은 이러지도 저러지도 못하고 분위기만 살피는데, 하인이 들어와 귓속말로 뭔가를 전하자 당황하며 밖으로 뛰쳐나갔다.

한편, 그 시각 착복관 마당에서는 김선달이 초조한 얼굴로 특실 쪽을 바라보며 안절부절못하고 있었다. 천봉석도 다른 일 보는 척하며 김선달 근처로 와서는 특실 쪽을 바라보며 좌불안석인데, 청나라 상인 복장을 한 남자가 대문으로 스윽 들어왔다.

김선달은 무심히 고개를 돌리려다 기겁하며 한 번 더 그 남자를 보았다. 그 남자는 바로 진대인이었다. 불만 가득한 얼굴로 하인의 안내를 받으며 안으로 들어오던 진대인은 김선달을 발견하고는 '니놈이 여기 웬일?'이라는 표정을 짓더니, 뒤늦게 묘한 웃음을 지었다. 눈썰미가 좋은 진대인이 변장을 한 김선달을 알아챈 거였다. 그때 진대인이 도착했다는 소식에 뛰쳐나온 조길상이 "이리로 오십시오." 하며 진대인을 안으로 데리고 들어갔다.

"형님, 뭔 일입니까?"

진대인을 보고 얼어붙어 있는 김선달을 이상하게 여긴 천봉석이 다가와 물었다.

"봉석아, 큰일났다"

그제야 정신이 돌아온 김선달은 진대인을 쫓아 특실로 들어갔다. 특실 안에서는 아직도 이경탁과 조덕영이 기 싸움을 하고 있었다. 그러다 갑자기 이경탁이 파안대소를 하며 조덕영과의 기 싸움을 그만두었다. 오래 끌어봐야 득이 될 것 없었다. 이 징도 했으면 김선달이 목적한 바는 다 이룬 셈이었다. 은자 삼십만 냥이면 김소월도 삼천 백성도 다 구할 수 있었다. 홍삼이야 청나라 가서 팔면 될 일이었다.

"하하하, 알겠소. 내가 임상옥만 못할 리가 있겠소."

이경탁은 가짜 휘대인 도장을 꺼내더니, 계약서에 멋지게 도장을 찍었다.

"그럼 저 궤와 홍삼을 옮겨야 하니, 밖에 사람 좀 불러주시오."

"잠깐 한 가지 확인할 게 있소. 우리가 휘대인 인장을 본 적이 없으니, 누군가 확인은 해줘야지."

이경탁은 '이게 무슨 일이지?' 하는 표정을 지으며 당황했다.

그때 문이 열리고 누군가 안으로 들어오는데…… 다름 아닌 진대인이었다! 진대인 바로 뒤에는 모든 게 끝났다는 표정을 지으며 김선달이 망연자실하게 서 있었다. 이경탁도 당황해 마른 침을 꿀꺽 삼켰다.

"봉천의 거상 진대인입니다. 이쪽은 연경 휘대인의 조카이십니다."

진대인을 데리고 들어온 조길상이 서로를 소개시켰다.

진대인은 '이게 웬 해괴한 상황이야?' 하는 표정으로 변장한 김선달과 이경탁을 돌아보았다.

"수, 숙부께 말씀 많이 들었습니다."

이경탁은 온몸이 바들바들 떨려 말도 제대로 나오지 않았다. 머릿속이 새하얘지며 아무 생각도 떠오르지 않았다. 김선달도 마찬가지였다. 앞으로 자신들의 운명이 어떻게 될지 너무 뻔한 일이었다. 이럴 줄 알았으면 작년에 좀 적당히 해둘 것을, 하는 생각이 들었다.

진대인은 인사를 받는 둥 마는 둥 여진히 기분 나쁜 투로 조길상에게 쏘아붙였다.

"두 번 다시 내게 오라 가라 하지 마라. 홍삼은?"

진대인은 몹시 화난 투로 조길상에게 경고하듯 말했다.

"어차피 여기로 납품하실 거라고 들었습니다. 수고를 덜어드리려고 여기 휘대인 조카에게 다 넘겼드렸습니다."

조덕영이 조길상을 대신해 대답했다.

"뭐라?"

진대인은 조길상의 통역을 듣고 매우 불쾌한 표정을 지었다.

"그리고 이거 하나만 확인해주십시오. 이 계약서 인장이 맞습니까?"

조덕영은 진대인의 말을 묵살하며 인수계약서를 내밀었다. 진대인은 분노에 차서 불만 가득 섞인 표정으로 조덕영과 조길상, 그리고 김선달과 이경탁을 번갈아 쳐다보고는 계약서를 쭉 훑어보았다. 그 모습을 바라보며 김선달와 이경탁은 속이 다 타들어갔다. 모든 게 들통 나기 전에 삼십육계 줄행랑이라도 쳐야 할 것 같았지만 그러기에는 너무 늦은 것 같았다.

바투는 그 시각 착복관 앞을 서성거리고 있었다. 변장을 했다 해도 저 안으로 들어간 자는 김선달이 분명했다. 그런데 한참을 기다려도 안에서 아무런 소리가 들려오지 않았다. 왜 조길상이 김선달을 보고 가만히 있는 건지 알 수가 없었다. 잠시 머뭇거리던 바투는 몰래 착복관 담을 넘었다.

진대인은 계약서를 대충 보더니 다시 한 번 김선달과 이경탁, 조덕영과 조길상을 쳐다보았다. 진대인의 머릿속에는 주판알이 빠르게 굴러가고 있었다. 잠시 후, 계산이 끝난 진대인은 얼굴 표정 하나 안 바뀌고 태연하게 대답했다.

"맞소."

진대인의 말을 듣고 김선달과 이경탁은 자신의 귀를 의심했다.

당황한 두 사람을 진대인이 야릇하게 웃음 띤 얼굴로 쳐다보자, 김선달과 이경탁은 얼른 고개를 다른 곳으로 돌려버렸다. 진대인이 인장을 확인해주자 모든 거래는 끝이 났다.

"확실한 게 서로 좋지 않겠습니까?"

조덕영은 활짝 웃으며 이경탁에게 말했다. 아직도 얼떨떨한 이경탁은 어색한 미소로 답했다.

인장이 찍힌 인수계약서를 들고 조덕영은 마냥 행복한 미소를 지었다. 반면, 그 앞에서 김선달과 이경탁은 나란히 식은땀을 흘리고 있었다.

"웬 땀을 그리 흘리시오?"

이상하다는 듯 조덕영이 물었다.

"더, 더우니 그러지요. 왜 이리 덥노? 밥 한다고 여기다 불을 때셨나?"

김선달은 혹시나 자신들이 정체가 탄로 나지 않을까 노심초사하며 대충 얼버무렸다. 어쨌든 모든 게 끝나서 김선달이나 이경탁은 한시름을 놓을 수 있었다. 그 순간 전혀 예상치도 못한, 김선달의 계획에 없는 일이 벌어지고 말았다.

덜컥! 갑자기 미닫이문이 열리며 바투가 뛰어들었다.

단도를 손에 쥔 바투는 곧장 김선달에게 달려들었다. 갑작스런 공격에 김선달은 당황하며 요리조리 피했지만, 결국 구석으로 몰리며 팔뚝을 단도에 베이고 말았다. 사방으로 시뻘건 선혈이 흩어졌다. 피를 보자 바투는 더욱 흥분하여 김선달의 목에 칼을 꽂으려고 달려들었다. 피를 보고 얼어붙어 있던 이경탁이 겨우 정신을 수습하고 바투를 뒤에서 잡았지만 역부족이었다. 힘이 센 바투는 이경탁이 달려들자, 그를 한 번에 집어던져버리고 김선달을 향해 단도를 치켜들었다. 휘대인으로 변장한 이경탁이 당하는 것을 보자 그제야 조길상이 발끈했다. 휘대인이 다치기라도 하는 날이면 모든 게 물거품이 될 일이었다.

"네 이놈! 지금 뭐하는 게야?"

조길상이 바투의 뒤통수에 대고 호통을 쳤다. 순간, 바투가 고개를 돌리자 그의 얼굴이 정면으로 드러났다. 바투를 알아본 조길상은 마치 귀신이라도 본 듯 소스라치게 놀랐다.

'아니, 저놈이 왜 여기에…….'

바투 역시 그제야 조길상을 알아보고는, 김선달을 가리키며 '이자가 그자'라고 말했지만 '으버버버버'라는 소리밖에 들리지 않았다. 방 안은 일대 혼란에 빠지고 말았다.

김선달은 자신들의 정체가 탄로 날까봐 바투를 막아야 했고, 조길상은

'다 된 일에 코 빠뜨린다'고, 계약이 취소되면 어쩌나 노심초사했다. 뿐만 아니라, 혹시나 바투가 자신이 고용한 살수(殺手)라는 것을 조덕영이 알기라도 하면 정말 큰일이었다. 이런 상황을 알 일 없는 바투는 어떻게든 김선달을 제거하려고 혈안이 되어 덤벼들었다. 진대인은 이 모든 상황이 어이가 없는지 아주 불쾌한 표정으로 상황을 주시하고 있었다. 한마디로 방 안은 아수라장이 되었다.

그때였다.

펑 하는 소리와 함께 바투가 목을 붙잡고 이리저리 비틀거렸다. 모두들 깜짝 놀라 소리가 나는 쪽으로 돌아보니, 조덕영이 냉혹한 얼굴로 서양 권총을 들고 서 있었다. 언젠가 유상에게서 호신용으로 선물 받은 총이었다.

"죄송하오. 돈 냄새를 맡고 강도가 들었나 본데…… 내 죽였소이다."

조덕영은 사람을 죽이고도 눈 하나 깜짝하지 않고 말했다. 자신의 일을 방해하는 자들의 목숨은 벌레만도 못한 취급을 했다.

"역시 호신용으로 제격이구나."

평안감사 부임연에서 받은 총의 위력을 확인한 조덕영은 아주 흡족한 미소를 지었다.

바투는 총 맞은 부위를 두 손으로 움켜쥐며 비틀비틀 움직이다가, 미닫이문을 무너뜨리며 옆방으로 건너갔다. 모두들 어쩔 줄 모르고 그런 바투를 그저 바라만 보았다. 바투는 목을 움켜쥔 채 몸부림치더니, 또다시 옆방의 문을 무너뜨리며 털썩 쓰러지고 말았다. 그 방에는 세 명의 남자가 앉아 조용히 술을 마시고 있었는데, 그중 상석에 신주영이 앉아 있었다. 조덕영과 신주영은 서로 귀신이라도 본 듯 소스라치게 놀랐다. 방 안에 잠시 동안 정적이 흐르고, 누구 하나 자리에서 움직이질 못했다. 신주영이 잠시 마음을 가다듬고 천천히 자리에서 일어나더니, 조덕영 앞으로 가서 머리를 조아리며 절을 했다.

"이런 곳에서 대감님을 뵐 줄 몰랐습니다. 소인 인사 올리겠습니다."

신주영에게 큰절을 받자 조덕영은 '허허허허허' 어색한 웃음을 지으며 갈라진 목소리로 입을 열었다.

"우리 도중의 부영위인데, 평소 이 사람이 내게 농담조로 '대감님'이라고 부릅니다. 그냥 도영위라고 부르라니까, 이 사람이."

조덕영은 정체가 탄로 날까 봐 서둘러 얼버무렸다.

진대인은 가짜 인장에 칼부림에 총질에 사람까지 죽으니 놀라고 분노해서 조길상을 끌고 밖으로 나가며 호통을 쳤다.

"넌 홍삼 받으러 오라 해놓고 이 무슨 짓인지 설명해라."

조길상이 그렇게 진대인에게 끌려 나갔지만, 조덕영은 눈 하나 깜짝하지 않고 태연하게 휘대인과 신주영을 인사시키며 상황을 정리하려 했다. 신주영은 노회한 머리로 이 납득할 수 없는 상황을 파악해 보려고 노력했다.

"자네 인사하게. 이쪽은 연경의 대거상 휘대인의 조카시고, 이쪽은 남포의 객주 최구중일세."

신주영은 휘대인이란 자를 먼저 쳐다보았다. 모르는 자였다. 다음으로 최구중이란 자를 쳐다보았다. 역시 자기가 알고 있는 최객주가 아니었다.

"남포의 최객주시라고?"

신주영이 묘한 웃음을 지으며 김선달에게 물었다. 김선달은 신주영이 최구중을 알고 있음을 직감했다. 김선달의 가슴이 철렁했다. 겨우 한고비를 넘겼는데 또 다른 복병이 숨어 있었다. 이번에는 도저히 빠져나갈 방도가 없을 것 같았다.

"큼. 아, 예. 기렇습니다. 최구중이올시다."

그래도 아직은 자신의 존재를 드러낼 수 없는 김선달은 계속 최구중 행세를 했다.

신주영은 잠시 생각했다. 자신을 제외한 모두가 다른 사람 연기를 하고 있다면…… 신주영의 눈빛이 차갑게 돌아가고, 잠시 후 머릿속으로 모든 계산을 끝낸 신주영이 입을 열었다.

"대감마님! 지난번에 우리 도중이 손해 봤던 은자 삼만 냥을 만회해주실 수 있다면, 제가 좋은 정보를 드릴 수도 있을 것 같습니다만."

신주영은 먼저 조덕영에게 거래를 시도했다. 하지만 신주영이 계속 '대감마님'이라 하자 화가 치밀어 오른 조덕영은 퉁명스럽게 대답했다.

"대감이라니? 이 사람이……. 좋은 정보는 내가 알아서 구할 테니, 만회도 자네가 알아서 하시게."

청나라 상인까지 낀 걸 보면 이번 판이 보통 큰 판이 아닌 것 같은데, 겨우 삼만 냥을 아까워하다니. 조덕영의 대답에 신주영은 안타깝다는 표정을 지으며 고개를 절레절레 흔들었다.

옆에서 졸인 가슴으로 상황을 지켜보던 김선달이 두 사람 사이를 잽싸게 끼어들었다.

"어르신, 기 정보를 이리로 주시면, 허허. 장사는 장사꾼끼리 해야 제맛 아닙니까?"

김선달이 신주영에게 거래를 시도했다. 어쩌면 구사일생할 수 있을 것 같았다. 신주영은 아무런 대답도 하지 않고 김선달을 물끄러미 쳐다보았다. 김선달도 그런 신주영의 시선을 끝까지 피하지 않았다. 신주영에게 무언의 말이 전달되었다. 어쨌든 조덕영을 상대로 사기를 치는 거라면 이자가 보통 인물은 아닐 터였다.

"그러십시다, 최객주!"

신주영은 결심한 듯 시원스럽게 대답했다. 김선달은 안도의 한숨을 내쉬었다.

"인사 나눴으면 그만 나가보게."

조덕영은 끝까지 신주영을 못마땅하게 대했다. 신주영은 말없이 그대로 나가다 뒤돌아 조덕영을 쳐다보며 묘한 웃음을 지었다. 평소 같으면 분명 그 웃음의 의미를 의심했을 터인데, 대동강 수세권에만 정신이 팔려 있는 조덕영은 그 웃음의 의미를 알아차리지 못했다.

"일이 좀 많았소만, 그럼 어찌됐든 계약 축하하오."

조덕영은 계약서를 들고 이경탁을 툭 치며 밖으로 나갔다.

이제 방 안에는 김선달과 이경탁 둘만 남았다. 짧은 시간 하도 많은 일이 일어나서 일이 빈쯤 빼졌기만, 은병이 가득 든 궤짝을 보던 김선달과 이경탁은 좋아서 어쩔 줄을 몰랐다.

"날래 신구 가자."

김선달이 이경탁을 재촉했다.

착복관 후문이 열리자 은병과 홍삼이 바리바리 실린 수레가 줄줄이 줄지어 나왔다. 착복관 후문에서 기다리던 김선달과 이경탁의 얼굴에 함지박만한 미소가 번졌다.

조덕영의 하인들이 홍삼과 은병을 모두 내오자, 멀찌감치 서 있던 천봉석과 왈패들이 수레들을 넘겨받고 짐짓 태연한 척 수레를 끌고 갔다. 착복관 후문에서 멀어져 내리막길로 접어들면서 수레바퀴는 점점 빨라지고 김선달, 이경탁, 천봉석과 왈패들의 걸음도 점점 빨라졌다. 그러더니 누가 먼저랄 것도 없이 모두들 웃음이 터져 나왔고, 그 웃음은 쉽게 그치지를 않았다.

대동강 수세권을 머리맡에 두고 설레는 마음에 밤새 잠을 이루지 못한 조덕영은 날이 새기가 무섭게 대동강변의 천막에 자리를 잡고 앉았다. 물을 뜬 물지게꾼들이 돈궤에 엽전을 넣고 지나갔다. 쨍그랑 쨍그랑 엽전 떨어지는 소리가 이어지고, 조덕영은 쌓이는 엽전을 흐뭇하게 바라보다 뒤돌아 대동강 물을 바라보았다. 끊임없이 흐르는 대동강 물을 한 번 보고 돈궤 한 번 보고, 또 강물 한 번 보고…… 조덕영은 감정을 다스려 평안한 낯을 유지해보려 하지만, 자꾸 가슴이 벅차올라 평정심을 가질 수가 없었다.

"사람이 바뀌었네요. 누구십네까?"

평양 백성 한 사람이 돈을 넣다 말고 물었다.

"한양서 온 시전 도중 도영위인데, 신경 쓸 것 없네. 허허허."

조덕영이 아직도 자신의 신분을 도영위로 소개했다.

"전임 평안감사 닮지 않았어?"

물지게꾼 하나가 동료에게 물었다.

"글쎄?"

조덕영은 사람들이 평안감사 어쩌구 하자 가슴이 뜨끔해 얼른 고개를 숙였다.

그 시각, 신주영은 멀찌감치 떨어져서 조덕영을 물끄러미 바라보고 있었다. 사헌부 대사헌이란 작자가 천막 앞에서 변장을 하고 물세나 받고 있다니. 신주영은 손에 든 김선달에게 받은 삼만 냥짜리 어음을 쳐다보며 피식 웃음을 지었다.

헤어지는 것이 마음이 아픈지 김선달은 평양 외곽의 의주로 향하는 갈림길에서 천봉석에게 간절하게 말했다.

"같이 가자."

"같이 가요."

이번 일은 같이 도모하며 정이 든 이경탁도 천봉석을 붙들었다.

"형님하구 나는 여기까진 것 같습니다. 나는 평양이 좋고 평생 여기서 살았는데 가긴 어딜 갑니까? 살아 있으문 또 보지 않겠습니까?"

천봉석은 김선달을 따라가고 싶기도 했지만, 이제 평양에는 앞으로 남은 인생을 함께할 사람들이 있었다.

천봉석의 결심에 변함이 없다는 것을 알고 김선달은 더 이상 권하지 않았다. 대신에 천봉석을 꼬옥 안았다. 이제 만주로 떠나면 언제 볼지 모르는 얼굴이었다. 두 사람은 한참 동안을 그렇게 꼭 안고 있었다.

"형님, 진짜진짜 만수무강하세요."

"너두…… 진짜진짜."

서로의 만수무강을 빌어주고 나서야 둘은 떨어졌다.

"아, 그리고 만석이 형님이 안부 전해달랍니다."

"만석이 형님이 누구냐?"

"정만석 평안감사요. 이제 형, 동생하기로 했습니다."

"만석이 형?"

김선달은 기가 차면서도 앞으로는 천봉석의 이런 넉살을 들을 수 없다는 생각에 가슴 한구석이 헛헛했다.

"내가 기랬잖소. 평안감사 허락 없이 어떻게 대동강 물을 팝니까?"

'짐작은 했지만 역시 정만석 대감이…….'

김선달은 뭔가 한 대 크게 얻어맞은 듯 눈가가 촉촉해졌다.

"기러고 이거 받으십시오."

천봉석이 망설이다 어음 한 장과 서신을 꺼내 김선달에게 건넸다.

"아, 이거…… 진짜 내가 삥땅할 수도 있었는데 드리는 겁니다."

김선달은 천봉석이 내미는 것을 펴보니, 삼만 냥짜리 어음이었다.

"의주의 임상옥이 그걸 보내고 갔습니다."

임상옥이란 소리에 김선달은 서둘러서 서신을 뜯어보았다.

> 형님은 제게 돈만 벌게 해주신 게 아닙니다. 목숨까지 구해주셨
> 고, 돈을 쓰는 법을 알려주셨습니다. 제게 어떻게 살아야 제대
> 로 사는지를 알려주셨습니다. 같이 보내는 것은 저의 마음입니
> 다. 먼 길 가시는데 조금이라도 도움이 되었으면 합니다.

서신을 읽던 김선달의 눈시울이 뜨거워졌다.

"그때 왜 우리 정체를 말하지 않았냐고 물어봐라."

구련성 진대인의 막사에서 은병을 세고 있는 진대인을 바라보다 김선
달은 문득 궁금해졌다.

"왜 우리를 모르는 체했습니까?"

이경탁이 진대인에게 물었다.

"내가 잠시 주판알을 굴려봤는데, 조길상 그놈은 답이 없어. 그리고 김
대인이 성공해야 내가 돈을 버는데 왜 방해를 해? 그리고 홍삼도 니네
거라며. 홍삼 넘겨야지, 나한테. 나도 너희랑 같이 사기 쳤다는 거 잊지
마. 자고로 동료들한테 장사하는 거 아냐."

"알겠소. 근당 은자 백오십 냥만 쳐주오!"

김선달의 말에 진대인은 호탕하게 웃더니 갑자기 정색하며 말했다.

"근당 백 냥! 여기서 가격 올리면 나도 저 밖의 사람들 가격 올린다."

김선달이 시원하게 웃으며 흔쾌히 동의했다.

진대인은 모든 계산이 끝나자 부하들에게 서둘러서 짐을 싸도록 했다.

"근데 김대인 혹시 내 밑에서 일해볼 생각 없어?"

갑자기 진대인이 김선달에게 물었다. 이경탁이 통역하자 김선달은 고개를 가로저었다. 진대인은 그럴 줄 알았다는 듯 '풋' 하며 한번 웃고는 손 한번 흔들어 주더니 밖으로 나갔다. 김선달과 이경탁은 이제 모든 게 끝나서 조금은 허탈했는지 마주보고 씩 웃더니, 천천히 천막 밖으로 나갔다.

이경탁은 '자유다!'라고 소리 지르며 삼천 백성이 몰려 있는 곳으로 마구 뛰어갔다. 김선달은 그런 이경탁을 뿌듯한 미소로 바라보며 그 뒤를 천천히 따랐다. '자유'라는 말에 삼천 백성들은 잘못 들었나 싶어 잠시 어리둥절했다. 어느새 달려온 이경탁이 백성들 무리로 뛰어들며 계속 '자유다!'라고 외치자, 그제야 백성들은 동요하기 시작했다.

웅성거리며 사람들이 자리에서 일어나기 시작하더니 여기저기서 '자유다! 살았다!' 하며 환호성이 터져 나왔다. 방금 전까지 꼭 죽은 사람 같던 백성들의 얼굴에 다시 살아온 것처럼 화색이 돌았다. 그 모습을 지켜보는 김선달은 가슴이 벅차올랐다. 김소월은 김선달을 발견하고 '아부지!' 부르며 뛰어왔다. 그 뒤에서 최유리는 고마움과 믿음이 담긴 얼굴로 눈가가 촉촉이 젖은 채 김선달을 가만히 바라보고 있었다. 김선달도 뭔가 통하는 듯한 얼굴로 최유리를 바라보았다.

이경탁은 사람들에게 '자유'를 외치면서 김소월을 찾느라 정신이 없었다. 그러다 저 멀리 김선달에게 달려가는 김소월을 보고 전속력으로 달려갔다. 김선달은 오랜만에 만나는 딸을 안아주려고 양팔을 벌렸다. 김소월이 달려와 막 김선달에게 안기려는 순간 누군가 그를 와락 밀었고, 그 바람에 김선달은 바닥에 넘어졌다. 언제 왔는지 이경탁이 김선달을 밀치고 김소월과 부둥켜안았다. 김선달은 '이놈이 감히!' 하며 부둥켜안은 두 남녀에게 달려드는데, 최유리가 김선달을 조용히 말렸다. 최유리가 눈물범벅이 된 채 서 있었다.

"진짜로…… 진짜로 이 많은 사람들을 다 구할 줄은 몰랐습니다."

"내가 구한 거 아니다. 이 사람들 다 임자가 구한 거다."

김선달과 최유리는 그렇게 한마디씩 하고는 잠시 어색하게 눈을 마주보고 서 있었다. 그러다 마침내 김선달은 천천히 최유리에게 다가가 그녀를 꼬옥 안아주었다.

그 긴 세월을 엇갈리기만 했던 두 사람의 마음이 하나가 되었다. 그리고 어느새 몰려든 삼천 백성들은 두 사람을 에워싸며 '김선달'과 '최유리'를 외쳤다. 삼천 백성의 환호성 소리가 하늘을 찌를 듯이 울려 퍼졌다.

"아니, 도대체 이게 뭔가?"

"김사원이라고, 저번에 조덕영 영감을 귀양 보낸……."

"아…… 그래! 기억나네."

"그 친구가 보낸 것이옵니다. 그런데 보시다시피 내용이……."

퇴청 길에 박정찬은 작은 보자기를 하나 배달 받았다. 누가 또 뇌물을 보냈겠지, 하며 보자기를 풀어보았다가 박정찬은 깜짝 놀라고 말았다. 그 길로 박정찬은 그 보자기를 들고 바로 박종경의 집으로 달려온 것이었다. 박정찬이 건네준 보자기에는 김선달의 서찰과 함께 조덕영과의 계약서가 들어 있었다. 그것들을 꼼꼼히 살펴보던 박종경의 얼굴에 묘한 미소가 번졌다.

조덕영은 매일 날이 밝으면 대동강가로 나가 돈궤에 돈이 쌓이는 것을 보는 재미로 며칠을 보냈다. 그런데 어제부터 돈궤가 비기 시작하더니,

오늘은 아예 돈궤의 바닥이 보였다. 근심 가득한 얼굴로 돈궤만 쳐다보는데, 지게꾼 하나가 돈을 내지 않고 그냥 지나가자 조덕영이 그 지게꾼을 불러 세웠다.

"여기, 여봐, 여봐!"

물지게꾼은 무거워 죽겠는데 성가시게 무슨 일이냐는 듯 조덕영을 돌아보았다.

"아니, 왜 물세를 안 내는 건가?"

"물세? 대동강 주인이 어디 있다고 물세를 냅니까? 퉤, 내 별 미친놈을 다 보겠네."

물지게꾼은 기도 안 찬다는 듯 말을 내뱉었다.

"무슨 소리냐? 평안감사의 명으로 어제까지도 물세를 내지 않았더냐?"

"평안감사는 개뿔? 기건 김선달 님이 미리 돈 주면서 한 이레간 물 뜰 때마다 돈궤에 돈 넣구, 남는 건 가지라구 해서 기랬지."

"뭐리? 김선달?"

순간 지금까지의 일들이 머릿속에서 빠르게 쭉 지나갔다. 무슨 상황인지 정리하느라 머리가 너무 빠르게 돌아 과부하가 걸린 것 같던 조덕영은 두 주먹을 불끈 쥐고 숨을 몰아쉬기 시작했다.

"김선다알, 김선다알, 김선다아아아아알……! 으으으, 헉!"

조덕영은 뒷목을 잡으며 땅바닥에 주저앉았다. 백성 몇 명이 조덕영을 유심히 살펴보다가 조심스레 말했다.

"이 사람, 전 평안감사 조가 아냐?"

백성들이 조덕영을 의심 어린 눈으로 쳐다보다 그의 멱살을 잡으며 말했다.

"너 잘 만났다."

조덕영은 온몸에 식은땀이 흘렀다. 지금 이 순간 사기 당한 게 문제가 아니었다. 잘못하면 백성들에게 뭇매를 맞아 죽을지도 몰랐다.

"아니오. 사람 잘못 봤소. 나는 아니오."

"아니긴, 이눔아. 맞는 거 같은디. 여보슈들, 이놈 좀 보시오! 전 평안 감사 조가 놈이오!"

'조가 놈'이란 소리에 백성들이 우르르 몰려와 조덕영을 몰아세웠다. 조덕영은 온몸에 소름이 끼쳤다. 금세 조덕영은 성난 백성들 속에 묻히고 말았다. 멀리서 그 모습을 지켜보던 조길상은 너무 놀라 다급히 착복관으로 도망쳤다.

곽합은 착복관 안방에 앉아 은병을 행복한 얼굴로 세고 있었다. 그때 조길상이 숨을 헐떡거리며 착복관 안방 문을 덜컥 열고 들어왔다.

"아버지하구 내가…… 엄청나게 큰 사기를 당했어. 이게 다……."

조길상은 얼이 빠진 얼굴로 자리에 앉지도 못하고 서서 말했다.

"너는 아니야, 니 아버지가 당한 거야."

곽합은 다 알고 있었다는 듯 차분하게 말했다. 조길상은 영문을 모르겠다는 얼굴로 곽합을 쳐다보았다. 어떻게 아버지가 사기를 당하는 걸 알고 있었으면서 가만히 있었던 것인지 조길상은 쉽게 이해가 되지 않았다. 게다가 어디서 났는지 궤(櫃) 안에 은병이 가득 차 있었다.

"앉아 봐."

조길상은 곽합이 무슨 얘기를 할지 두려운 얼굴로 그녀 앞에 앉았다.

곽합은 잠시 조길상의 손을 잡고 아들의 눈을 바라보더니, 결심한 듯 툭 내뱉었다.

"이제는 사실을 얘기해줘야겠다. 그 사람, 니 애비 아니야."

조길상은 무슨 소린지 단번에 알아듣지 못했다가 서서히 입이 딱 벌어졌다.

"나 한때 그 남자한테 끌린 거 맞아. 내가 아는 남자 중에 그 남자가 제일 똑똑했거든. 그래서 니 애비라고 한 거야. 어쨌든 미안하게 됐다."

곽합은 이 어마어마한 사실을 아무렇지도 않게 아들에게 말했다. 조길상은 한 대 얻어맞은 듯 머리가 멍해졌다. 그렇다면 이 은병들은……? 조길상은 의심쩍은 표정으로 곽합을 쳐다보았다.

"그래, 맞어! 나도 처음에 전혀 몰랐어. 반대도 했고. 근데 가만히 생각해보니까 조덕영 그 인간한테 말해준다고 해서 돈 한 푼커녕 고맙단 소리도 못 들을 게 뻔한데 뭐하러 그러니? 잘되면 한몫 챙기는 거고 잘못돼도 손해 볼 게 없는데 네 진짜 애비를 도와야지."

"그, 그럼…… 누가 내 아버지요?"

문이 번커 열리며 천봉석이 들어오더니 큰소리로 말했다.

"임자, 나 왔네!"

조길상은 천봉석을 보는 순간 머리가 터질 것 같았다. 조길상은 머리를 쥐어뜯으며 천봉석을 흘깃 쳐다보았다. 천봉석이 조길상을 보며 능글맞게 씩 웃었다. 천봉석은 처음으로 마주보고 앉은 아들을 보며 감정이 북받쳐 오르고, 조길상은 머리가 복잡해 감당이 되지 않았다. 곽합은 두 사람의 감정 따위는 관심이 없는 듯 오로지 은병 세는데 집중했다. 곽합은 '씨, 좀 더 받을 걸 그랬나? 끝나고 나니까 서운하네. 내 공이 제일 컸는데.' 하며 혼잣말을 하다가 다시 은병을 세었다.

곽합도 처음에는 감쪽같이 속았었다. 하지만 정만석에게 어느 정도 들통이 나자 천봉석은 곽합에게 모든 걸 털어놓고 도움을 청했다. 조덕영을 속이기 위해서는 조길상을 움직여야 했고, 조길상을 가장 잘 움직일 수 있는 것은 바로 곽합이었다.

그 시각, 창경궁 선정전에서 순조는 박종경이 건넨 대동강 수세권 인수계약서를 보고 있었다. 바닥에는 박종경이 머리를 조아리며 순조가 문서를 다 읽기만을 기다리고 있었다.

"조덕영이 외숙에게 누명을 씌우기 위해 이런 일을 꾸몄다는 말인가요?"

순조는 노기 어린 목소리로 물었다.

"억울하고 분합니다, 전하. 통촉하여 주시옵소서."

박종경은 일부러 눈물까지 보이며 말했다. 사실 조덕영이 박종경을 누명 씌우려 했다는 증좌는 어느 곳에도 없었다. 조덕영은 단지 김선달에게 속아서 박종경이 사려던 수세권을 가로챘을 뿐이었다. 그런데 박종경은 모든 것을 자신의 뜻대로 해석하고 임금에게 고해 받쳤다. 박종경은 조덕영을 이번에는 반드시 잡겠다고 작정했다. 결국 얼마 후 순조는 조덕영에게 유배령을 내렸다.

"금일부로 사헌부 대사헌 조덕영을 진도군 금갑도로 유배 시키시오."

조덕영에게 유배령이 떨어지자 박종경은 얼굴을 살짝 옆으로 돌리고 배시시 웃었다.

김선달은 삼천 백성을 이끌고 최유리와 함께 사방이 지평선인 허허벌판을 지나고 있었다. 아직 갈 곳을 정하지는 않았지만 김선달은 불안하지 않았다. 김선달 앞에는 드넓은 대지가 있고, 그의 옆에는 최유리와 삼천 백성이 있었다.

김선달은 불현듯 선왕의 꿈이었던 갑자년 계획이 떠올랐다.

'누구나 자유롭고 누구나 평등한 세상.'

김선달의 입가에 야릇한 미소가 번졌다. 김선달은 몸에서 뭔가가 용솟음치는 것을 느끼며 가슴이 벅차올랐다.

'간도라 했던가? 아무도 없는 버려진 땅에서 버림 받은 자들이 만들어갈 세상!'

임금의 신분으로도 불가능했던 일이지만, 김선달은 지금 이 순간 그것을 꿈꾸고 싶었다. 그냥 꿈일지라도 그런 세상에 대한 믿음으로 사람들은 또 백 년을 살아갈 테니……. 홍경래가 죽지 않았다고, 언젠가 다시 세상을 구하러 올 것이라고 믿는 조선의 백성들처럼, 그들 또한 새로운 세상을 꿈꾸며 그 믿음으로 백 년을 살아갈 테니.

김선달은 갑자기 노래가 부르고 싶어졌다. 김선달이 〈희망가〉를 흥얼거리기 시작하자, 누가 먼저랄 것도 없이 삼천 백성 모두가 노래를 열창하기 시작했다.

이 풍진 세상을 만났으니 너의 희망이 무엇이냐
부귀와 영화를 누렸으면 희망이 족할까
푸른 하늘 밝은 달 아래 곰곰이 생각하니
세상만사가 춘몽 중에 또다시 꿈같구나

부귀와 영화를 누릴지라도 봄 동산 위에 꿈과 같고

백년 장수를 할지라도 아침에 안개로다

담소화락에 엄벙덤벙 주색잡기에 침몰하랴

세상만사를 잃었으면 희망이 족할까

　한편 정만석은 평양감영 내 방에 앉아 무슨 책인가를 꼼꼼하게 읽고 있었다. 부하 하나가 들어와 정만석에게 다가가서 김선달이 삼천 백성을 이끌고 무사히 떠났다는 소식을 전했다. 정만석은 희미하게 웃으며 책장을 덮었다. 정만석이 덮은 책장의 표지에 '관서신미록(關西辛未錄)'이라 써 있었다.

〔덧〕

　진도에서도 배를 타고 들어가야 하는 외딴섬 금갑도 바닷가 바위 위에 삿갓을 쓴 한 늙은이가 낚시를 하고 있었다. 그 모습은 바로 조덕영이었다. 조덕영은 몇 년 만에 추레한 중늙은이가 되어 있었다. 어느덧 해가 지기 시작하자 조덕영은 낚시를 멈추고 노을을 보며 세상사를 초월한 듯한 표정을 지었다. 예전의 조덕영의 모습은 어디에도 찾아볼 수 없었다.

　"아이고, 오늘은 포식하겠네."

　조덕영은 잡은 물고기를 넣어둔 바구니를 들어 올리며 말했다.

　그때 저쪽 바닷가로 배 하나가 들어오는 것이 보였다. '누가 이 외딴섬에?' 하는 표정으로 보는데, 눈이 안 좋은지 조덕영은 꽤 공들여 보다가 얼굴이 환해졌다.

　"아니, 이게 누군가?"

　조덕영은 바구니를 메고 반색하며 뛰어갔다. 그곳에는 보자기를 든 조만영이 작은 소녀의 손을 잡고 서 있었다.

조덕영은 오랜만에 사람 얼굴을 보자 너무나 반가워 조만영의 손을 덥석 잡았다.

"아이고, 자네가 이 험한 데까지 어찌 왔는가?"

"얼마 전에 나주 목사로 내려왔습니다."

"그런가? 정말 잘됐구만. 오늘 물고기가 잘 잡히더라니, 영감을 이렇게 대접하라구 잡혔구만."

조만영은 몇 해만에 보는 조덕영의 추레한 모습에 가슴이 아팠다.

"지내시는 게 참으로 송구합니다. 진작 찾아뵈었어야 하온대……."

"허허, 세상사가 다 그런 거지. 그래도 문중에서 찾아준 건 자네가 처음이네. 근데 이 아이는 누군가?"

"제 여식입니다."

조덕영은 아이의 눈높이로 앉아 찬찬히 조만영의 여식을 살펴보다 한마디 했다.

"참으로 곱고 귀한 상이다. 몇 살인고?"

"이제 아홉 살이옵니다."

"아홉이라……. 세자저하가 올해 몇 살인고?"

순간, 전광석화처럼 조덕영의 머리를 스치는 생각이 있었다.

"세자저하가 올해 여덟 살…… 아닌지요?"

말을 잇다가 조만영도 불현듯 어떤 생각이 떠올랐는지 조덕영을 바라보았다. 눈이 마주친 두 사람 사이에 알 수 없는 뭔가가 통했다. 어느새 세상을 초월한 듯했던 얼굴은 사라지고, 조덕영의 눈빛은 다시 야망이 끓어올랐다.

다음해 순조는 효명세자의 국혼을 위해 조선 팔도에 간택령을 내렸다.

신정왕후(神貞王后, 1808년~1890년) 조대비(趙大妃)는 추존왕 익종의 정비이며 헌종의 어머니다. 그녀는 풍은부원군 조만영과 덕안부부인 송씨 사이에서 태어났다. 1819년 왕세자였던 효명세자와 혼례를 올리고 세자빈이 되었다.

그러나 1830년 남편인 효명세자가 대리청정을 한 지 4년 만에 죽자 수빈에 봉해졌다. 그 뒤 1834년 시아버지인 순조가 죽고 아들 헌종이 왕위에 오르자 왕대비가 되었다. 헌종조 풍양조씨는 안동김씨를 밀어내고 세도정치를 편다. 그러나 1849년 헌종도 후사 없이 죽었다. 그러자 헌종의 할머니이자 선왕 순조의 정비였던 대왕대비 순원왕후는 친가인 안동김씨 세력과 결탁한다. 결국 전계군(全溪君)의 아들 철종을 옹립하여 안동김씨의 세도를 계속 이어나갔다. 풍양조씨 일파는 이때 안동김씨에 의해 대거 숙청된다.

1857년 조대비는 시어머니인 순원잉후기 죽가 대왕대비가 된다. 1863년에 철종이 또다시 후사 없이 죽자 당시 대왕대비로서 왕실의 최고 어른이었던 조대비는 흥선군의 둘째 아들인 이재황을 익종과 자신의 양자로 입적시켜 왕위에 옹립했는데, 바로 조선의 26대 왕 고종이다. 이후 조대비 자신은 고종의 법적인 어머니로서 수렴청정을 한다. 그러나 얼마 되지 않아 고종의 친부로서 대원군에 책봉된 흥선대원군에게 전권을 주고 물러났다.

봉이 김선달

1판 1쇄 인쇄 2016년 11월 4일
1판 1쇄 발행 2016년 11월 11일

지은이 | 양우석, 신윤경
펴낸이 | 김영곤
펴낸곳 | (주)북이십일 아르테
문학출판사업본부본부장 | 신우섭
미디어믹스팀장 | 장선영
미디어믹스팀 | 김은희 김성현 이상화
문학영업마케팅팀장 | 권장규
문학영업마케팅팀 | 김한성 오서영 임동렬 김선영 정지은

출판등록 | 2000년 5월 6일 제406-2003-061호
주소 | (우 10881) 경기도 파주시 회동길 201(문발동)
대표전화 | 031-955-2100 **팩스** | 031-955-2177 **이메일** | book21@book21.co.kr

(주)북이십일 경계를 허무는 콘텐츠 리더

아르테 채널에서 도서 정보와 다양한 영상자료, 이벤트를 만나세요!
북이십일과 함께하는 팟캐스트 '**[북팟21] 이게 뭐라고**'
페이스북 facebook.com/21arte   블로그 arte.kro.kr
인스타그램 instagram.com/21_arte   홈페이지 arte.book21.com

ISBN 978-89-509-6741-3 03810
책값은 뒤표지에 있습니다.